花城
年选系列

韩小蕙 编选

当一朵茉莉渡过沧海

2021中国散文年选

南方出版传媒·花城出版社
中国·广州

图书在版编目（CIP）数据

当一朵茉莉渡过沧海：2021中国散文年选 / 韩小蕙编选. -- 广州：花城出版社，2022.1
（花城年选系列）
ISBN 978-7-5360-9533-5

Ⅰ．①当… Ⅱ．①韩… Ⅲ．①散文集－中国－当代 Ⅳ．①I267

中国版本图书馆CIP数据核字(2021)第223032号

出 版 人：	肖延兵
责任编辑：	李珊珊　欧阳蘅
技术编辑：	凌春梅
封面设计：	张年乔
封面绘画：	鲤清鹤白

书　　名	当一朵茉莉渡过沧海：2021中国散文年选 DANG YIDUO MOLI DUGUO CANGHAI：2021 ZHONGGUO SANWEN NIANXUAN
出版发行	花城出版社 （广州市环市东路水荫路11号）
经　　销	全国新华书店
印　　刷	佛山市浩文彩色印刷有限公司 （广东省佛山市南海区狮山科技工业园A区）
开　　本	787毫米×1092毫米　16开
印　　张	18.25　1插页
字　　数	260,000字
版　　次	2022年1月第1版　2022年1月第1次印刷
定　　价	52.80元

如发现印装质量问题，请直接与印刷厂联系调换。
购书热线：020-37604658　37602954
花城出版社网站：http://www.fcph.com.cn

目 录

1	韩小蕙	主编语

箜篌引

2	卓然	天下黄河
12	劳罕	最是杭州品不够
22	陈世旭	无名广场
26	陆春祥	天中之上
34	蒋蓝	鸦经
41	黄立康（纳西族）	抄木氏土司诗
49	徐海蛟	寻路剡中
54	陈峻峰	歌起江淮（节选）

浪淘沙

64	韩小蕙	伟大的文学和伟大的数学（节选）
76	穆涛	四象与西水坡遗址中的龙虎图
81	刘荒田（美国）	读《随园诗话》札记（节选）

	88	王兆胜	文气内外（节选）
	95	鄞珊	失忆症（节选）
	103	朱以撒	宽广的悠远的
	109	张林华	"我已经准备了哈根达斯"

声声慢
	114	陈仓	无根之病（节选）
	122	胡竹峰	木屑集（节选）
	131	李达伟	面孔（节选）
	138	龙仁青	一朵格桑
	145	雍措（藏族）	在还没有大亮起来的夜里（节选）
	152	张暄	都是因为我们穷（节选）
	157	指尖	骑自行车的人
	163	周荣池	上河塘下的文脉

凤凰琴
	172	潘向黎	当一朵茉莉渡过沧海
	177	习习	一条大河（节选）
	185	周华诚	山中月令
	193	安宁	众生（节选）
	200	龚曙光	屋顶上的艺术家
	207	盛林（美国）	沙漠中的芦苇部落
	216	张鸿	汉子，站成了各自的位置
	221	周齐林	一只寻找树的鸟（节选）

琵琶泓
	230	徐刚	这是美妙的沧海桑田的故事
	237	北乔	我在高原之上的临潭（节选）

244	王剑冰	太姥山
247	野莽	在陶令冢前折腰
253	周闻道	日照苏轼
258	杨海蒂	锦州的南山
262	郑骁锋	麻辣朝天（节选）
270	周吉敏	一首唐诗三碗茶

主编语

韩小蕙

今年我一直在思考散文的创新问题。触动点是我读到了几篇"别样"的散文，十分精彩。接着，燃爆点就来了，是第三届"三毛散文奖"揭晓，该奖虽只是浙江定海举办的地方政府小奖，却已在中国文坛产生了巨大影响，因其评奖的公正性而接连推出了数十部（篇）佳作，又因这些佳作的艺术水准高而使全国作家们产生了向往之心。当然，奖不奖的不重要，奖给谁也不重要，重要的是那些获奖作品，真的好，每一部（篇）都经得起检验。

而且，那些作品都具有一个共同的元素——创新。

我并不是说中国散文很多年来都没有发展和创新。相反，作家们和理论家们都在努力地写，艰苦备尝地进行着各种探索与实践。于是在中国散文的天空中，陆续出现了"美文""大散文""新散文""在场散文""行走散文"等新观念和新概念，大家都在渴望出现波澜壮阔的新散文景观。事实上也呈现出了一些新变化，一批批作品也给当代散文创作带来了阵阵新风，比如"文旅散文"的出现，将新闻、特写、报告文学等时代元素融入散文创作，以现实主义轻骑兵的姿态驰骋于社会前沿，及时反映和记录了历史与我们相伴的这一个时段……

但也许是时代的车轮太快了，当代散文似乎总是差着一拍半拍，跟不上阅读者的期待，像流星还未闪耀便倏然消失在夜空。就连我们自己，也不愿再读那种踩着前人脚迹而例行的老式散文，亦不愿再去写作那种重复老套路的、毫无新意的散文作品了。

然而，什么又是"新"呢？

不讳言，迄今为止，"新"还是有"危险"的，好比风雨天出门，刚要抬手推门，便有人发出警告说，"还是有经验的老人比我们睿智"。

那么，"老式散文"里面都有些什么呢？过去流行三大因素说，即状物、记人、抒情。然后强调真情实感、境界、胸襟、思想，还有诗意、学识、哲思，还有语言、结构、表达……

这些果真都是睿智，而且是灯塔，指引着我们在文学海洋里乘风破浪。

但唐宋时代的散文代表是韩愈、柳宗元、欧阳修、三苏等八大家；明清是王阳明、安徽桐城派等多人多流派；民国时期是鲁迅、胡适、朱自清等一代文化大师；20世纪60年代是杨朔、秦牧、刘白羽、吴伯箫等革命作家；20世纪80年代和90年代涌现出季羡林、金克木、张中行、余秋雨、吴方、贾平凹、苏叶、唐敏……诸代各领风骚，在文学史上都留下了辉煌的一笔笔浓墨重彩。可是，你今天再照猫画虎地写作《岳阳楼记》《梦溪笔谈》《朝花夕拾》《文化苦旅》《世纪风铃——文化人素描》试试？一个时代有一个时代的社会生活形态，文学亦然，即使站在2021遥写1202，也得写出21世纪的时风与文风才行啊！

历史在前进，文学也得前进。

那么今天，你期待的散文是什么样子的呢？换句话说，现在打开这部散文集，你想读到些什么？

本书中，我个人最喜欢的一篇，是藏族青年女作家雍措的《在还没有大亮起来的夜里》，写的是一个平常的主题，即作为一个到外面世界的谋生者，某次回到家乡凹村以后的认同与不认同、被认同与不被认同。不平常的是，这神奇的藏族女孩的感觉是多么奇特，请看下面这段描写："其他村子能跑得快一点的牲畜像马呀、牛呀、狗呀都从自己的村子跑到凹村来凑热闹，它们想来看一个突然热闹起来的村子到底是什么样的。它们从自己的村子偷偷跑出来，尽量不让自己村子里的人看见自己正在往另一个村子跑，它们怕自己村子的人对养了几年或十几年的自己彻底灰心丧气，人一旦对牲畜灰心丧气了，整个村子都会有一种灰心丧气的气味飘在天空。空气会受到影响，空中的风会有影响，风会把这种灰心丧气的气味刮得到处都是，让其他村子的人都知道有一个村子现在已经灰心丧气了。"我真的说不出来这是自然生长在作家心中的实在感觉呢，还是她创作的一种文学描写？像是前者，因为在一万多字的长文里，充满了这种种魔力无穷的景象；而细细品咂，又像是后者，分明可以看出作家的主观意识非常明显，她营造的是自己心中的文学世界。

李达伟的《面孔》有着异曲同工之妙。起初，你以为他所说的面孔，是拍摄某人的一幅确定的照片，但很快你就不能这样判断了，因为这面孔变得模糊起来，越来越看不清。后来你竟弄不清这是人的面孔还是谁的，似乎是一个牧民，又好像是一片空间，还可能是一场暴雨？最后，这个"他"又仿佛是你自己。在这些转换之间，生长着生命、自然、人类、历史、内心、外延、思想、感觉、伤痛、恐惧、耻辱……无穷尽的关于生命的困惑，和无穷尽的挖掘与寻觅。

朱以撒年年都有让我惊佩的作品，今年是《宽广的悠远的》，从题目看不出是写什么，读起来也有点费劲，只见仿如飘忽不定萤火一般活跃的意识流，从家居到山野，到高考考场，到年轻时做工的工厂，到古罗马和撒克逊时期的陶罐，再到英国的墓地，到万米高空的飞机上……似乎哪个空间和别处都不挨着。但他在结尾处忽然来了一句"也许，就纹丝未动了"，一切戛然而止，又都被有力地锁住了。

指尖（本名贾彩青）的《骑自行车的人》里有一点异样的声音。题材也是很普通的，写她自己青少年时期在农村生活的一些片段，骑自行车啊，到闺密家串门啊，喝糖水啊，学习编织啊，等等。但行文中不时呈现出高于普通农村女孩的特质，就像她自己揭示出来的"在诡谲而暧昧的暗处，无法触摸，也不能窥见的生命背面，我们既孱弱，又强大，既骇怕，又决绝，既英勇，又怯懦。"正是这一点异样，构成了今天文本与过去写作模式的蚕蜕。

……………

好的散文、创新的散文、当今的散文，的确不能再满足于平面的讲述描写抒情之类，而应该在文字的描述背后，尽可能地拥有多重意向、复调意味和丰赡的意义——君不见，秋天的层林尽染，总是能比夏天的一抹平绿更加激动人心？

此外，散文的创新者们还挖空心思地在题目上标新立异：初见周华诚的《山中月令》，望文生义，以为"月令"事关诗词格律题材，这也正是这位年轻散文家的强项。不料这回的主人公是一位开创猕猴桃事业的农民，作者从一月份开始，给猕猴桃的生长写了一份月历，当然不是写猕猴桃，而是记录下主人公的艰难、辛苦与不灭的创业豪情。诗一样的文字读过再回眸，确实是相契相合的好题目。陈仓的《无根之病》剖析的是他自己包括他的家族，从陕西农村进入洋气贵气豪气的大上海，有没有病说不好，但的确有着"无根"的彷徨、苦闷与胜出。初读周齐林的《一只寻找树的鸟》，恐怕谁都会联系到这是一篇写大自然或环境保护的散文，孰料作者的笔锋一转，落笔的是人，一对老夫妻因为家庭的种种变故，在老年仍然担负起挣钱养家的重担，每天都因不能叶落归根而内心怅然，却在所不辞地坚持着自己的选择……按说，这一类题材都是普通人的日常生活，上一辈作家们写过，我们这一辈也写了很多，现在轮到年轻一辈接续，他们就尽量地写出自己的新表达，这是非常值得肯定的探索。

综上所述，能把普通人的日常题材写出新意来，是创新散文所全力以赴追求的，并且以一批佳作赢得了读者，这是当下中国散文创作的现实。不过你是否诘问我有点偏激了？不，我并没有一味夸大"创新"的成绩，"攻其一点，不及其余"。我只是厌烦了重复，吃别人嚼过的馍没有味道，吃自己嚼过的馍也同样没有味道。我相信一位好的教师，不论是文科理科，即使他的课已经讲过一辈子，也会是每再讲一次都有所不同的。

相反，我绝对是看到了传统散文的大阵势和大成就，现在归根结底，绝对还是传统散文的天下。必须承认，老人们还是比年轻人睿智（此处的"老"

与"年轻"不是指年龄,而是特指创作手法),他们读的书多,阅历也丰富,见识亦多广,而且是站在巨人的肩膀上,吸纳吞吐的是宇宙之光,所以总还是这些佳作更多更亮眼:

潘向黎的《当一朵茉莉渡过沧海》让人心头温热,久久温热。用了600年才理解了日本版的茉莉花茶,叠加上用了半辈子才理解了的母亲对水的执念,就生出了对于孤独和差异的重新认识,原来人生中还有多少道理不为我们所知。

蒋蓝的《鸦经》是一篇奇文,洋洋洒洒,古往今来,把人人都不怎么喜欢的乌鸦居然写成了"经"。作者既显示出丰博的学识、严谨的做学问态度,也尽显才华,文字古雅简约、干净利索,有些段落像诗,有些又很古文,游刃有余之间就把"经"念成了。

卓然的《天下黄河》和习习的《一条大河》都是写黄河的。自古以来,对,就是自古以来,中华儿女一直都在讴歌中华民族的这条伟大的母亲河,感恩她对我们的养育和哺育,所以这既是一个好题材,也是一个充满新挑战的难题。卓然从山西起笔,写出家乡人民以"黄河精神"为支撑,在苦难中不屈服、不放弃、不气馁,顽韧地向命运抗争,大气磅礴。习习亦是从自己的居住地兰州出发,从自己的生活出发,借着黄河母亲实写兰州城市和兰州人,让我感动到心脏发热的是,没想到这位已相识多年的散文家妹妹,对于遥远的兰州、偏远的兰州、被东部人不看好的兰州,竟然是如此地大爱。

劳罕的《最是杭州品不够》也是一篇热爱自己城市的佳作,人间天堂美,须得美的文字来配,此篇写得美不胜收,在我所见到的写杭州风景散文中,乃上乘之作。陈峻峰的《歌起江淮》卓有厚度,把江淮地区自古以来的大别山民歌,以及不可胜数的各种民间戏曲,做了一番系统性梳理,读后令人眼界大开。黄立康的《抄木氏土司诗》构思奇巧,通过抄写木氏土司的数段诗歌,勾连起纳西族的历史推演与文化发展,试图探秘在"滇川藏交接的人心和历史间",所"反射出的东方光热,所透露出的古雪的阴寒"。

写古人、传统文化和读书的随笔类散文,一向是我最为爱读的,也每每佩服作者的解读与识见。陆春祥的《天中之上》写河南驻马店,与其他"文旅散文"不同的是，平日用功多读书，此时下笔堪有神，把三千年曲曲折折的天中历史，用盘古开天地、颜真卿题字、韩愈碑与段文昌碑的胶着、苏轼父子读碑、沈括测量汴河下游地形等古人古事，以及今天驻马店人民的创业壮举，珠玉串联，铺排成章。让我衷赞的是，谁说"文旅散文"不能写？此文就是一篇既有历史厚度和传统文化深度，又有文采的"标准"散文佳作，正如汪曾祺先生所说过的，厨艺高者"一根咸菜也能做出山珍海味"。

穆涛的《四象与西水坡遗址中的龙虎图》有点深奥，不仅给人讲解了藏在遗址中的古典文化奥秘，也启发了我们丰富的文学想象，更让我们在喧嚣热腾的生活浪涛中，不得不静下心来，重新认真思考什么是中华文化精神。

海外作家刘荒田的《读〈随园诗话〉札记》也写得颇有韵味，在洋人世界生活着，满眼都是26个洋字母，却乐滋滋地靠在家里的沙发上，捧着一部袁枚的《随园诗话》，还活读活用，结合美国、中国的种种生活现实，执着地做着思考和点评，真是数典即言老祖，割不断的中华文化血脉啊。

最后，今年我想破例毛遂自荐一下，请诸位读一读拙文《伟大的文学和伟大的数学》。这是我好多年的思考所得。坦率说，我一直对有些文学人士持有异见，认为他们轻视数理化等科学学科的倾向，是无端的文学自傲（或自卑）；有的人甚至"骄傲"于自己的理科成绩不好，偏执地认为自己的偏科正是"文学天才"的标志……

其实呢？客观世界并不是这样存在着。上帝之手并没有安排什么文、史、哲、数、理、化、医、工……所有这些分类，都是我们愚蠢的人类自己臆造出来的。世界上的知识没有横是横、竖是竖的截然分野，应该都是你中有我，我中有你，彼此纠缠，互为联系和补充的混沌的一团。作为天才人物，人类中确实有着达·芬奇和本杰明·富兰克林那样的奇特人物，能在数十个领域都成为巨擘；那样的全才型大家在中国古代也有几位，比如祖冲之、沈括、郭守敬、徐光启，他们不仅是科学家，也是优秀的文学家（诗人）。

当代数学大师丘成桐先生曾这样说过："数学之为学，有其独特之处，它本身是寻求自然界真相的一门科学。但数学家也如文学家般天马行空，凭爱好而创作。故此，数学可说是人文科学和自然科学的桥梁。"初读这段话时，给我的震惊不亚于一场心灵地震,原来数学与文学可以说是并蒂莲啊!后来结合现实种种,慢慢细思丘大师的话,逐步有所开悟。我觉得自己像多生出了一双眼睛,也学习着从自然科学中汲取文学写作的营养——在当今这个数字时代,对人的知识储备要求是越来越高的。因此,一位优秀的作家,如果没有多几双智慧的眼睛,也是做不好文学家的。

2021 年 11 月 11 日初稿,11 月 12 日定稿
于北京燕草堂

筌筷引

天下黄河

卓然

一

我知道黄河,是父亲和母亲告诉我的。

小时候,母亲常常对我们说,夜间睡觉的时候把耳朵贴在枕头上,静静地听,可以听到黄河的涛声。

秋虫唧唧,夜凉如水,我和弟弟妹妹伏在枕头上听黄河。似乎确有一阵又一阵涛声如歌传来,一忽儿澎湃交响,一忽儿宛若丝竹,隐约如春雷,又像冬天的风。

父亲说,只要登上我们村子西边的那个山头,就一定能够看到黄河。父亲曾不止一次带我们到山头上去看黄河。怕山不够高,父亲就把我们轮流架在肩膀上,说那样就一定能够望到黄河。天色微明,遥远的天地之间真的会有一条黄色或者褐色的带子,一忽儿漪波纹澜,清晰可见,一忽儿又漾溔无际,浑沦不清。这时候,父亲会很自信地指着那条涣漫而神奇的影子对我们说:

"看啊，那就是黄河！"

我知道父亲指给我们看的并不是黄河，知道母亲让我们听的也不是黄河的涛声，已经是很多年以后的事情了。然而，纵然知道父亲指给我们的黄河只是缥缈在天际的水雾、游云，或者晨曦；纵然知道母亲让我们在枕头上听到的是风声、雨声，或者从远处飘过来的松涛声声，却无法抹去我记忆中的黄河。那是父亲母亲心中的黄河，是涌流在普通人心里的黄河，是那些艰难地生存在黄河两岸、大山深处的普通人心里的黄河。

只是，我心里有一个很久很久都无法解开的谜。我不知道，我远居于太行深处的父亲母亲，为什么那么喜欢黄河、向往黄河？我不知道我们的父亲母亲，为什么那么想引来黄河水，滋润儿女们的心灵，浇灌儿女们的梦？

对于这个问题，我当然要问一问父亲的。父亲听了，憨厚地笑了笑，说："我们祖祖辈辈都是这样的……"

父亲的话似乎只说了半截，他没有清楚地告诉我，他为什么那样喜欢黄河；也没有说清楚，我们的祖祖辈辈为什么"都是这样的"。

不过，父亲的话也让我感到惊奇。我们祖祖辈辈拥有的东西太多太多了，比如我们的蝴蝶山，比如我们的塔塔岭，比如我们的大桥小桥，比如我们的松林积雪和斜纹桥头的明月，比如我们藿谷洞春天的风、夏天的雨、冬天的雪。我们的村子里有盐店、马场、炒炉、方炉、红炉、八音会、上党梆子、古老的戏台；新年有爆竹、春联、正火、新衣裳、压岁钱；还有立春、雨水、芒种、夏至……

一路走来，我们的祖祖辈辈拥有的东西很多，而且，很多东西都被丢弃了，甚至丢得连影子都没有了。然而，梦里梦外却有一条黄河，一条奔流不息的黄河。

能够理解我们祖祖辈辈为什么"都是这样的"，是很多年以后的事情——

我们的祖祖辈辈似乎什么都可以没有，却不能没有黄河。

没有黄河，我们的祖祖辈辈会失去生命的根基；没有黄河，我们的祖祖辈辈会没有心灵的依托；没有黄河，我们的祖祖辈辈会站在别人家的屋檐下。

我能够理解了这一点、理解了我们的祖祖辈辈"都是这样的"，是生活在我们藿谷洞的男人们和女人们慢慢告诉我的。在金色遍野的秋天，在飞雪点点的冬夜，在嫩寒勾萌的春色里，在简陋的小四合院，在望得见河汉的草棚里，在老屋的土炕上，在村边的老槐树底，无不有祖祖辈辈用自己灵巧的或者笨拙的双手，以剪纸，面塑，泥塑，石雕，木刻，布艺，瓦器，陶瓷，表现他们心中的黄河。女人会剪一对黄河鲤鱼，剪一朵开在黄河岸上的蜡梅花儿，贴在小屋的墙上，贴在暖烘烘的炕头上，贴在匀着春光的窗户上，贴在家里的缸缸罐罐上。看上去都是富贵，感觉到都是安详，都是那么情深深而意重重，都是那么纯真而质朴。那其中的一剪一刀，一弯一铰，无不带着对黄河的向往。

最让人心动的，是回响在黄河两岸的民歌，风尘仆仆的黄河儿女，站在黄土高坡上，顶着西北风，可着嗓子吼：

"天下黄河九十九道弯"……

"东山上点灯西山上明"……

"桃花你就红来杏花你就白"……

"三十三棵荞麦九十九道棱"……

没有一首歌不把黄河边的日子吼得火辣辣，没有一个曲子不把黄河边的岁月唱得热气腾腾。

每一首歌，都是我们祖祖辈辈生命的根。似乎只有这样，我们的祖祖辈辈才活得自信，活得风光，活得滋润，活出精神。

二

为我们祖祖辈辈"都是这样的"，我决定去寻找黄河，去体验黄河，去寻找和体验属于我们祖祖辈辈的黄河。

我曾经不止一次站在南太行山头，就是能够俯瞰中原大地的那个山头，就是狄仁杰"忧母望云"的那个山头，俯瞰黄河。

看天下黄河，感受我脚下的河山带砺，感受我心中的表里山河。

早晨，当初升的太阳把第一缕鲜嫩的光投向黄河的时候，大河熔金，何其壮观啊！

当落日将余晖洒在水面上的时候，黄河灿若图绣，又是何其壮美！

已而，水月相映，黄河又会化成一片和婉的白银色。溶溶月光，似乎柔化了黄河的桀骜不驯。此时此刻的黄河，多了点儿柔媚，多了点儿婉约与温情，多了点儿幽雅与含蓄。

月光下，黄河有着何等迷人的魅力啊！像一位体魄壮健的女神，像一位柔情似水的少女，玉色瑗姿，令人倾慕，让人销魂！

在我脚下，那是一条波澜雄阔，又婉娈多姿的黄河。

那是属于我的黄河，是最能够让我满足的黄河。

那是让我自豪的黄河，而我的自豪是最有质感的。

然而，毕竟是站在高处，毕竟是俯视黄河，我忽然就有了一种莫名的恐慌与愧疚。

因为从我脚下流过的黄河，像是一个漂泊者，像是一个很久不晓得谷物滋味的流浪汉，远远望过去，有一点瘦弱，有一点卑微，似乎还有一点可怜，有一点微不足道。既不雄浑，也不伟大，真的是黄河如"带"，太轻飘了……

毕竟在我脚下，我像是轻慢了神明一样，我感觉我轻慢了黄河；像亵渎了神圣一样，我感觉我亵渎了黄河。

此时此刻，让我的灵魂无法安宁。

于是，我决定走下太行山头，走到黄河边上去，去亲近黄河，去拥抱黄河，去谒拜黄河。

时间正是秋晚，我循着曹操走过的羊肠坂徒步下山。

羊肠坂就在狄仁杰望云处的旁边。几处残痕，几若断肠。被秋风裹在山坡上，被稀疏的荒草半掩半埋，给人一种瑟瑟发冷的感觉。

石崖上，"古羊肠坂"四个老字还在，秋风秋雨，满怀惆怅，放眼望去，满目沧桑。

秋风劲厉，掠过枯黄的衰草，发出尖细的哨鸣，我似乎听得见曹操在沉吟："延颈长叹息，远行多所怀。我心何怫郁，思欲一东归。水深桥梁绝，中路正徘徊……"

淅淅沥沥的秋雨，把曹孟德口中吐出来的每一个字都打得又湿又冷。我后悔不该徒步羊肠坂下山。但是，我绕不过去。

羊肠坂逼仄，肠子一样地弯弯曲曲，难道，难道，羊肠坂也在寻寻觅觅。

羊肠坂在寻找什么呢？是在寻找老阿瞒当年的辙痕？是在寻找魏武当年的鞭影？

而在弯弯曲曲的羊肠坂上行走的我，是不是也在寻寻觅觅？我又在寻找什么呢？

历史真是一个让人捉摸不定的大师，它把所有的真相都隐藏起来，让我们在前行的路上总是寻寻觅觅。

"路漫漫其修远兮，吾将上下而求索。"

如果说我们不得不寻找，而且我们寻找的是一个共同的目标，那我们共同寻找的目标又是什么呢？

三

沿着黄河向上走，一边走，一边欣赏那有生命、有思想、有灵魂的黄河之水。漪流回澜，总是能让人陷入回忆之中。

记忆尽管残破不堪，却总是与黄河有关。岁月有多长，黄河就有多长；路有多长，记忆就有多长。

在我记忆中，黄河似乎自古以来就是一条苦难的河。灾难总是发生在春夏之交，或者夏秋之间。其时，总会有一群又一群黄泛区的难民逃上太行山来，像黄河水一样，溶溶荡荡，拥到太行山的村子里，挨家挨户乞讨。山上的人们不说他们是难民，也不叫他们"乞丐"，习惯叫他们"讨吃"。

不是蔑视，而是怜悯。家都没有了，还要什么呢？只要讨得一口饭吃，就会有明天，就会有希望。

"哦！又一群讨吃来了……"

看到逃难的人群，村子里的人会一脸惊怖，一阵惊呼，仿佛那些逃难者就是洪水。

但惊怖归惊怖，惊呼归惊呼，看着那些怀里抱着孩子憔悴不堪的母亲，看着那些白发苍苍颤颤巍巍的老人，村子里的母亲们都会赶紧给他们舀一勺热饭热汤，至于单身的成年人，无论男人女人，母亲们则会抓一把玉米面，或者糠面，放进他们抖着双手撑开的那个混合着各种面屑的口袋里。别说只有半碗热汤，一把糠面，面对一批又一批难民，一勺又一勺，一把又一把，需要多少啊？要知道，村子里的母亲们也还有自己嗷嗷号饥的孩子呢！然而，尽管自己的孩子也要吃东西，但凡有讨上门来的，一定得给一口，一定得舍一把。看看自己的玉米面或者糠面没有了，再没有什么可以给讨吃者一口了，看着那些可怜的逃难人空空地从门前走过去，村子里的母亲们会不忍，会哭泣，会揪着袖口不住地抹泪水。

傍晚时分，村中的河滩上，村外的寺庙里，山崖根，老槐树底，到处是难民，到处是烟火。他们大部分是河南人和山东人，他们都有丰富的抵抗灾难的经验，都有很强的与苦难抗争的能力，他们都有灾难随时都会降临的心理准备与行动准备。他们无时无刻不在筑堤防灾。灾难一旦降临，他们先是不惜以血肉之躯抵上去。实在抵抗不了时，他们的最上策就是弃家而走。他们首先想到的是太行山。太行山高，太行自古天下脊，黄河说什么也漫不上去。尽管他们也知道太行山是个穷山，但穷山在某些时候比恶水要好得多，太行山上有着千千万万善良的母亲，只要逃荒要饭到她们门上，纵然家里穷到只剩一个"穷"字，太行山上的母亲们也会把"穷"字掰一块给你！看，她们伸手到瓮中抓了一把糠面，至少能够让人度脱生命。伛偻提携，前者呼后者应，难民们拖大带小挤到太行山上，那是一条最理想的逃荒之路。只要有三块石头，他们就能拼一个灶火，支一只锅，烧一把柴火，把讨要来的稀饭弄热，把讨来的玉米面或糠面煮些粥，先喂孩子们，然后是自己就着西风嘘溜嘘溜喝几口，暖暖身，也暖暖心。

一个家就是一堆火，或者说一堆火就是一个家。

有失散了父母的孩子，也有失散了子女的老人。不管相识与否，拉过来，在自己烧起来的火堆旁边歇歇,在自己的"家"里暖和暖和,给他们吃自己讨来的残羹剩饭,纵然不相识,也如一家人。

烟火在村子边弥漫,苦难弥漫在村子里。烟火中弥漫的又不仅是苦难,更多的是乡情,是人情,是亲情。幸福也许各是各的,苦难却是共同的。苦难者的心是相通的。灾难给人们带来的是共同抵抗的命运。

夜里,难民大都在露天睡觉。做母亲的常常会把衣裳脱下来裹在孩子身上,自己则在身上苫一些野草,或者盖一些树枝。

也有睡不着的男人和女人,就聚拢在一起,围着余烬,一边说黄河,一边叹息。一声一声,仿佛都是怨。可谁知道,那叹息声声中又有着多少爱啊!那些逃上山来的难民,很少会有人在我们村子里居留不去,他们大都会在灾后回到黄河边上,再种粟菽,重整桑梓。或者说,他们太容易忘记黄河带给他们的苦难了,就像孩子很难记恨母亲拍在屁股上的巴掌。仿佛只有回到黄河岸边,他们才是地地道道的黄河儿女。他们和他们祖先一样,或者说他们的祖先也和他们一样,本来就都是流浪者。其实,任何一个民族的先祖都是一群流浪人。一群流浪者盲无目的游走天下。他们走得异常困顿。走到黄河岸边,他们忽然停下了脚步。他们看中了的是那一河金黄色。他们知道那不是一摊黄金,但他们知道那一摊金黄色要比一摊黄金还贵重得多。一摊黄金有尽时,那一摊金黄色却是永远的。

除了一摊金黄色,隐约可见的,还有"采采卷耳",还有"绿竹猗猗",还有"雝雝鸣雁""春日载阳""七月在野,八月在宇,九月在户,十月蟋蟀入我床下"……

太富赡了。

太富有诗意了。

那才是一个可以诗意地栖居的地方。

那里既可以寄托生命,也可以存放心灵。

他们选择了黄河,黄河也接纳了他们。他们把黄河当作母亲,黄河也把他们当作儿女。

母亲用圣洁的黄河水为儿女们洗礼,洗出了一身永远不能够褪去的金黄色。

黄河水洗过的虽然并非圣子，或者说黄河水洗礼过的个个都是圣子，黄河水从此也更加圣洁无比。把逸散着婴儿香的儿女们小心翼翼放进摇篮里，那些儿女们就再也无法忘记摇篮的温馨，再也走不出摇篮的庇荫。

尽管摇篮中有不少苦难，让他们流过不少泪水。但怨归怨，爱归爱。怨也会流泪，爱也会流泪。要知道，当爱恨交加的时候，其核心总是爱。

唯其苦难太多，九十九道弯才弯得那么有力度，那么有刚性，那么有韧性。像一张又一张弓，弯如钩，弯如虹，弯如新月，发出的是一支又一支岁月无法阻挡的响箭，是一支又一支风雨无法销蚀的飞镝。

唯其泪水太多，九十九道弯才没有哪一道不像一张琴。也如瑶琴，也如绿绮，更像是九霄环佩与太古遗音。发一声《咸池》，或者《大章》，可陶钧六合，统御八方；可达神明之德，可与天地同和。

那才是真正的大块噫气！

那才是真正的天下黄河！

四

静穆的马家崖，高高地耸立在黄河岸边。黄河水吻着崖脚，容与回环，不肯离去！

风，迅速地从马家崖畔擦身而过，把一片又一片的黄河浪花揪起来，揉碎，抛出去，再揪回来，再揉碎。直到揉成一片片云雾，抛向空中，让其化作烟云。

不过，风的力气再大，也有不曾被它揉碎的浪花。那是坚硬的浪花，那是性格偏强的浪花，是一朵又一朵会思考会说话的浪花。

站在马家崖上，临流俯视，看血色大河，听风行如歌，似乎让人有点不安于腑膈。

浩浩汤汤的大河，在带走泥沙的同时，是不是也带走了苦难，带走了软弱，带走了屈辱和卑怯，带走了许许多多愁容满面？

会说话的黄河浪花，似乎在对我说：是的，黄河是带走了许多，许许多多——为不再受苦受难的人带走了苦难，为不再软弱怯懦的人带走了软弱，为不再忍受屈辱和不再卑怯的人带走了屈辱和卑怯，也为不再愁苦满面的人带走了满面愁苦……

又过去了数十个冬夏春秋，而今，黄河已经驯服地顺流而下，原来清流婉转的地方水更清了，原来浊流横涌的地方水也清了。一个又一个水上公园，柳如绿绦，荷如锦毡，桥影如虹，游人如织。漾漾春水与长天共色，盈盈笑声同天人别语。这是不是黄河的时代高度呢？这是不是黄河的历史高度呢？

到了这个时候，我才理解了黄河。

天下黄河九十九道弯，弯弯曲曲，寻寻觅觅，原来黄河在寻找自己的锦绣前程，原来黄河在寻找自己的高度。

然而也有黄河永远带不走的，也有黄河永远不愿意带走的，那是中国人的血性，是中国人的气节，是中国人的民族感情、民族尊严和民族创造精神。

有人说黄河曾经是一条害河，常拿黄河身子下边压的六重大梁古城证明黄河不善。是的，近乎于事实，却无异于诋毁。埋葬六朝古城，谁又能说不是黄河至少有过六次挣扎？

有人说中国曾经是一头睡狮，其实不然。比如黄河，从巴颜喀拉山到东海之滨，一路奔腾，一路吼声，连个盹儿也未曾打过。它一直是清醒的。它平静过，也从容过，但却总是怒吼多于平静，咆哮多于从容。有时几近于发狂，乃至于发疯，是它一直想挣脱拴着它的那条缰绳。

一头雄狮，一条缰绳，风雨三千年……太结实了！

所以，它不得不挣扎，它不得不发狂。否则，它所有的，包括它的生命、它的灵魂，它的品质，它的精神，都会被那条缰绳绞杀。

望着黄河两岸峰峦遥列，紧紧盯着黄河儿女曾经创造的一个又一个历史高度，一座又一座文化高峰，它希望着……希望着……

它希望不懂王之涣的儿女们，能够登上鹳雀楼，临风读一读王之涣：

　　白日依山尽，黄河入海流。欲穷千里目，更上一层楼。

这是王之涣在黄河边上徘徊既久，挥笔写下的《登鹳雀楼》。

鹳雀楼巍然于蒲州，立在黄河中流的高阜。

在我们牙牙学语的时候，母亲先教我们读的就是这一首唐诗《登鹳雀楼》。

河岳靖重，春秋易代。不知道几人能够理解母亲，体谅母亲，真正读懂王之涣，读懂这位大唐诗人的情怀，读懂《登鹳雀楼》的文化含义与哲学精神！

（原载《神木》2021 年第 4 期）

最是杭州品不够

劳军

多少次想写杭州,却又不敢落笔。一次次,刚写了几行,又忐忑不安停下来。那种心境,就像孩提时拿到一个新玩具,心心念念想玩,又担心给弄坏了。

其实,我比较有资格写杭州,长达 10 余年就在西湖边办公——推窗就是西湖,湖上的粼粼波光、保俶塔的曼妙姿影、九曜山那一抹又一抹青黛,都尽收眼底。只要不出差,每天早晚我都要遛一趟西湖。

天下名胜数不胜数。许多名胜,游客去一次、二次就不想再去了。更有的地方,人们去过后,会发出"看景不如听景"的慨叹。而杭州,无论你去过多少次,都想再去。而且,去的次数越多,越想去。最后,恐怕连梦里都是杭州了。

一

人们眷恋杭州,首先是因为杭州的山水。杭州山水最佳处,自然是西湖了。

得天独厚这个词，用在西湖身上，再恰当不过。西湖东面是平畴，南、西、北三面环山，众星捧月般拱卫着一泓碧水，所以杭州有"三面云山一面城"之说。湖面的大小，山峦的高低，与人类的审美最佳值，高度契合。

西湖总面积6平方公里多一点，可谓不大不小。湖太小，对岸景色一览无余，便没了神秘感。而湖太大，无边无际，一片苍茫，失去了想象空间，也就同样没有了美感。

西湖三面的山体也很配合，高度从50至400多米依次抬升，错落有致，叠巘清嘉，绵亘不绝，无论是在湖边漫步还是湖中荡舟，随便睃上一眼，风景便争先恐后扑入眼帘，绝不用踮着脚尖望眼欲穿去寻求。

试想，如果一座高山陡然而起，像一道墙壁一样一下子阻断了视线，那又会是什么感觉？

此外，由于湖上终日水汽氤氲，周围的山峦在烟岚中永远是影影绰绰、缥缥缈缈、如梦如幻，于是，你的脑海里便不由自主漫出这样一个念头：山那边到底有什么？这个念头，一定轻柔而又固执地挠着你的心，引诱着你无论如何要去一探究竟。

天造地设，西湖便涵纳了天下独绝的美。"天下西湖三十六，就中最好是杭州。"而苏轼那首《饮湖上初晴后雨》，则把西湖的美，说得相当具体：

  水光潋滟晴方好，
  山色空蒙雨亦奇。
  欲把西湖比西子，
  淡妆浓抹总相宜。

的确，无论何种情态下，西湖都美得不可方物！

当然，"穿衣戴帽各有所好，萝卜白菜各有所爱。"个人偏好，也总归是会有的。譬如，有人这样评价西湖：晴西湖不如雨西湖，雨西湖不如雾西湖，雾西湖不如雪西湖。

就我而言，更喜欢雨中的西湖。杭州四季多雨，一般情况下，三五天就会下上一场。除了台风季节，杭州的雨大多是不紧不慢潇潇而下，优哉游哉地轻弹着湖面，密密麻麻的雨脚激起阵阵雾岚，远山近水就被罩进了柔情绵绵的薄纱里。湖边多垂柳，长长的柳丝疏落有致地扎进水里，风拂过，缥缈若约，这时的湖面，会更显迷蒙。

此时，撑把伞在湖边闲步，是不是有一种一脚踏进了仙境的感觉？

二

游杭州，容不得脚步匆匆，需要放缓脚步静下心来去慢慢细品。

杭州，地域不南不北，气候不热不寒，南和北的大多植物都可以在这里找到家园。又面朝东海，水汽充盈，一出正月，几场催花雨一下，春，肆无忌惮地就来了：梅花、樱花、桃花、梨花……赶着趟儿开，可着劲儿斗艳，似乎谁也不服谁。

杭城赏花，哪里最好？

赏梅，大多数人会首选去灵峰。在苏东坡笔下，宋时这里就是赏梅的好去处。这里的梅花品种上百个，一拨接一拨开，能开二三个月呢。整个春日，从早到晚，这里的游人联袂接踵，络绎不绝。

灵峰探梅，檀心亭位置最佳。站在亭子里，脚下就是无边无际的花海。花海随着山势的高高低低而起起伏伏，你会觉得自己一会儿被推上浪峰，一会儿又被抛进了浪谷。

不过，也有人喜欢去孤山探梅。孤山的梅花，文化味似乎更足一点。

历史上许许多多骚客雅士都与这里结缘。"疏影横斜水清浅，暗香浮动月黄昏。"宋代诗人林和靖这句诗，大抵写的就是孤山。据载，生于杭城，学问精深的他，生性恬淡，不愿做官，不愿娶妻生子，成名后，在孤山结庐为居。房前屋后，遍植梅树。还在家里养了几只白鹤，闲暇时，坐看鹤翔云霄。后人这样形容他——"梅妻鹤子"。

孤山梅花与另一位名人的逸事也很值得一提。那就是清代"中兴名臣"

彭玉麟。

彭玉麟在清代官场以刚直著称。他有个青梅竹马的恋人，可惜英年早逝。于是，他一生都把这位叫梅姑的恋人刻在心中，并立下誓言，余生要画下万幅梅花以纪念他心爱的梅姑！此后的几十年里，无论军务、政务多么繁忙，每个夜晚都会深情地挥笔，描绘梅花，倾吐他心中凄婉哀绝的情思。

公元1883年，中法战争爆发。此时，祖国的西陲，英俄环伺，他的老战友左宗棠正在西线全力拼杀。朝中已无大将矣！朝廷将征询的目光投向他。

年逾七旬、须髯皆白的他，没有丝毫的犹豫，毅然率部出征。在他的感召下，冯子材等部将，无不奋勇争先。镇南关大捷，谅山大捷……将士们在战场上取得了从未有过的完胜，然而，卖国贼在谈判桌上签下的却是"割地赔款"。

老英雄忧愤交加……

史载，晚年彭玉麟将家安在了西湖之畔。他没有置广田美宅，只是在西湖旁盖了座简单的草庐，把梅姑的墓迁到了庐前。墓的四周，植梅百株。白天，抱瓮浇梅；晚上，展纸画梅。老将军还写了大量以梅花为主题的诗词："阿谁能博孤山眠，妻得梅花便是仙。""平生最薄封侯愿，愿与梅花过一生。"

字字感人肺腑，句句催人落泪！

三

说到江南的春天，人们总是把"杏花·春雨·江南"并列在一起："沾衣欲湿杏花雨，吹面不寒杨柳风""客子光阴诗卷里，杏花消息雨声中"。很奇怪，杭州绝少有杏花——我在杭州时，很留意周围的树种，没有看到过一株杏树。连陆游写下"小楼一夜听春雨，深巷明朝卖杏花"的孩儿巷，也没有。

杭州最多的是樱花。湖畔、溪边、道旁俯视可见。种樱花的城市很多，我总觉得杭州的开得最为风致——这绝不是夹杂了个人的主观好恶。

观景，须佐以周围的大环境。试想，如果绚烂的樱花树旁边，就是一条冒着臭气的污水沟，还会有兴致吗？杭州的樱花，与灵动的山水相映成趣，为人们增添了独有的美感。

赏樱，太子湾也是个好去处。许多城市里的湖泊，受工业和生活污染影响，水质大多不佳。而西湖的水，经年清澈透亮。这是因为，西湖的水是活水——钱塘江的水，经沉淀后引入西湖，再由西湖排入大运河。

西湖最大的一个入水口就在太子湾。园林部门告诉我，这里的水质达到一级。也就是说，可以直接饮用。太子湾的小溪两边，植满了樱树，树身大多倾向水面。有的花枝甚至探到水里，吸引了游鱼围花嬉戏。清清碧水，探水花枝，逐花游鱼，构成了一幅绝妙的画面。

除了樱花，杭州种植最多的是桃树。植桃应该是杭人旧俗，唐诗宋词、"三言二拍"里，说到余杭，大多都有桃花相伴。赏桃花，最好的去处是苏堤。杭城有这么一句民谣："西湖景致六吊桥，一株杨柳一株桃。"六吊桥，全都在苏堤上。"山色云深，夹道莺声乱；湖光烟接，连天柳絮飞。"当年种桃和柳，是为了保护堤岸，没承想却成了一道靓丽的风景。

走完苏堤，别忘了顺道去一下浴鹄湾。一脉清流顺着山谷飞溅而下，山谷两旁清一色全是梨树。梨树下的天然草坪细细密密像茸茸的地毯，走累了，就势往地上一躺，任花香恣肆地冲击着鼻孔，任梨花吹满头脸。即使雨天也别怕，且撑把伞沿着林间木栈道慢慢地走，"梨花一枝春带雨"？"梨花一树压海棠"？意境，随你想去。

四

杭州可观可赏的，哪里会只是花草呢！这个人杰地灵的地方，哪怕是树上的青苔，也有一种独特的韵味。

杭州多古木，因为多雨的缘故，树干、枝丫上无不布满毛茸茸的青苔。春芽初萌时，嫩芽、青苔都是那种鹅黄色的绿，一树树鹅黄铺排下去，撩拨着你的心。

连西湖的水底，也别有洞天——西湖水质好，除了活水这一因素外，与西湖水底有一片"大草原"不无关系。三面山中溪流不断注入，泥沙淤积在所难免。怎样提高湖水的清洁度？聪明的杭州人找到了诀窍：用水生植物固定淤泥，一棵棵草变成了一个个"净水器"。

游人到杭州，大多是在断桥、苏堤、雷峰塔或柳浪闻莺、花港观鱼、曲院风荷这些热门景点照个相。时间充裕的，顶多在湖里荡个舟、上楼外楼吃顿杭帮菜。如果这样就结束了杭州之行，那可真真是暴殄天物了。其实，杭州的绝妙处，还在西湖的背后呢。

不知你是否去过"九溪十八涧"？"九溪"得名，按照清散文家张岱所说："其水屈曲洄环，九折而出，故称九溪。"

这泓溪流在草丛、岩隙中穿行，千淘万漉，水质晶莹剔透。遇有落差，千珠万珠飞流直下，泠泠击石，状如飞雪，声如筝簧。一条很有沧桑感的小路绕溪涧蜿蜒，小路用拳头大小的石头铺就，不知经过多少代人的踩踏，路面磨得锃光闪亮。在溪涧漫过路面的地方，以石当桥，游人蹒跚而过，乐不可支。尽管离西湖不远，由于山岭阻隔，周遭幽阒静悄。

清末学者俞樾认为，"九溪十八涧乃西湖最胜处"。他曾作了叠字诗盛赞九溪：

重重叠叠山，曲曲环环路；
叮叮咚咚泉，高高下下树。

九溪与十八涧在八觉山下汇合，呈"丫"字形，由北而南注入钱塘江，由此往东沿溪而上就到了杨梅岭村。

杨梅岭村坐落在峡谷里，一条小溪穿村而过，房舍依山势布局，青瓦披檐，典型的江南民居特色。沿着弯弯曲曲石板村道往下走，越走林木越茂盛，周边的山坡、山脊、山峰上除了树还是树，都有合抱粗、几十米高。

这些树很有些名堂——大名鼎鼎的浙江楠。浙江楠，是我国名贵树种楠木的一种，九溪、杨梅岭一带就是它的原产地。

蓊蓊郁郁的大树遮蔽了天日，光影经无数枝叶跌宕过滤，投到地面时，已有气无力，越往林的深处走，树荫越浓，有一种"在昼犹昏"的感觉。酷暑，不管外面多热,来到这里,身上的汗,立马消失殆尽。再待下去,会觉得身上的热量被一点一点抽走,恨不得赶紧逃到阳光下去。

这里静得出奇,也许是一棵棵大树的威压,连小溪流淌、小鸟鸣叫也小心翼翼。你瞧,清清的溪流尽往蒲草、睡莲、金鱼藻的下面躲,路过石块,也不敢闹出喧哗,身段柔软地悄悄划过石缝。

因为生态条件太好,我每次来这里散步,几乎都能碰上野猪。有天傍晚,从杨梅岭村到理安寺那段一公里多的路上,竟先后碰到过三群野猪。

在杭州碰到野猪,并不算什么新鲜事。有一次,几头野猪晃晃悠悠进了杨公堤上的南京军区陆军疗养院,值班人员看到,拿着扫帚驱赶,一头野猪慌不择路,一头撞到了体检大厅的玻璃门上,满嘴是血,当场晕了过去。

五

杨梅岭附近的"云栖竹径"也很值得一去。

"云栖竹径"位于云栖坞里,因小径蜿蜒、翠竹夹岸成荫而得名,早在清代就被列入"西湖十八景"之一。

沿着缓缓的山道移步行去,但见路两边老竹新篁争相直指,青翠苍碧茫茫若海。"云栖竹径"还是杭州古木的集中地。竹海中分布着一棵棵树龄几百年甚至上千年的枫香树。树干几人抱不过来,树梢插进了云霄。深秋季节,枫叶如丹,绿海中一束束火红,远远望去煞是壮观。

我有个体验,去"云栖竹径"最好是满月的晚上。不管外面空气怎样,这里的空气,像被反复淘洗过滤一般。月光把竹海镀上了银白色,"月照花林皆似霰",唐人张若虚这句话,用在这里再确切不过了。

云栖赏月的最佳位置在"云栖竹径"的皇竹亭。康熙皇帝到云栖时,曾赐一株大竹为"皇竹"。当地官员为讨上所好,立马建了这座亭子。

皇竹亭高两层,飞檐斗拱,气势雄伟。竹径到了这里已是尽头。

亭子位于椅圈状山谷的正中,亭前用汉白玉砌就一个硕大的观景平台。月光下,四围竹林披上了一层严霜,而汉白玉观景台,则如明镜般熠熠闪光。

通体看去，周围的月光都朝观景台聚拢，越往中心亮度越强，观景台活脱脱就是那个传说中的月光宝匣。

如果你胆子壮，还可以走进竹林，枕着胳臂躺在厚厚的腐叶上小憩一会儿。月光透过竹叶洒在你的脸上、身上，馥郁的花草香味横冲直撞直扑你的鼻腔，流萤一只只打眼前飘过，耳畔纺织娘、蟋蟀低低切切诉说着衷肠。在这里躺上一二个小时，绝对不会后悔：不但清洗了肺叶，也清洗了心灵。走出竹林时，脚步一定分外轻捷。

六

如果是登山爱好者，在杭州可就有了用武之地。

作为一座历史文化名城，这里镌刻着太多太多前人的印痕。一代一代人的修葺，西湖周边的群山上，到处都是石板铺就的游步道，有的沿山脊大模大样地盘桓，有的在山腰树丛里草蛇灰线般蜿蜒，甚至延伸进了茶田、云烟深处。这些游步道几乎贯通了起来，登完一座可以接着再登另一座，只要你体力跟得上，且登去，估计几天也登不完。

凭我的经验，建议你去爬五云山和十里琅珰。

五云山位于"云栖竹径"南麓。此山处在钱塘江和西湖两水相夹之间，水汽充沛，山上山下温差明显，形成山地云，经强烈阳光照射，便呈斑斓的彩霞。

五云山自古就是钱塘胜迹。山顶真际寺那棵1500多年的古银杏树见证着这些自然奇观和人世间的沧海桑田。

众所周知，毛泽东主席喜欢杭州，新中国成立后，几乎每年都来，有时候一年来好几次。每次都要抽时间登山。杭州周围所有的山，都留下了他的足迹。五云山，更是多次登临。

一次，登上五云山后，老人家曾即兴写过一首《七绝·五云山》：

五云山上五云飞，

远接群峰近拂堤。

若问杭州何处好，

此中听得野莺啼。

　　五云山是"十里琅珰"的一部分。"十里琅珰"，听起来够长的了，但在杭州登山，不必担心太累。因为这里的山水处处无不透着温婉，十分陡峭的山真的不多，刚觉得上坡有些气喘了，马上就会面临一个长长的下坡；而下坡走腻了，杂花夹道的上坡又候着你了。

　　杭州登山，也不用担心找不到打尖的地方。饿了，可以随时找条岔道优哉游哉蹚下山去。走不多远，竹林里、茶田边就会冒出一家又一家农家乐。这些农家乐，无论硬件软件，都不比星级宾馆差。而周围的环境，更是胜上一筹——要么楼前就是依山势绵延的茶田，要么露台下就是云雾缥缈的林海。

　　主人多半会把餐桌摆在露天处。走出了一身透汗，此时，往躺椅上一靠，泡一壶正宗的龙井茶，再来一盘酱鸭、油焖笋，你想一想那是什么滋味！"十里琅珰"脚下的"林海亭"有一副对联，说得很到位：

小住为佳，且吃了赵州茶去；

日归可缓，试同歌陌上花来。

七

　　说到杭州，自然不该落下西溪。

　　西溪，距西湖不到5公里，面积比西湖差不多大一倍。可能是因为西湖的名气太大了，尽管西溪的自然景观与西湖相比不遑多让，文化积淀也同样深厚，知名度可就差远了。

　　自唐以来，西溪就以赏梅、竹、芦、花而闻名。

　　民国藏书家姚石子曾把西溪与西湖做了比较："余谓西溪之境如苎萝美人，淡冶幽娴，云鬓蓬松，而自然绝世，与西湖之如美人已入吴宫，韶丽明靓，浓妆艳抹，固有别趣耳。"

的确，与西湖比，西溪像一个不施粉黛的邻家姑娘。正是因为这种清丽自然，让你觉得更易亲近。写西溪的诗句很多，我认为，"一曲溪流一曲烟"这句，最为传神。

西溪行舟，最打动你的是野趣：溪岸边上的芦苇、蒲草以及其他不知名的野草，高低错落、恣肆生长，丝毫没有人工修饰的痕迹。水面上的浮萍，水面下的水草，也都舒舒展展可着劲儿伸胳膊蹬腿。甚至河堤上的香樟、柿树、梅树都和别处的不一样，生得大模大样，长得不管不顾，有的欹斜着身子四仰八叉倒向水面，舟船行过时，枝条时不时偷摸一下船篷。

花野，草野，树野，带动着这里的鸟儿也野。船慢慢穿行，野鸭、鹧鹪在船头、船尾嬉戏。鹧鹪最为有趣，有时候从船底钻过，又从船首冒出来。莲蓬、蒹葭、蒲草丛里，栖息着一群又一群的水鸟，也许是与人和睦相处惯了，对船和人，它们根本没有放在眼里，船靠近了，顶多扇扇翅膀挪个地方，又接着窃窃私语。

常记溪亭日暮，沉醉不知归路。兴尽晚回舟，误入藕花深处。争渡，争渡，惊起一滩鸥鹭。

李清照这首《如梦令》，疑心写的就是这里——我真希望写的就是这里。

现在西溪已被开辟成国家湿地公园，公园管理部门很会营销，从年首到年尾推出了一系列的主题活动，什么"探梅节""花朝节""龙舟节""火柿节""听芦节"……在这些节日中，我最喜欢"听芦节"。每年深秋，数千亩芦花全面泛白，秋风吹拂下，飞雪滚滚。从宋代开始，"西溪芦雪"就是文人笔下的胜景。

秋雪庵当是赏芦的最佳处。这座建于宋淳熙初年的庵堂，位于西溪湿地中央。古人曾对秋雪庵有过描绘："其地有秋雪庵，一片芦花，明月映之，白如积雪，大是奇景。余谓西湖真江南锦绣之地，入其中者，目厌绮丽，耳厌笙歌，欲寻深溪盘谷，可以避世如桃源、菊水者，当以西溪为最。"

可惜得很，在杭州，我曾多次登临秋雪庵，却从未能秋夜听芦！

无名广场

陈世旭

南方滨海城市。

我穿过峡谷般的楼群去看海。却在不期然间，见到这座广场。

高大发亮的灌木带后面，绵长的花圃，硕大的花朵在冬日里烂漫如火。广阔的大草坪，边际的尽头似乎遥不可及，让巨型建筑失去了高度。

大草坪海浪般起伏，是一片会呼吸的土地。旋转喷头肆意迸发的水雾，让生命的气息喷薄而出。

一个又一个微微隆起的草坡上，匍匐着粗粝的巨石，像是时光的背影。珍贵的亚热带树木，独立的一株，或是相拥的一簇，挺拔，豪迈，满满的自信。人们满怀希望，播下饱满的种子，而今拔地而起，成为耀眼的存在。

远远近近，散落着白色的敞开式帐篷，让人想起就要远航的船帆，想起银河系的船帆座，想起希腊神话：伊阿宋乘阿格号去找金羊毛，带着众多船员——双子座的卡斯托尔和波吕杜克斯，乐师奥尔普斯，建船者阿尔戈斯，后来连赫拉克勒斯也加入了旅程。

红砖铺就的小径，一对踽踽的老人在咀嚼沧桑，他们曾经手牵手，在彼此的目光中温暖相拥,走过春夏秋冬。肩膀扛着一世的风雨,心里藏着生活的热念,纵使脚下步履蹒跚,依然迤逦前行。回忆总是没有尽头,多少日子在瞬间逝去,在心头烙下满满当当的刻度。相扶相伴的身姿,成为广场上的行为艺术。

坡下的石凳,在回忆燃烧的海誓山盟,散发爱和被爱的温度。迷茫的星光浮现于半空,激流在血脉里奔腾,爱神隐形的翅膀,无声地飞翔。当第一声鸟鸣冲破天际,玫瑰铺满了整个蓝天。

浓密的树丛中飞出彩色的皮球,紧跟在后面跑出欢叫的儿童,他们是城市的未来。有谁在召唤:去吧,去吧!去接受海涛的祝福;去吧,去吧!前面有无穷的无穷!

回廊上有一个漫游的旅人,严肃而潇洒。他俯首倾听大地奔放的声音,用目光丈量广场的辽阔和纵深。说不定哪天他会成为歌者,为一个不是故乡的城市代言。

隔着广场,与城市相对的另一面,是海。碧绿的堤岸、洁白的浪涌、蔚蓝的天际线,是阳光与海风的织锦。荏苒如梭的光与影,是穿梭在五线谱上的音符,演绎出一曲曲生命的交响。成群的海鸟,忽而蹁跹在林立的桅杆;忽而在空中恣意翻飞;忽而箭一样划过。没有恐惧,没有拘束,没有犹疑,没有瞻前顾后,王者般地炫耀飞翔的自由。

一切都是绝对自然的呈现。草与树,花与石,高天的流云与大海的波涛,皆用自己的语言说话。整个广场,没有文字,没有广告,没有画幅,没有劣质歌舞的噪声,没有煞费苦心的表白与宣扬。唯一看到的刻意,是在一个僻静的角落,几只俊美羞怯的铜雕小鹿。

如果一定要赋予这座广场一个主题,那就只有一个选项:

自然。

城市,顾名思义,因城而市,或因市而城。最原始的形态是"内之为城,外为之廓","日中为市"(《管子·度地》)。是具有相当面积,集中相当住户,产生规模经济的连片地理区域和网络系统,是人群和房屋的结合体,欲望与利益的共同体。个人在其中并不是作为一个完整的人而为人所知,而是属于一个庞大的集群。坦途与坎坷，追求与失落，欢乐与悲伤，智慧与愚蠢，奋发与颓废，成功与失败，美好与丑陋，光明与阴暗，善良与邪恶，温暖与冷酷……构成无数人各各不同的命运图景。

岁月承载了历史的脚步，城市积淀了文明的精华。高塔入云，大厦如林，车水马龙，熙熙攘攘，衣袂蔽日，挥汗如雨，人面千般，风情万种，文化多元，水火兼容。千百年来，城市不知打动了多少敏感的心灵，留下了多少天才的篇章。

> 谁家玉笛暗飞声，散入春风满洛城。
> ——李白《春夜洛城闻笛》
> 晓看红湿处，花重锦官城。
> ——杜甫《春夜喜雨》
> 烟笼寒水月笼沙，夜泊秦淮近酒家。
> ——杜牧《泊秦淮》
> 姑苏城外寒山寺，夜半钟声到客船。
> ——张继《枫桥夜泊》
> 渭城朝雨浥轻尘，客舍青青柳色新。
> ——王维《送元二使安西》
> 日暮汉宫传蜡烛，轻烟散入五侯家。
> ——韩翃《寒食》
> 东南形胜，三吴都会，钱塘自古繁华。
> 烟柳画桥，风帘翠幕，参差十万人家。
> ——柳永《望海潮·东南形胜》
> 山外青山楼外楼，西湖歌舞几时休？
> ——林升题临安邸
> ……

人群会流动，城市一直在原地。它承载集体的记忆，留下个人的足迹。风物人情，历史掌故，情感印象，连接起一卷卷人文简牍。

城市广场蕴涵的诸多信息，为人类生活提供了足够丰富的物质线索，因而成为城市空间的华彩部分。作为一种城市建设类型，一种公共艺术形态，一种城市构成的重要元素，城市广场既承袭传统和历史，也传递美的韵律和节奏。

广场，是一个城市的脸庞。广场的品质，就是这座城市的品质；广场的气度，就是这座城市的气度。

曾经走过许多城市，曾经见识许多广场，曾经置身无数雷同的"广场八股"：低头是铺装，平视见喷泉，仰脸看雕塑，台阶加旗杆，对称中轴线，终点是大楼。空间尺度比例失调，配饰植物艳俗不堪。脱离了所处的自然环境，丧失了属于自己的独特风格，看不到地域特征，抹杀了人文背景，千篇一律，千部一腔。终至背离了广场的本质，与大众隔膜疏离。

在这座并不显赫的边陲城市，竟然意外惊喜地邂逅这样一座广场——静穆地偏安在城市的一隅，仿佛是一则古老的寓言，一个现代的桃花源，一种悠远的几乎被遗忘的文明。不施粉黛，却丰姿绰约、端庄大气。让城市喧嚣的万丈红尘退避三舍，让身心获得彻里彻外的安宁，让人有一种冲动，想要在现时代里复活古圣先贤、唐诗宋词，以哲学和诗歌的名义标榜一方净土。

当时忘记打听这座广场的名字，回到住地，问当地朋友，因为我说不出所属的地名，回答语焉不详，各不相同。

对我来说，这是一个无名广场。

无名广场的一切都显得那么不经意，但我知道，一切又绝对是精心的营造。名字并不重要，重要的是这营造体现出的城市美学，以及由此显示出的对人的尊重。

［原载 2021 年 4 月 24 日《人民日报》（海外版）］

天中之上

陆春祥

唐建中四年（公元783年）元月，七十五岁的颜真卿带着德宗皇帝劝服叛将李希烈的重任来到了蔡州，不想却被囚禁。他自知生还无望，便写下了不少遗表、墓志等遗书，其中就有他念念不忘的"天中山"："周公营洛建表测影，豫为九州之中，汝为豫州之中。""天中山"三个大字雄浑苍劲，颜碑的用意也极其明显：叛乱者们，这里依然是大唐的中原，天下一定会统一！

蔡州就在今天驻马店市辖的汝南县，因周公营建都城测日影而诞生的天中山，虽只有3米多高，世界上最小，却因位居天下的中心而著名，更因颜真卿题写山名而名扬天下。于是，天中就成了驻马店市的另一个代名词。

庚子初冬，阳光和煦，我去天中，别样风景和深厚人文，如影历历扑面。

一

你是谁？你从哪里来？要往哪里去？这样简单而又复杂的哲学终极问题，在盘古山得到了解答。

桐柏山脉北陲，南阳盆地东缘，为泌阳县盘古乡地域，盘古乡因盘古山得名，山并不高，海拔459米，不过，我们的车子沿山盘旋而上，有时依然喘着大气。盘古山顶有盘古庙，山门上的一副对联，写尽了盘古的神话传奇：人根鼻祖开辟天地万物，盘古文化繁衍世间文明。门内正中墙上，"回来了"三字，你会觉得无比亲切，这是回家了吗？不是回家，是来见人类的祖宗盘古，这里是我们最原始的出发点。

不同的文化体系里，人类的诞生传说都不一样，但中国古老的盘古神话，却是深扎于所有国人的脑子中，是盘古为我们开了天地，盘古乃华夏民族共同认可的祖先。世传盘古九月初九圣诞，三月初三升天，于是，每年的阳春三月，大地回暖时，这里的人们便自行集会，以念盘古开天之功善。

感恩，念恩，中华民族修身养性中最为看重的美德之一，大地给予我们一切生存所需。不过，前提依然是生命的诞生，苹果的种子里有苹果，人类也如苹果种子般生生不息。中原大地的河南，从夏代到宋代，先后有20个朝代建都或者迁都于此，九朝古都洛阳，七朝古都开封，当今中国的300个大姓的根，在河南的就有171个，人口数量前100的78个姓，源头或者部分源头，均在河南。"老家河南"，和眼前盘古庙中的"回来了"，均以不容置疑的口吻告诉你，这里，极有可能是你的老家。其实，这不仅仅是你的老家，这也是中华民族的文化源头所在。因此，我虽知道，中国多地都有盘古神话的传说，不过，在河南见到盘古，却特别亲切。

盘古大殿中，彩塑盘古高坐，目光炯炯，他以微笑的方式迎接着每一位朝见的子民。盘古神话里，盘古兄妹遵了天帝的命令结合造人，盘古的心情沉重而痛苦，虽然，这种人伦规范，从人类最初诞生的时候起便开始需要遵守了，但毕竟先要造人，才可能让人去遵守规范，从这个意义上理解，盘古是一位伟大的创造者，也是一位了不起的牺牲者，我恭敬地向盘古像鞠了个躬。

眼前的盘古庙，为当地民众20世纪80年代集资复建而成，据说原庙初建于五代。环顾四周，还有另外几座佛殿，供奉着释迦牟尼像，道教诸神像，四大天王像。中国传统文化，讲究包容和兼容，儒释道并存，大家和谐相处，人如此，神也如此。我眼前浮现的场景是，三月三，三教九流，贩夫走卒，叫卖声，讨价还价声，此起彼伏，无论人间的烟火多么炽烈，盘古只是端坐静坐其中，微笑看着来来往往的子民，这种微笑，带着浓郁的慈父般暖意。

二

北宋元丰三年（公元1080年）正月十八午后，粗大的雪花漫天飞舞，蔡州城的北门，来了两人两骑，年长者显着有些疲态，年轻者看着陌生的地方，却有些新鲜，两人入得城来，匆匆找了家旅店住下。

汴京到蔡州，其实路不远，但这一走就是18天，他俩正月初一就动身出发了，他们的目的地是长江边上汉阳不远处的一个小城——黄州。似乎你也猜出来了，这年长者应该是苏轼，前几个月的"乌台诗案"差点让他去了黄泉，被贬黄州做团练副使，至少，性命无虞。这不，他带着长子苏迈，一起去黄州。

总归是文人，无论心情如何，走到哪，都忘不了他的诗文。唐朝的蔡州，历史上发生过著名的事件，有块著名的石碑，他一直惦记着，必须去看一看，于是，就有了苏轼的诗：

淮西功业冠吾唐，吏部文章日月光。
千载断碑人脍炙，不知世有段文昌。

现在，我从宋朝穿越到唐朝，和苏轼一起回到"淮西功业"的场景中去。

唐朝后期，藩镇雄踞，淮西节度使吴元济不听朝廷命令已经数十年了，元和十二年（公元817年）十月，也就是颜真卿死后的32年，裴度统一指挥，李愬雪夜入蔡州，生擒吴元济，这震惊了全国，各方节度使随后纷纷向朝廷表示忠心。如此重大胜利成果，一定要刻碑纪念，唐宪宗命同时参加此次战役的行军司马韩愈撰写碑文，韩大师苦思冥想70天，终于写出了雄文，气势磅礴，文采斐然，宪宗十分满意，立即命人抄写数份，分发各立功将帅，并诏令蔡州刻石纪念。这就是苏诗中的"吏部文章"。

不想，事情转眼就发生了变化。蔡州的碑立完后，李愬的部将石孝忠，公开将碑砸碎，什么情况？这是死罪呀，然而，皇帝却不追究，反而又让人重写碑文。原来事出有因，那李愬的夫人，是宪宗姑妈的女儿，表兄妹呀，打蔡州，李愬是头功，而韩文却写裴度指挥得好，李夫人大为不服，天天告状碑词不实，宪宗头都大了，那就将韩文磨去，再写一块。谁来写呢？翰林学士段文昌。

就这样，平淮碑的韩文碑变成了段文碑。一碑写两次，也算中国碑文化中的稀奇事了。不过，韩愈的碑文可以磨去，纸上的碑文却永久流传，苏轼说它依然散发着"日月光"。我相信，苏轼父子在读碑时，一定有过讨论，也一定感慨万千，但从诗意看，他们都是拥韩者。

北宋政和元年（公元1111年），汝州来了陈太守，想必他也是拥韩派，这种事估计不用报告中央，又不是本朝的事，他命人磨去段碑，重新刻上韩愈的碑文，不过，已经不是韩愈的原文了。

汝南县政府办副主任王新立先生，中等个，极为谦和，他兼着县作协主席，他带我去县文管所，看平淮碑，从碑上的文字看，均为韩愈碑文，段碑已完全不见踪影，我边看边叹，叹韩愈，也叹段文昌，但无论怎么说，段文昌的平淮西碑也是被载入史册的，只是这样的方式有些尴尬罢了，不过，这实在由不得他。

颜真卿的"天中山"三字真是具有极大的预见性，大唐虽已走向衰落，但毕竟统一了，这《平淮西碑》，也可算是对他英勇就义的一种赞美书写。

三

又几百年过去，这一下就到了大明。

朱见泽出生的时候，他老爹还被他叔叔软禁着，两年后，他爹夺回了皇位，又变成了明英宗，他就被封为崇王。二十岁那年，崇王被分藩到汝宁府（现今的汝南县）。汝宁真是个好地方，此前，崇王的五兄秀怀王朱见澍也曾被分藩于此，只不过，秀怀王命不长，到封地两年后，不到二十岁就去世了。

明成化十年（公元1474年）三月初五，大地回春，阳光灿烂，朱见泽带着大队人马，从北京出发，踏着他哥哥朱见澍的脚步，前往河南汝宁府。藩王就藩，国家大事，而且，这还是当今皇帝明宪宗朱见深的嫡亲弟弟，场面必定更加隆重。这一支声势浩大的皇家队伍，一路浩荡行进，此前，沿途各地政府尤其是驿站都已做好充分准备，而邻近汝宁府的驻马店，就成了名正言顺的皇家驿站。

驻马店地处南北交通要冲，这里是华夏文明的重要发祥地之一，春秋时属蔡国，战国时属楚国，汉设汝南郡，唐宋时为蔡州，元朝开始设汝宁府。自汉代以来就开始有官家驿站，南来北往的信使，在此歇息换脚，驿内常常人欢马嘶，驻马店，这是一个可以让马休息的地方。也有人说，此地原产"苎麻"，人们叫着叫着，就谐音而成"驻马"了。1974年10月，当时的驻马店镇力车厂发掘出明朝一古墓群，其中一墓砖上刻有"明弘治元年河南汝宁府确山县驻马店"，这项考古，并不能说明驻马店的来历，但至少告诉我们，驻马店这个名字开始称于明朝，也就是说，自朱见泽来汝宁府后，这里就开始叫驻马店了。

不是所有的驿站都叫皇家驿站的，汉代的时候，高祖刘邦曾驻跸于此，而朱见泽来汝宁，我相信这里已经很有点名气了，不过，这个名气，会随着他的到来，以及他的皇帝哥哥御驾亲征经过此地而名声再次大振。

我进皇家驿站的北辰门，登上高大气派的城楼，黄色的幡旗迎着风不断摇曳，放眼四望，这已是一个兴隆的小镇了，皇华宫，驻马驿，驿丞署，急递铺，车马行，驻马书院，各抱地势，各呈风格，中轴线两端，挂着红灯笼的商铺，依次比邻而立，驿站广场，人来人往。沿街挨着店铺走，古老和现代，时空不断转换。

古代的驿站，是国家的大动脉，它勾连着各地精彩的世界，驻马店市的这个现代驿站小镇，历史文化韵味和当地文化特色兼具，风景别样。

四

黄淮之间，自西北向东南，汝河、颍河、灈河、涡河、汴河、泗水等如

"川"字状津润着豫皖苏北大地，它们最后入洪泽湖、淮河，再东流入海。

北宋熙宁三年（公元1070年），沈括接手了一项临时性的技术工作，"检中正书刑房公事专提举"，测量汴河下游的地形，这实际是一项赈灾疏浚工程，也就是说百姓可以用劳动来获取粮食。沈括此次的主要任务有三项，用专款在南京（河南商丘）、宿（江苏宿迁）、亳（安徽亳州）、泗等州，招募民众前来疏浚汴河；另外，就是查清官家私家在汴河沿岸的田地和可以修筑闸门放水淤田的地点；第三就是做好开凿汴洛运河的准备工作。自然，沈括凭着他卓越的学识、勤勉的工作，这项工作完成得很圆满。

民为国之本，农为民之基，历代政府，都非常重视农业和水利建设。

1958年3月，大地在天寒地冻之后苏醒，汝南、上蔡、平舆、正阳、西平五县的11万民工，开始了一场气壮山河的造水库工程，清淤排沟，将汝河等四条河流截河为湖，仅十个月时间，168平方千米的宿鸭湖湖面上就映出了湛蓝的天空，既能蓄洪，又能灌溉，还能发电、养殖，是亚洲最大的平原水库，被誉为"人造洞庭"，鱼欢鸟鸣，这里也称为"渔都"。

无法统计，宿鸭湖60多年来带给沿湖人民多少恩惠，只是，风雨的沧桑，库区周边生态环境持续恶化，它自身已经严重受损：水变浅，水体自净能力丧失殆尽。要想宿鸭湖重新焕发生机，除非清淤扩容，这是唯一选择。

我们的车在宿鸭湖大堤上快速行进，右边的湖面仍然广阔，左边也是大片的水面，不过，这些水是从湖中由挖掘机挖掘抽上来的泥沙水沉淀而成，管子里冲出来的泥柱，百分之八十是水，百分之二十是沙，这些沙沉淀后，就成了淤泥，淤泥干涸自成大坝，种上树，种上草，就成了怡人的风景。

我们到观景平台，一根抽水管蜿蜒戳进湖面深处，那里有清淤船，船上的挖掘机在紧张作业，这根水管有80厘米粗，里面发出沙沙的声音，那是泥沙擦着管壁发出的，这样的取淤口有19处，从前年的12月开始，河南省就启动宿鸭湖的清淤扩容工程，总投资31.6亿，工期3年，要将9000多万方的淤泥，从湖中抽到大堤的另一边，水流回湖中，淤泥终成田地。汝南县委书记彭宾昌介绍说，宿鸭湖清淤扩容意义重大，它是全国首个试验区，目前已经完成了一半工程。我听后，脑子里立即出现了和宿鸭湖类似的画面，需要这么做的水库和河流，全国到底有多少？一定有许多，它们都已经进入老年状态，或者不堪重负，亟须修补治理或者休养生息，从某种程度上说，给予和索取，是对等的。

我刚刚看过遂平县汝河、玉带河的水系治理，水清、岸绿、景美，已经深有体会，故对修复后的宿鸭湖，充满了期待，我相信许多人和我一样。彭宾昌书记说，这湖里有130多种鸟，过几天，就有十万只大雁来过冬了。

五

阔大的湖面，只有虚了空了，才可以注入更多的活水。如果将宿鸭湖的清淤看成是"有中变无"，那么，我在红色老区确山县竹沟镇看到的提琴产业园，则完全是"无中生有"，这里制作提琴所需的材料均来自外部，但它生产的提琴却占据着中国高端提琴市场总产量的百分之八十。

传奇的源头，可以追溯至上世纪八九十年代。那时，一批竹沟人，到北京的提琴厂打工，开始步入提琴的制作领域，从土里土气的乡下人，到带着一身技术回到家乡的创业者，其间他们所经历的艰难与险阻，用文字很难简单描绘，总之，这批"提琴种子"回到了竹沟，他们用若干年的时间，使整个竹沟都充盈了高雅的音乐，这个普通的山区小镇，已有提琴企业160多家，各类提琴的年产量达到40万把，大名在国际制琴界也响当当。

我们走进产业园的昊韵乐器公司的展示大厅，有钢琴声和提琴声悠扬传来，小舞台上，一位钢琴老师正在伴奏，年轻的女孩，大提琴师，专注地拉着，站着的那位，小提琴手，一位扎着马尾辫的青年女子，看模样打扮，应该是村民，曲子不算流畅，不过，已经像模像样了，她们不是表演者，她们只是普通的练习者，或许，在昨天，或者昨天的昨天，她们还不知道提琴，这神秘的西洋乐器，看着简单，但要让它流出动听的音乐，那是不可思议的事情。

我上二楼的生产车间参观，多个钢货铁柜上，挂着出口各个国家的提琴，美国，意大利，德国，日本，韩国，澳大利亚，成排成行，提琴们正待出发，开始它们异国的音乐旅程。在装配马子的工位上，我和一位宋姓女工攀谈了一会，她说今年46岁，已经工作四年半，开始半年是学技术，现在每天可以装十把左右琴，月工资六千以上。问她为什么来此工作，她说是政府照顾安排的，前几年，她丈夫身体不好，女儿又在读高中，家里日子过得紧，她说现在好了，丈夫已经病愈，开始工作，女儿从河南师范大学毕业，已经被郑州的一所高中录取。我笑着说，恭喜恭喜。花白的头发，与她的年纪并不相称，不过，她脸上始终洋溢着笑容。

我问如何打造一个和提琴产业相配套的人文环境，陪同的确山县委书记路耕告诉我说，从前年开始，政府专门请专业音乐学院的老师来这里的中小学，开设提琴特色班，培养学生苗子，并组建室内弦乐团，他们的目标是，要让提琴活起来，要让它奏出美妙的声音。

小提琴，中提琴，大提琴，依次飞扬出不同的乐音，舒缓清晰，轻盈俏丽，低音贝斯，则缓缓淌出宽厚温柔的低沉，钢琴也跳跃着悦耳的音符加入，听着梵婀玲（violin，朱自清《荷塘月色》）和谐的旋律，我陶醉了，这是如歌的行板吗?!

驻马店市驿城区乐山大道与开源大道的交叉口，有一座高耸的方形塔，名曰"天中塔"，塔高59米，直指蓝天，塔基四面有大块浮雕，其中西面为"盘古开天辟地"，北面是"周公定天中"。天中塔呈方锥形向上递进，塔顶端是一根直指蓝天的象征驻马店锦绣未来的不锈钢标杆，无论是夜晚或是晴空，天中塔都会有晶晶光亮闪现。

三千年的历史，活泼泼的现实。

天中之上，历史之光，人文之光，创业之光，珠辉玉映，如此华章。

（原载《北京晚报》2020年12月16日）

鸦经

蒋蓝

从白乌到白鸦

有些鸟是借助文化的阵风而飞舞，比如仙鹤，比如鸩鸟，比如凤凰。

有些鸟是在扇动翅膀积蓄、孕化气流而御风飞翔，比如乌鸦，比如乌鸫，比如杜鹃。

杜甫于安史之乱爆发后的第二年（756年）写作的《哀王孙》，开头即说："长安城头头白乌，夜飞延秋门上呼。又向人家啄大屋，屋底达官走避胡……"这是颇有预示性的一幕：在长安城城头，突然伫立着一只白头乌鸦，夜暮了，它还飞进延秋门上哇哇长噪。这个怪物又向大官邸宅啄个不停，吓得达官贵人们，为避胡人纷纷逃离家园。

极端之物具有极端之姿，暗含极端之事，犹如鸩鸟乱飞、黑虎现身。所谓"雪白鸦青"，两者本重合不到一起，可偏偏就是这么神异的事情，雪鸦竟然来了，雪鸦飞过，不久雪就会随之而来，似乎雪鸦是大雪的急先锋。在杜甫眼里，见异则鸣的乌鸦，换装为白鸦，更预示不祥。诗歌固然附和了此一时节王纲解纽的兵荒马乱，但也有人并不这样以为，反而以为是盛世之兆。

隋大业九年（613年）十二月，陕西凤翔人向海明起义，突然有白乌鸦哇哇长噪，和尚出身的向海明视为吉兆。唐朝之前的漫长时期，古人均视白鸦为瑞物。比如《东观汉记·王阜传》："甘露降，白乌见，连有瑞应。"比如《南史·范云传》："时进见齐高帝，云有献白乌，帝问此何瑞，云位卑最后答，曰：'臣闻王者敬宗庙，则白乌至。'"

和尚向海明于是自称皇帝，即以白乌为年号，当是依据《汉书》等文献中眭孟这一典故。

汉元凤三年（前78年），泰山东麓的莱芜山上巨石自立，白乌云集，鲁人眭孟推《春秋》之意，认为"泰山者，岱宗之岳，王者易姓告代之处"，"当有从匹夫为天子者"。（《汉书·眭两夏侯京翼李传第四十五》）后来朝廷以妖言惑众、大逆不道的罪名将其处死。向海明认为既白乌出现，那就顾不了那么多了，农民出身的和尚自然也可以当一回皇帝。于是建元"白乌"，以白乌为年号。不妙的是，向海明很快就被隋将杨义臣击败了。看来"白乌"的年号并未阻止僭越行为的失败，反而成为乌白马角的例证。

在中国历史上，各地发现白乌进献朝廷，文人学士撰文称赞白乌、白鸦为吉祥历朝历代都不乏记载。唐朝著名政治家、文学家张说（667—730），一度执掌唐朝文坛三十年，曾到灵州（今宁夏吴忠市境内）出任首任朔方节度大使，曾撰《白乌赋》（又名《进白乌赋》）进献唐玄宗。《白乌赋》里特别指出："有莫黑之凡族，亦变白而效灵，感上仁於孝道，合中瑞於祥经。若夫事出神妙，理包舒卷，贶集王屋，飞随帝辇，捧日高骞，迎风细转，识句句於招呼，每哑哑於撰襫。以其雪羽霜毛，冰精玉状，拔奇绿林之下，赏异紫台之上。"就是说，这是乌鸦阵营里特意委派出的辅佐帝王的白乌，忠孝反哺，天道循环，所以好事连连。

唐玄宗一读大悦，专门撰墨诏《答张说进拜乌赋》，皇帝不但得到了好文章，还得到了那只神鸟："得所进白乌，符彩明媚，助日扬辉，白羽翩翩凌霜比色。况乎反哺斯重，能仁是高，对之有观，情不能已。又览所进，放言体物，词藻浏亮，寻绎研味，披玩无厌。所谓文苑菁华，词场警策也。今赏卿金五挺，银十挺。"就是说，特别赏赐了张说黄金五根、白银十根。

可以发现，唐玄宗对白乌的描述很接近白乌鸦，这是雀形目鸦科数种中白色乌鸦类的俗称。白乌鸦大体有三类：一种叫作斑驳鸦，身长40多厘米，颈项上有白色的圈，胸部是白色的羽毛；另一种叫白颈大渡鸦，颈部和背部都生长着月牙形的白毛，非常好看；还有一种叫斗篷白嘴鸦，嘴是白色的。当然，唐玄宗看到的也可能是白头椋鸟。

尽管唐朝以后世俗中对乌鸦的好感发生斗转，但奇异的白乌鸦却是例外，继续统领着道德的高标。浙江省的瑞安市在三国吴国之时，原为安固县，因为唐朝天复二年（902年）有白乌栖息该县的集云阁，该县取白乌象征瑞祥平安，改名为瑞安县，即现在的瑞安市。

白乌蹁跹，聒噪不已。其实，它们一直在等待一个能够为之造像者，让世人铭记它们的风采。

几年前我去青城山上清宫开会，那里是张大千先生1940年在青城山居住作画之地。抬头朝山上四望，发现一只白色的鸟朝上清宫的方向飞来。在青城山，一直有白色乌鸦出没，但很不容易现身。当年，一位樵夫就曾把自己捕捉的白乌鸦敬送给了张大千。张大千认为白乌乃特别珍稀之祥瑞之鸟，为表感激，当场赠其亲笔画《秋牡丹图》。此后，张大千以这只白乌鸦为模特，往往是吃过午饭，张大千在画室门口，给白乌鸦添食，看着它往瓷罐里啄水，梳理羽毛，反复观摩，他先后绘制了姿态各异的《白乌图》《红叶白乌图》等多幅佳作。当然，张大千在青城山还畜养了一头黑熊和一头金钱豹，这是后话了。

而根据张大千女儿张心庆回忆，情况是全然另外一回事。

1944年春季，张大千一家住在成都骆公祠（原为蜀汉赵云洗马池旧址，晚清时节建有纪念四川总督骆秉章的祠堂），收到朋友在青城山捕捉到的一只雪鸦。这只雪鸦极为罕见，除了尾部有些许黑羽之外，周身雪白，而杜甫诗歌《哀王孙》中写过的白乌，仅仅是"头白乌"，因此这只雪鸦显然更为特异。张大千非常珍爱，叫人给老友、蜀地国画名师张采芹送信，请他前来一睹神鸟。张采芹又邀约了林君墨和杨孝慈两个朋友一道来观赏。他们一面品茶，一面逗鸟。言谈中谈及花鸟技法，张采芹技痒，见大千画桌上刚好有一斗方宣纸，就展开画纸写生。张大千一见连声称赞，又提笔为雪鸦添了一茎树枝，枝梢还生出两片嫩叶。一幅《雪鸦图》就这样玉成了。张大千欣然题记："甲申三月廿六日。友人从青城携来雪鸦见赠。君默、采芹、孝慈诸公来赏，采芹道兄对影写生，命余补老枝新绿，并为记。大千张爰。"写完盖了大千印章，采芹也补印于下。四人欢聚了一整天才告别。可见，《雪鸦图》是张采芹、张大千合作完成。

《张大千谈艺录》里记录了他的观鸟心得："一种鸟有一种姿态，燕子与鸽子是不站在树枝上的，鹤与鹭是蜷一足而睡的，等等。倘若只了解鹤与鹭，就拿它的姿态，来画其他的鸟，这岂不是笑话。乌鸦与喜鹊，动态是绝不相同的，若将黑皮袍脱下来穿在喜鹊身上，就说它是乌鸦，那是绝对不可以的。所以必须观察种种微妙的动态：啼晴、调音、踏枝、欲升、将飞、欲坠、欲下、反争、飞翔、欲啄，等等。以上各种姿态，胸中都明白了，画时自然会得心应手。"由此可见大千先生观察细致入微之能，以及技法超拔众人的原因。

现代篆刻家陈巨来《安持人物琐忆》记录了这段"乌鸦逸闻"："他所画各式飞禽，颜色五花八门，可谓佳极矣。一日余询之曰：'这鸟何名？'大千笑云：'吾在四川青城山久，所见各色飞禽，多至数百种，都不能举其名，所以吾画的鸟，一只白色鸦，确有之物，其他悉以意为之，想世界上当有这样的吧。在第一次展览会上，有一幅《古木丛林图》，中画二乌鸦，穷斗，缠绕之状，如生也。据云在成都庭院中时见此状，故写生也。'"

有学者指出，大千题画时曾写道："青城山中樟柟漆树，未秋先红，璀璨如锦。"指的就是《红叶玉鸦》等画作中的这种红叶，是他在青城山居时秋冬之间庭院中的实物。枝上栖息的白羽鸟，张大千名之为"玉鸦"，有时也称作"雪鸦"，是大千先生在青城山及成都所畜养的一种异鸟。

这就是说，张大千至少在蜀地有两次与雪鸦相遇的经历。

晚清魏源《赠谢默卿明》诗之二："徒闻牛戴角，不见乌白头。"但在我看来，即使不是处于神异的时代，所谓不可能的事情，却总能在想象的视野中渐渐落地，就像在每一个公路出入口如临大敌的公务人员，戴 N95 口罩举起体温检测仪对准路人的脑门。他们就仿佛是亮出反手剑的黑客。

雪鸦、白乌是非常珍稀的鸟类变异现象。山里人说要百年才会出一只，能够看见的人都是有福气的人。我想，那天在青城山出现在我视线里的，是不是一只白乌鸦呢？

难道白乌已经从密室的宣纸上飞离，飞回到自己魂牵梦绕的故乡？！

法国作家雨果换了一个角度，说："经过这一场乱斗，我们都不改本色，他们白得像乌鸦，我呢，黑得像天鹅。"

雅安遇鸦

蜀地雨城雅安，其"雅州"之名，始于隋文帝仁寿四年（604 年）。1400多年前，雅安地区开始使用"雅州"这一名号。从此"雅"名便和雨城结缘。

史学大家任乃强在《雅安八县地名考释》中指出，"雅"在羌语里系"牦牛"之意，"五头牦牛"羌语的读音即为"雅安"。雅安山之名，就是为纪念羌人以五头牦牛为食，抵抗獠人入侵的壮举。但古藏语认为，雅安之名源自藏语"牦牛尾巴"。无论是古羌语还是古藏语，显然汉语里的雅安是记音而来。这一情况在藏彝走廊很多，雅安的近邻峨眉，此词也是记音。

雅安一地，尤其是靠近天全二郎山、汉源大相岭等地，乌鸦极多，体形硕大。1863 年 5 月，翼王石达开在石棉一带连续被清军击退，最终退到的地方就是大渡河著名回水区"老鸦漩"，那里的悬索桥桥头巨石阻挡河水形成一个巨大的漩涡，滞留了河道的很多漂浮物与尸体，引来大批乌鸦，老鸦漩因此得名。河面的水漩与空中的飞旋，互嵌对撞，由此谱写了大渡河的宿命史。

雅安是平原向高原的过渡地带，小嘴乌鸦、大嘴乌鸦、秃鼻乌鸦之外，也常见高原最大的乌鸦——渡鸦，渡鸦一旦发现食物就兴奋鸣叫，被称为"鸟中鬣狗"的胡兀鹫寻音而来，轻易将渡鸦挤开，使其只能拾取一点肉屑；而当渡鸦发现危险，一边鸣叫一边飞走之际，胡兀鹫也知趣地回避了。

许慎《说文解字》："雅，楚乌也，秦谓之雅。"说春秋战国时期，秦国人把"楚乌"叫作"雅"。但"楚乌"并非"楚国的乌鸦",李时珍《本草纲目·禽三·乌鸦》说得很明白:"楚乌"乃乌鸦的别名。

其实,古人注意到了鸦属当中的区分。《孔丛子》之《小尔雅》说:"大而纯黑反哺者乌,小而不纯黑不反哺者雅。雅即乌之转声。字亦作鸦,作鶯。"

"雅"的小篆字形,是由"牙"和"隹"(读作 zhuī)组成。"隹"在甲骨文中,是一只短尾鸟的造像,短尾巴的鸟儿的字,总会嵌入"隹"。"牙"用以表声,是拟乌鸦叫声。文字里的鸦大多是仰头张口的样子,也有人认为上面张着的那张口,是暗示它们是以声音来彰显存在的。古罗马作家普林尼在《博物志》里就认为,乌鸦就"像被人掐住脖子似的叫喊,宣布的是凶兆"。由此可见东西方学者的一致意见。

"雅"是会意字,也是形声字,它的最初读音是"哇",具有明显的鸦属特征。约在北宋时期,人们又造出了"鸦"字来专指乌鸦,"雅"字的原意消失,读音也随之改变。于是呀——雅,就高雅、正义起来了。尽管在雅安山区,乌鸦们仍然在高低声鸣叫,宛如疾风荡起的山峦。

咿——呀——呀——

鸦语者

超迈的鸟总是高飞疾走,远离尘嚣。它们是天之骄子,忙于天上的生活。

希望靠近人类生活的鸟儿,除了食物原因之外,它们无力高蹈,必须用一技之长来换取继续下去的机会。有些鸟儿乖巧,羽色靓丽,就成功了。其中奇怪的恰是喜鹊,喜鹊作为鸦科鸟的代表之一,叫声跟乌鸦同样是粗粝的,但在古人耳朵里,却成了喜庆之音。四川方言称喜鹊为"鸦雀子",反而彰显了其阶级成分。彭乘《墨客挥犀》指出:"北人喜鸦声而恶鹊声,南人喜鹊声而恶鸦声。"洪迈《容斋随笔》里写道:"北人以乌声为喜,鹊声为非,南人反是。"

还有一些走中间路线的鸟,比如白鹭、灰鹭、斑头雁、白鹤之类,不即不离，貌合神离，也在人们的视线内外存活下来。但乌鸦近距离地叫喊，反复提示，耳提面命，引起了听众的极大不快。人类历来青睐示好者，藐视恶事的预言家，尤其是真正的"鸦语者"。宋朝诗人谢翱《送人归乌伤》有"饥鸦啄雪枝上啼"之句，这样的乌鸦无须豢养，就比雅典娜的猫头鹰更为兀立而般配。而在北欧的神话当中，两只乌鸦分别站在大神奥丁的左肩与右肩，一名福金（Hugin），一名雾尼（Munin），分别代表着思维和记忆。它们是奥丁的眼和耳，可以观看和聆听世界上的一切隐秘之事。

尼采不能不采用反讽的口吻说："也许，智慧在世上只能以被尸臭激起欲望的乌鸦的形式显现？"

异端认为，既然地狱熟门熟路，那就不去了。"乌鸦带我去天堂！"但乌鸦更喜欢带先锋们去往不知道通往哪里的路上。失去向度，失去目标。先锋和乌鸦就像荒野里的细流，慢慢干涸，直到黑夜填满、充溢它们的脉管。

黑夜深处并非黑暗，黑暗深处是未知，未知搅动黑色，黑色孕育黑暗，黑暗发出黑到深处的光，光——满溢了幽蓝。

鸦语是黑中发亮的，非人工锻造，是收敛了一切火与热的陨铁。所以，这个世界除了光明就是黑暗，除了软弱就是玉碎之外，乌鸦站在暗处，为黑暗缀起了一道黑色的边际，如刀刃之铬，黑暗就比光明的幅度，多出一寸。

（原载《山花》2021年4期，有删节）

抄木氏土司诗

黄立康（纳西族）

云漏斜晖影， 山藏古雪阴。

——木公《游十九峰深处》

喜欢抄诗，抄唐诗宋词，借诗句，临摹旧山水的磨痕，俯视那年岁的人间。

某天，寻来木氏土司诗，抄下："云漏斜晖影，山藏古雪阴。"

这山水诗，让我想起"星垂平野阔，月涌大江流"。当天地间的动静、冷暖、刚柔、明暗随着笔端落到纸上，我相信，那个在阴天仰望雪山的土司，那个在星夜俯察江流的诗圣，想的都是苍茫。

抄木氏土司诗，因故乡传说。据传：从江对岸看，故乡后山像虎头。木天王忌惮这地方风水好，山下村子要出人才，就派人在山包后挖条沟，把"虎头"砍断。去年村里请东巴做法事，村民背上水泥砂石，上山填沟，把"虎头"接上。

魔幻的因果和"续貂"触动了我,而故事仍在被续写,它仍"活"着,让我看到了一场凡夫与英雄跨越时空的对答。

木天王即木氏土司,元代崛起,清代被降为土通判,距今久远,但为什么我的族人还会本能地提到他,且语气敬畏?神话是隐喻,女娲照自己的形象造人,当追问"我是谁"时,能否跳到起点:"是谁,按照什么胚体塑造了我们?"

"木天王"其实专指第十七任土司木增。我的三姑父他所说的那位,可能是其中之一,也可能合体,从1253年被封为世袭土官,到1723年"改土归流"被降职,470年,木氏共历22任土司。春秋笔法,微言大义,当我们谈论"木氏"时,22位土司合成了一个拥有多张面孔的合体。千年传承的古血,最终塑形成另一座玉龙雪山,在滇川藏交接的人心和历史间,反射东方光热,透露古雪的阴寒。

在漫长的时光里,木氏土司成为纳西人自我理想的完美化身,他对纳西族和滇西北来说,如同孔孟老庄之于中华、中国。但在他们生而为人、身为泥胎时,又是谁的女娲之手在揉捏他们?

凤诏每来红日近, 鹤书不到白云闲。
——木泰《两关使节》

据《明代云南土司传笺注》记载,云南土司数量为425家。木氏的兴衰,倒映了云南"羁縻"历史,也是中华泥身的一部分。

"云南诸土官,知诗书,好守礼义,以丽江木氏为首",相传《两关使节》是纳西族文人写的第一首汉诗,"白云"自喻,"红日"喻皇帝。也有人称它"中国第一媚联"。但在"媚"的反面,写满的是兵临城下时,土司们的无奈和苦楚。面对强大武力,连"土官之首"都无法选择命运,女娲之手,任谁都无法对抗。

唐王朝吐蕃争夺南诏的百年拉锯间,纳西族"常持两端,无寇则称效顺,有寇则为前锋"。宋朝纳西族被大理政权统治。1252年,阿琮阿良迎降忽必烈。明洪武十五年（1382年）阿甲阿得（木得）率众先归。清顺治十六年（1659年），大军入滇，木懿争先投诚。

女娲之手来自中原。（而揉捏中原的外力又来自哪？铁骑南下、佛陀西来、船舰炮火？）

迎降前夜，土司静坐木椅，一动不动，然而他的心已在动荡的天下间走了无数遍。许多张面孔如同川剧变脸，一一突现：旧臣抚心蹙眉，谋士掐指沉吟，赌徒的脸，凶狠狡黠；你会看到怒发冲冠的勇士、悲壮高歌的冲动匹夫、咬肌跳动的军人，又或者是一个无助的孩童。没人能体会，425位土官心绪纵横的煎熬，戴着土司冠冕的凡人站在朝代轮回的垭口观望，似曾相识，却也无力无奈。

金沙江流过石鼓镇，在长江第一湾转弯，向东流去。1936年4月，中国工农红军第二、第六兵团抢渡金沙江，取道中甸北上抗日。而在769年前，"摩娑蛮主"阿琮阿良在"剌巴江口"（即石鼓）迎降忽必烈，从此木氏登上历史高地，塑形成英雄。

豪气边疆宁，寒光牛斗掞。
——木高《大功大胜克捷记》

"守石门以绝西域，滇南藉为屏藩"，借着"屏边"，持剑仰马的木天王在滇藏川交界处腾挪转移，战时随军征战，平日镇守，上贡朝廷。中原的牌匾雪片般飞来："辑宁边境""西北藩篱""忠义"……

依仗着中原力量，木天王的女娲之手开始用力。向西，抵怒江。向北，争夺盐井盐矿。向东北方，抢占木里黄金、俄亚铁矿，并移民戍守。

戍守着云南边疆，西南边陲的异域绝色和风度气象，在木天王的边塞诗里，与中华大地交相辉映。

"沙漠风生秋跃马，金江月朗夜归航""石门锁钥坚，世作大明站"，纳西王木增的壮景，西南边塞诗人木高的豪情，我将它们对比王昌龄与李贺："青海长云暗雪山，孤城遥望玉门关""报君黄金台上意，提携玉龙为君死"。木天王也会写出悲怨的边塞诗，"苦将弹出昭君怨，马上谁人不泪弹"，他内心的苍凉绝望欲说还休，只能弹出女心阴柔的怨曲，说尽心中无限苦事，再让暗恨穿越时空，与"无定河边骨""深闺梦里人"顾影相怜。

滇西康南的转盘越转越快了，不同颜色的泥土糅为一体，而木天王左手持剑，右手拿树苗。刻印大藏经《甘珠尔》，将开印样本送至大昭寺；对宗教领袖崇敬有加，皈依佛门；广泛修建寺院；控制茶马古道，使丽江成为滇川藏交界区域的经济中心；派去戍守的移民将学自中原的先进农耕技术、优良的工具和作物带去，推动了康南地区的农业发展。民国任乃强的《西康图经》中记述："开辟滇康间文化三大动力，以丽江木氏图强，经略附近民族，为第一动力。"

在揉捏滇康泥身时，木天王也时刻关注着东方的气象。1639年，他在解脱林静候一个中原人的到来，这人叫徐霞客。

"作浮图， 高几百尺， 名曰觉显。"
——木旺《觉显塔寺记》

明万历十八年，觉显复第塔建成，第十五任土司木旺题记，记刻于碑。六年后，木旺受明王朝征召出征，与缅甸军队交战，殉国。

木天王仰慕中原文化，而徐霞客是汉诗文中最逍遥的行者。徐霞客是从觉显复第塔旁的邱塘关进入丽江的。木天王并没有把徐霞客迎到仿紫禁城而制的木府，而是将他请至芝山解脱林。所以，写下"宫室之丽，拟于王者"的徐霞客并没有亲临木府，只是远眺大研城，但也一眼看到了木氏的气象。

大研城里有座"万卷楼"，相传曾是木天王的书楼，藏有汉文典籍上万卷。对汉文化的痴迷，让木天王通过诗文，触摸到了中原文化的根骨。一些不经意间掠过的字词，像小锤轻轻敲打。百敲千锤后，曾经观望风向顺势而动的纳西王变了，字句间镌刻的大义撼动了他的内心，让他也育出了一根硬骨，这根涅槃的硬骨，叫"忠义"。

据说木懿在父亲木增隐退后的二十年间，每日请安。在那个时局动荡的明末，李自成率军攻占北京，崇祯帝自缢，吴三桂引清军入关，南京建立南明小朝廷……两任土司幽暗的心事、低语的秘密，在家族荣誉和民族命运间悄声、激烈地拉锯，最终木增下令自己世受"龙恩"的家族支持南京。但大树将颠，非一绳所维，在第二个南明小皇帝被清军杀害后，木增的生命崩裂，《木氏宦谱》未具体记录他的死因，他神秘地殉国，不留一字，留下一条后路给子孙。

土司木懿摘下旧朝的官帽、举过头顶时，一定会回想父亲的教导——忠义是木氏的硬骨；木氏荣光、生存智慧都建立在忠义上，无忠义，荣光如绮梦，智慧似算计；曾经投诚，保一家之利，如今忠诚，报一国之恩……木懿缓缓戴上官帽，他突然明白"青山有幸埋忠骨"的真意，光阴寸金但青山处处，人生瞬逝唯忠骨长存，现在，他也要淬炼忠义，铸成民族的硬骨。

激荡风云将木懿席卷，清顺治十六年（1659年），吴三桂率清军入滇，木懿带族归顺。不久，吴三桂开始密谋反清，大小官员争相投诚，只有木懿不动。康熙八年（1669年），吴三桂把木懿囚禁在昆明牢狱中，拷打折磨。七年后68岁的木懿被放出牢狱，一根悲壮的硬骨把他撑回丽江，从此像他父亲那样隐居山林。

欲借青阴来入砚，任人和露写离骚。
——木青《题竹》

第十六任土司木青咏物，已得精髓，写竹不见竹，处处有竹影。他想象自己化作一棵竹，遁去，前尘往事落地成阴，任由后人和着露水，写下凡人心，遇忧愁。

"木氏土司作家群"中，木泰、木公、木高、木旺、木青、木增六位土司，诗文凌云，合称"木氏六公"。后世文人尊称他们为"木公"。虽然地处边陲，身为纳西，"木公们"却有着极高的汉文化修养——木泰精通《易经》，木公与大儒杨升庵书信往来，木青的诗被晚明诗坛盟主钱谦益称赞格调高，木增在六公中著述最多。

律诗绝句是木公的道场，方寸之间，无尽逍遥。在诗里，木公化身渔夫，在四围青松的玉湖垂钓，钓得锦鲤卖酒钱，酒醉乘着夕阳归，半醒半醉，不乘舟，低头走在沙滩上，随一行鸟雀纤细的足迹，去寻找歌声的源头；他向往一个贪杯的农人，看着园里啄食的黄鸡，想象着吃一口肥烫鲜美的嫩肉，嚼一口清凉锋利的白酒；当然，木公也皈依了佛门，成为苦行僧，"叩门寂不语，已悟祖师禅"；他也会是鹤梦初醒的孤道，隐居清绝地，布袜青鞋，不问长安。

最终，他与诗，诗人合一，物我两忘。

被汉诗塑造成诗人时，木公其实也在反向揉捏着汉诗世界，正是这互动，为我打破了时空的隔阂，让我开始塑造期待中的诗人木公。

我想象着木公在月夜走出木府，踏上官道，青石板泛着月光的清辉和冷意。走出大研城，木公一直走，终于在清晨走到金沙江边。朝露打湿了他的官靴朝服。发觉身体沉坠，木公开始一件一件脱掉锦衣，只留贴身的棉麻。脱去厚重的臣服和尘世，木公没想到自己如此瘦弱，又如此轻盈。他就这样迎着江风逆着江水走在金沙江边。江沙让他觉出柔软，卵石硌出他遗忘已久的酸痛，最终，他被冲上岸的断枝刮破皮肤。木公低头看着脚背漫出鲜血，突然意识到自己还活着，是鲜活的，自己还属于也终于又属于自己了。

谈空客喜花含笑，说法僧闲鸟乱啼。
——木增对联

木氏六公中，纳西王木增功绩最大，诗作最多，经历最奇。

十岁时父亲木青不幸殉国，手下谋反，木增与母亲平定叛乱。之后，木增把功业推向顶峰，威震川滇藏，被称为"木天王"。36岁时，木增将土司职位让给长子木懿，隐居玉龙雪山南麓芝山解脱林，号"生白道人"，道号出自《庄子》："虚室生白。"一个偶然，我发现明朝将领戚继光的文集《止止堂集》，书名也取自"虚室生白，吉祥止止"一句，感叹这历史的巧合暗藏玄机。

木增的隐逸诗带着佛道的清境禅意，在芝林鹤梦间，让穿入疏帘的蝉鸣松涛，安抚尘劫梦与英雄志。凡尘往事，如入火聚，芝山解脱，得清凉门，所以，我看到了"散人"木增，他生出与世俗万色相逆的"白"。这"白"并不是扬抑的留白，而是生命的底色。不着一物，心无挂碍，世间都是白茫茫一片，万物各自自在，又相互照见。

但木生白无法超脱，他被民间重塑，在他的道场外，民间为他虚构了红尘，塑造了伊人——阿勒邱。史书中并无阿勒邱的记载，但民间口传，提到木增，便会提到这个女子，还有他们的爱情。木增和阿勒邱，他们的爱鲜艳热烈，应该像山野间的红豆与鸿雁。可以更浪漫些，我想虚构木增与阿勒邱最初的相遇。我想象着木增在白日是云岭最大的王，在月夜化身世间最美的情郎。

在花马丽江，有幽静处，便可遇见爱情男女相隔对唱。对唱的人中，有没有可能，木增和阿勒邱刚好遇上？那夜，阿勒邱与木增隔着龙潭圆月，在纳西调里，化身追逐的鱼与水、花与蜂、柏叶与雪花。一曲终了，爱慕暗生，在这个窃窃私语的春天，含苞待放的秘密带着香甜味，飘满了整个天地。那秘密风儿知道，月亮知道，而他们一定也知道，一首情歌的甜，是爱情必经的小路。

衰年膝痛知阴雨，　晚岁眸昏近夕晖。
——木公《遯痴堂寄愈光二首》

一个老人，揉着膝，探看窗外的雨。这雨何时会停？或者，晴天只在往昔？

在颤巍巍写下这首寄友感怀诗的停顿间，木氏土司（木天王？木公？）当然知道这雨是隐喻——蒙古和硕特部南下、吴三桂叛乱、咸同乱世十八年、杜文秀起义、改土归流——一场场"阴雨"早就下透了。

下沉。

曾经尊贵的木氏土司知道自己沉坠很久了。像太阳沉入子夜，他沉入曾经俯视的民间，沉入时间深处成为故事。在故事里，木土司被民间续写成了一介俗人——木老爷。

我手边的《中国民间故事·云南玉龙古城卷》中，我最喜欢聪明的阿一旦与木老爷斗智的故事。阿一旦是否真有其人，已无法考证，但他智斗木老爷的故事却在纳西民间不断流传。写这个故事时，我突然发现阿一旦、木老爷的故事和阿凡提、巴依老爷的故事惊人地相似。阿一旦是人民的口舌与幽默，木老爷却成为笑柄，作秀不得，作恶不成。在对立中，人们活泼生动地重塑曾经塑捏他们的英雄领袖。

木氏厄运不断。

流官知府杨馝设局囚禁木钟，强行没收木氏家产，木钟忧虑成疾，不久便病逝。降为土通判的木德，"室如悬磬，贫乏难堪"。清末有民谣："翰林儿子不入学，屠户人家又中举，木氏天王卖地基。"时代发生巨变，民间故事里的木老爷，失去了木氏土司的显贵、木天王的威势、木公的飘逸，只是一个肉身沉重的凡人，走在普通百姓间，被揶揄。但这时的木老爷却是真诚的木老爷，在民间故事里，他用尽诚心苦意，从北京请来皮匠和名医，落户丽江，造福百姓。他与民间的寒暖苦乐连成一片，充满烟火味和世俗气，骨子里却透着热情和真诚。终于，居高的塑像开始片片剥落，木老爷回到了温暖的泥土里，他又是普通人了，和所有人一样。

（选自"中国少数民族文学之星"丛书《巴别塔的砖》，作家出版社 2021 年 12 月出版）

寻路剡中

徐海蛟

1

"天姥山怎么去?"我站在大佛寺前一棵老梧桐树下问路人。明亮的早晨,梧桐阔大的黄叶上缀着露水,秋风一起,它举向空中的枝叶哗哗响着,摇曳出斑驳的光点。

我从另一个城市来到这座小县城,这是二十岁的我第一次走到那么远。

"天姥山?"老太太摇摇头,"我不晓得的。"

"天姥山在哪儿?"这回我挑了一个清瘦的老先生问,我的语气该是急促的。

"喏,远处,这边,那边,还有那边……"顺着老先生的手,我的目光越过城市高楼,越过被晨曦打亮的楼顶,落到一抹黛色的隐现于云雾中的山上。

"怎么才能到山脚下?"

"你看到的很多山都是天姥山……"老先生清癯的脸上透着温和的笑。

二十岁那年，我第一回来到新昌。二十岁的我，还未看过世界的模样，一脸青涩，还是一个生活的门外汉。但二十岁的我，还未被世俗的习气浸染，心是简单的，胸膛里涌动着李白的诗句："越人语天姥，云霞明灭或可睹。天姥连天向天横，势拔五岳掩赤城。"我像入冬的飞鸟追随南方的气息，就是追随这样的诗句而来。

"天姥山怎么去？"语气里的焦急，一定令老先生在心里为这份冒失感到好笑，但他脸上却透着平静："小伙子，天姥山到处在，你已到了它脚下了。"

我不明白，在这个叫新昌的小城，我路过的每家小餐馆、小旅店墙上都能读到李白的《梦游天姥吟留别》，而天姥山本身，竟成了一座难以亲近的山？它在唐诗里举目可见，又于现实中遥不可及？它具体得那么抽象。

2

公元729年初冬，孟浩然坐在钱塘江上的舟中，时不时引颈眺望，问舟中旅人："哪片青山才是越中的山？"是个明媚的日子，江上风平浪静，一碧涵空。船正朝着他心里无时无刻不系念着的那个叫"剡中"的地方进发。

年逾不惑的孟浩然满身疲倦。那些年，他在长安的达官显贵的门庭之间穿梭，他写着谄媚的文章，他也发牢骚，时常地，他不仅困惑究竟为什么，这满身的才华无人赏识？长安啊，锦绣成堆、功名遍地的长安，长安啊，机会多若秋天树上果子的长安，他孟浩然为什么就摘不到一个甜的果实？

经历了一场又一场无望的追逐，而未能挤入仕途的窄门，孟浩然不禁萌生出回归的心绪，于中年时分回到山水怀中，做一个自然之子，在晚照与湖光中入定，大概是他人生数度追逐与失意后找到的退路。尽管，这个年纪的孟浩然心里依然放不下出仕的执念，但他需要回来，回到他热爱的大地和田园中，那是灵魂渴望的一场休憩。

剡中有翡翠做的青山，有洁白的云朵，有云朵做的诗句。这是一个令人忘机之地，这是一个适合放下的地方。遍历世事的孟浩然放下富贵公卿，放下功名利益，也放下石块般压在睡梦里的欲望。那一刻，他调匀了呼吸，世俗的重担已然卸下，他变得轻了，像在阳光里沥干了水分的蒲公英种子。他想，只有轻逸的人才适合来到剡中，当然，似乎来到剡中的人才变得轻逸。微波漾起涟漪，阳光像金色的小鱼跃动着，嬉戏着。平阔的江水有如他平静的心绪，无风无浪。

公元731年，刚过二十岁的杜甫进入了长达九年的漫游时代。年轻的杜甫离开洛阳，顺水路下江南，途经淮阴、扬州，渡过长江……轻舟赛马，访姑苏城，渡钱塘江，登西陵古驿台，赏鉴湖畔如花的女子，此行最后一个目的地却是剡中。最后遂他所愿，船沿曹娥江而上，到达上游剡溪，停泊在天姥山下。这是杜甫一生"行万里路"的开端，也是杜甫一生漂泊的序幕。

于历史章节里读到这一段，我禁不住想：年轻的杜甫也一定会像1260多年后的我这般问路人："天姥山在哪儿？"他终于来到了江南腹地，来到谢朓、阴铿、鲍照、庾信诗歌里歌咏过的剡中，来到仰慕已久却未曾谋面的李白诗歌里出现的剡中。青年杜甫第一次长途跋涉至江南，这是一场身体的远游，更是灵魂的朝圣。那一刻，面对俊秀的青山和清澈的流水，杜甫是否心潮澎湃？但这确乎成为他一生未能忘怀的景致，这景致像生命里的清风，在往后余生，抚慰着他。许多年后，晚年杜甫卧病夔州，于客堂病榻上回望人生，脑海里依然回响着剡溪清澈的流水，回响着江上白鸟的啼鸣，他以颤抖的手写下那首《壮游》，写下"剡溪蕴秀异，欲罢不能忘"的诗句。

寻路剡中，是年轻的杜子美试图摆脱庸常人生，探寻生命更开阔向度的旅行。剡中是地理上的剡中，也是杜子美朝圣路上灵魂的方向。

而数年前，年长杜甫十一岁的李白，已先入剡中。李白也一定会向当地人打听："到剡中的路往哪儿去？天姥山在哪儿？""借问剡中道，东南指越乡。"第一回来是在仲夏，从广陵乘船，由会稽上剡溪——"竹色溪下绿，荷花镜里香"。一派镜中流水，一路清新荷香，浙东山水给了远道而来的诗人以深深的慰藉，也令他的诗歌里葳蕤起一股南方水泽的气息。他是爱这个地方的，文史学家们说李白四入剡中。假设人与地域之间存在着某种共通的气质，这一地山水，该是暗合了李白的志趣和性情，这是李白冥冥中遇到的精神故地。诗句在俊秀的山水间生发，逸兴在清风与明月里飞扬。他在此地写下诸多名篇，让"剡中"的名字，落进厚厚典籍里，远播到时间和人心深处。

而剡中真正得名却在魏晋，这片江南青山中的温柔腹地，迎来它最重要的客人，历史也为此留下无数璀璨篇章。刘阮天台遇仙，谢安东山再起，王子猷雪夜访戴，王羲之兰亭修禊……这些风雅典故都在剡中腹地里应运而生。谢灵运则在此地写下他杰出的山水诗篇，令自然的美意带上了文字的辉光。隐士、文人、高僧、商贾、优伶、官员……无数高人走到这里，给自然山水注入人文气象。剡中就成为往后隋唐文人心中的朝圣地。

地理上的剡中位于浙江东部，是一处方圆几百平方公里的小盆地。从卫星地图上俯瞰，这一片葱郁的腹地被会稽山、四明山、天台山三山合抱，状若飞鸟展开双翼。明净的剡溪从中间流过，正北而行，下游汇入曹娥江，最后在杭州湾注入钱塘江。

从钱塘江畔出发，沿京杭大运河东段一路溯水而上，过鉴湖，沿曹娥江达剡溪，终止于天台山，这条路被誉为"浙东唐诗之路"。它纵贯200余公里，横亘于白云和梵音之下，绵延于青山和流水之间。

整个唐代，王勃、卢照邻、骆宾王、贺知章、崔宗之、王维、刘禹锡、元稹、李绅、李德裕、崔颢、白居易、杜牧、贾岛、罗隐……这些中国古代诗歌史上举足轻重的人物都在李白和杜甫的先后抵达剡中。寻路剡中，上追禹帝神韵，下寻谢灵运遗风，这是唐朝诗人群体的本心之旅，也是他们走向更广阔世界的逍遥游。

仅唐代，400多位诗人，为剡中写下1600多首诗。他们的诗作建构了另一个地理学范畴以外的精神和学术上的剡中。这个剡中在广袤的大地之上，在万千人心之上，在白纸黑字之间，是写入浩浩荡荡中国文化史的剡中。它像一只灵性的飞鸟，飞翔在中国文化史浩瀚的夜空中。

人们不辞千里到达此地，既为了与江南山水相逢，又为了与过往的自我作别；既为了拥抱另一些俊逸的灵魂，又为了重构新的精神殿堂。

3

庚子年深秋，我又一次踏进剡中的土地，在落叶满空的时节游了石头城，再到达班竹古道。又是一个晴好的秋天，我们迤逦而行，当地随行的工作人员告知我，此地就是天姥山。恍然间想起二十年前的自己，曾那样急切地寻找它。也才开始懂得大佛寺门前梧桐树下老先生的话："天姥山到处在，你已到了它脚下了。"

我恍然觉悟，这世间还有另一个剡中，那是心灵和文化意义上的剡中，这世间还有另一座天姥山，那是心灵和文化意义上的天姥山。世间的路千万条，而这条自钱塘江畔出发，溯剡溪而上，前往天台山的路，却是用诗歌写就的路，它通往自然山川，也通往幽微的人心。

这条通往灵魂的路上，山水、书法、绘画、佛禅、茶道无不荡涤着千百年来身上落满尘埃的人。

[原载《读者》（原创版）2021 第 4 期]

歌起江淮（节选）

陈峻峰

江淮地，我的故乡。自云端、山水、田垄、湾畈，歌声响起：

新打塘埂两面光，里插杨柳外插桑；
东边来风桑缠柳，西边来风柳缠桑，
乖姐缠的是少年郎。

——听便知，这是我老家固始情歌呢。

桑河弯弯长又长，桑山高高岗连岗。
水绕桑山龙摆尾，山偎桑水凤朝阳。
山前水后桑树林，林中有座郭家庄。
郭家有个黄花女，从小起名叫丁香……

——哦，这是固始"灶戏"《郭丁香》！

固始民歌，地缘、史脉和形态，归类于大别山民歌；大别山民歌，归类为江淮区戏曲音乐。无论淮河流域的人们经历了怎样的动荡、苦难和生死，他们仍然需要并创造着自己丰富的精神生活和艺术形式。抒情、言志、委婉、激昂、宣泄、释放，内心需要满足和抚慰，也需要出口。艺术在民间，在乡土，烂漫多姿，自然天成，优美和塑造一代代淮河儿女的生命姿貌、文化姿态、生活滋味。一方水土养一方人，必同时有一方养人的精神生态和水土，否则，这日子就没法过，那人还有啥活头。

在专业研究上，淮河流域的戏曲音乐被划分为三个区域：江淮区、黄淮区、淮海区。所谓江淮区，是指长江以北、淮河以南、大别山以东、大运河以西的广大地区。这一带是淮河、长江冲积平原，地势四周略高，中部较低，是我国重要的水稻产区和淡水渔业区。黄淮区是指黄河以南、淮河以北、伏牛山以东、大运河以西的广大地区，这一带土地肥沃，地形平坦，海拔较低，面积辽阔，为我国重要的农业区，主产小麦、杂粮和棉花。淮海区是指北接齐鲁、南连长江、东濒黄海、西至大运河，形成了南北狭长地形的水网密布区域，历史上黄河多次改道，天灾，人祸，带给区域无尽苦难，土地碱化，地势低平，灾害频繁。自然区域系统包括地形地貌，必然对区域人文与艺术形成重大影响，甚或决定着内容、品种和式样。先看黄淮区，该区域西部、南部属山区、丘陵，北部、中东部多为平原，民歌、民舞、戏曲、曲艺并重，现存有豫剧、河南曲剧、河南越调、太康道情戏、汉剧、坠子戏、柳子戏、沙河调、豫南花鼓戏、凤阳花鼓戏、淮北梆子、四平调、二夹弦、豫东调、祥符调等。淮海区的戏曲剧种即音乐声腔，繁茂多样，姿彩缤纷，有本土的，有外来的，有二者融会新生一种的，如本土的香火戏，花鼓戏，在花鼓戏、扬州清曲和香火戏基础上发展起来的扬剧，在香火戏基础上发展起来的淮剧和洪山戏，有拉魂腔为母体分出的柳子戏、淮海戏和泗州戏，有吕剧、罗子戏、八仙戏以及流布发展于沿江一带的江南锡剧；外来的有黄河流域的豫剧，豫西曲剧，山陕梆子影响下的各种梆子腔：山东梆子、莱芜梆子、东路梆子、江苏梆子、枣梆等，江淮区的徽剧、黄梅戏也有。

最后来看江淮区。淮河不仅是南北地理分界线，也是南北文化分界线，其地理区位天然赋予了淮河民间音乐文化多样性的地域特色。既是独立的，又是兼容的，我所居住的河南信阳及所辖我老家固始，大别山腹地的商城、新县、光山，周边安徽金寨、霍邱，湖北红安、麻城等，即在此区域内，淮河及支流丰沛恣肆，蜿蜒交错，鄂豫皖三省通衢，南船北马，亦橘亦枳，豫风楚韵，古代概述为：襟荆楚而屏中原，扼两淮而控江汉；当代宣传语曰：东西经济交融，南北文化荟萃。所"荟萃"的有中原文化、楚文化、吴文化、诸侯杂文化。今人所讲区域文化，是先秦的概念，所看到的，都是久远的图文记述、地下出土，或博物馆展览的器物，而于生生不息的民间生活，已无以分辨，因此还应该有推及当代的文化界定和考量。江淮区乃鱼米之乡，富庶繁华，山水青绿，人杰地灵，民间音乐丰富多彩，民歌、民舞、器乐、曲艺和戏曲，千姿百态。其中戏曲正是这些音乐艺术形式集大成者而创造出的高度综合的一个音乐艺术品种，在江淮区即有黄梅戏、黄梅采茶戏、徽剧、庐剧、淮剧、凤阳花鼓戏、清音戏、泗州戏、咳子戏等；民间曲艺有锣鼓书、四弦书、大鼓书、花鼓、淮词、四句推子、安徽道情、安徽坠子、卫调花鼓等；民歌、民舞，就更是繁花似锦，多姿多彩，不可胜数，并流传演唱至今。上面所听到的民歌，就是固始民歌，或曰大别山民歌，在信阳民间，有丰富蕴藏，信阳也被称为歌舞之乡。从20世纪50年代到现在，诸多优秀节目，多次被邀进京展演，国内国际获得大奖无数，有的当年还被邀在怀仁堂为国家领导人演出。

一直以来，我犯有一个"常识性错误"，把大别山五句山歌视为我们的"绝无仅有"。那年去湖北五峰土家族地区的柴埠溪采风，给了我"启蒙"。

所谓常识性错误，是我"一直以来"都认为，五句山歌是独属我大别山区的，山南水北，一枝独秀；到了柴埠溪，我才知道我的民间文艺水平有多么业余。比如过去，我所知道的五句山歌基本特点，一是每歌五句，为中国民歌独有。一、二、四、五句押韵，内容上则是一、二、三句铺垫，四句结句，五句点题。二是不同类别的山歌音调也不一样，并形成套式。三是字面干净，这是它最大特点，也是其他种类的中国传统民歌都几乎没有的。包括涉及性的情歌也是，叫"素面荤底"或"荤底素面"。现在我知道了，五句山歌我们称"大别山民歌"或"信阳民歌"，它在柴埠溪，叫"五句子"。另外我们称五句山歌也叫"赶五句"，在柴埠溪也有"赶五句"之说，但他们的"赶五句"是指五句子连缀，据说最长的有32段，也叫"排子歌"。对"赶五句"的定义，显然，他们更确切一些。所谓启蒙，是由此让我知道了五句山歌的分布，原来是从桐柏山起始，自淮河南岸，经大别山及鄂西一直到大巴山地区，还有部分南方客家人中也唱，是当年中原人南迁时捎带的"文化产品"。

五句山歌是农耕时代劳动人民口头创作的韵文作品，它包括民歌、民谣两大类，也包括少量的长篇民间叙事诗。形式上大致可分为：号子——劳作时有领有合的民歌；山歌——耕作或放牛时的对歌；小调——流行于市镇的委婉俏皮的小唱；灯歌——节日喜庆、婚嫁庆典的欢歌；丧歌——办丧事或祭祀时的宗教歌；儿歌——孩子们念的童谣等。从内容上，大致可分为劳动歌、仪式歌、时政歌、情歌、生活歌、历史传说歌、儿歌和其他八大类。细分就复杂了，比如儿歌里就有摇篮曲、数数歌、问答歌、游戏歌、锁链歌、绕口令、颠倒歌或曰扯白歌等，上述八大类，大多与我国各地民歌存在共性，但由于地理环境各异，风俗习惯不同，语言音调复杂，便构成了五句山歌一些独具特色。五句山歌，不同类别、内容、主题，以及不同演唱对象和场地，音调也不一样，并形成套式。悲凉如《淮调》，高亢如《昆腔》，凄婉如《砍柴调》，抒情如《放风筝》，纯朴如《手扶栏杆》，欢快如《八段锦》，以及打夯、车水、薅秧、采茶都有自己的歌，自己的唱法，并且有独唱、清唱、领唱、合唱等。我们知道，著名的红色民歌音乐经典《八月桂花遍地开》就诞生于大别山鄂豫皖革命根据地，是根据民歌《八段锦》改编。这是后话。

和其他种类民歌一样，五句山歌中同样是情歌最多，也最出彩，有荤素之说。因为在农耕时代，封建封闭，情歌还间接担负着山里少男少女的性启蒙教育。而五句山歌中的情歌如上所说，无论所描写和表现的内容怎样"荤"，字面一般都素净：

> 十八岁大姐想情郎，夜夜想得脸焦黄；
> 打开枕头给郎看，眼泪发芽二寸长，
> 床底下挖个养鱼塘！

——这是表现单相思的。

> 小妹妹园中摘黄瓜，小哥哥墙外撂渣巴，
> 打落了公花不结果，打落了母花不坐瓜，
> 小哥哥你眼睛瞎！

——这是恋爱的娇嗔。

> 栀子花六瓣子开，三瓣子正来三瓣子歪，
> 你要正来正到底，不要正正又歪歪，
> 要歪你就歪过来！

——这是典型的三角恋爱。

> 新打的牙床格子稀，叫声小郎你慢慢地，
> 侬家今年才十四，哪比小郎你十六七，
> 再过两年我不怕你！

——这是小夫妻初夜情话。

未必经意，也未必精准，我选了这几首五句山歌做例。无论荤素，然字面干净。其白描、比兴、语言、手法、情趣、意境都妙不可言，美不能及。

五句山歌有着自己的文化特性和特质，应该成为中国民间文学和民间音

乐的独立存在。固然随着传统农耕时代的式微，社会变革、文化多元、城市化进程，迅速带来劳动方式、生活方式、人群聚居方式的改变，民歌的功用已经衰退和消失，甚至已把它作为非物质民间记忆文化遗产来抢救了。但它来自花样民间，来自劳动和生活，蕴含了丰富的文学营养和音乐品质，如源头活水，永远不会枯竭；广泛融入当下的文学和音乐创作，有着别样的情景和韵致。

来说固始灶戏《郭丁香》。这个沉潜与埋没在民间的文化瑰宝、人类文化遗产，最早让人们认识它的价值是在20世纪80年代，固始县三位文化学者曹家振、彭华厚、李海华从当地民间搜集整理了叙事长诗《郭丁香》，在1981年第10期《民间文学》上发表，计有1350行，并非全部，被盛赞为"中原第一长诗""汉族民间史诗"。《郭丁香》其主要内容，是表现传说中灶王奶奶郭丁香和灶王爷张万良的爱情纠葛和生活故事，最早，是以灶书形式在豫、皖、鄂、宁、鲁及毗邻地区流传，而在固始，流传最为长远和集中。说"唱灶"有八奇：一奇它是歌是诗是书又是戏。唱灶，可以一个人或几个人坐在那里说唱，也可以多人分角色表演着唱，富有"曲艺"特征，一个书目一个曲种，叫"灶书"；把灶书整理出来成书面文字，是"叙事长诗"；分角色演唱，属于民间戏曲；一个剧目一个剧种，叫"灶戏"；外人听到时，会将其视为民间歌谣。二奇是匠艺合一。只有木匠才唱灶。三奇是因书（剧）目而得名。唱灶王爷、灶王奶奶的，离不开一个"灶"字，这种艺术形式便称作灶书、灶戏了。四奇是唱灶脚本是木工匠人们集体口头即兴创作，有三百年历史。一部《郭丁香》，木工匠人们口传心授，师徒传承，你增我补，各有千秋。五奇是无音乐伴奏，仅用木工工具或农具击打拍节。六奇是只有两句音乐唱腔，来回翻唱，发现，竟能演唱如此宏大的书篇，不可思议，且久唱不衰，观众也听之不厌。专业分析，其"奥妙"是唱灶的声腔，既有豫南地方曲艺大鼓书的唱腔成分，也有咳子戏、花篮戏等地方小戏的声腔，还融合了蓼地古老山歌小调的韵味。七奇是唱灶仅止于一种庭院娱乐。八奇，那就是拜灶。唱灶之前，木工匠人们走进东家厨房内，点纸、焚香、放炮、敬拜。其间随之也演唱一些相关内容，一是对灶王爷、灶王奶奶的祈祷之辞，二是对主人给予的多方照顾表示感谢之意。这一下提升了这本来乡土娱乐下里巴人的品位，仪式感带来神圣感，有看不见的东西在，和艺术——无论民间或者殿堂——本身一样，已在人的精神层面。艺术就是这样充满了魔力，保留记忆，传承经验，提供审美，也愉悦身心。它是淮河本源之水，甘甜清冽，洗濯岁月的哀愁和尘埃；是江淮故土之上的木兰、秋蕙、香草、芙蓉、蓼花、胭脂、粉黛、信物，是日子中的油盐，父老乡亲、兄弟姐妹们，才活得有姿有色、有滋有味有力量。因此大水淹、大旱旱，死一百回，我们也都能从江淮故乡大地上生出来，长出来；呵气成风，挥泪如雨，夜黑有星月，晨来有阳光，高兴了就唱就跳就扭，憋屈了就长歌当哭，可着劲，吼他两嗓子；转眼你再看吧，一个个都民歌小调样儿的，飒飒爽爽，又变得青枝绿叶、蓬蓬勃勃的了。需要提醒的是民间艺术不免存有封建传统落后和低俗的价值观，有的甚或引导民众把理想寄望于"盛世""清官""大帝""关公""包黑子"，以及上苍和鬼神，而这正与现代社会民主法治精神相去甚远，在与时俱进与实现人的现代化上，促进我们必须严肃思考和对待民间艺术的扬弃和创新。再就是，我一直很痛苦，就是上面所列举的民歌，还有现在公开整理出版的长达5000行的《郭丁香》，字数整整齐齐的，怎有可能！一看，就是经过了加工，动了"手脚"，不再是"原生态"了。问题是我们所能看到的常常是这些"精彩"的"整理"过的"民歌"，它的最原始版本、模样儿，即"原始面貌"是个啥样呢？当民歌手老去，而后人却把这些整理过的被我斥责为"伪民歌"的往下传，那么大别山民歌在未来，就完全走样了。

    郎在山上打眼望，姐在河里洗衣裳；
    郎望姐来姐望郎，情姐心里在发慌。
    棒头捶在石头上。

  那天在柴埠溪一个土家族妹子在唱这首五句山歌时，灵机一动，把最后一句改成了"棒头捶在手背上"，大家觉得改得好，乃神来之思，大赞。转而一想,我就觉得它不好了,固然情姐痴情或到了极致,但棒槌捶在手背上,太过残忍,不敢再想,体会那捶在手背上的疼痛,完全破坏了这个原本表达爱慕之情的美的场景和美的瞬间,也不合理。还是民间厉害,情姐只顾朝山上打眼望情郎了,"棒头捶在石头上",就没捶在衣裳上,一下一下,还在那里捶,是多么忘情、生动的一幕生活情景片段。民歌,尤其流传下来的民歌,必经时间淘洗和岁月锤炼,以致成为不朽经典,集中了民间智慧,不是你随便能改的。

改了,就不是那个"味儿"了。

(原载《文学港》2021年第3期)

浪淘沙

伟大的文学和伟大的数学（节选）

韩小蕙

1. 我对数学，至今保持着童真的好奇。

先说2013年的某一日，我们几位同仁正在办公室午休。我忽然想起网上见到的颇为神奇的一道题，就展示给小伙伴们。

题曰：

你的年龄与你的手机号存在着神秘关系，用你手机号的最后一位数字乘以2，加上5，再乘以50，把得到的数加上1763，再减去你出生年的数字，便有一组三位数的数字展现在你眼前（不够三位数的前面两位用零代替），其第一位数字是你手机号的最后一位，接下来就是你的实际年龄。

（注：1763这个数字是对应于2013年而言，2013年以前年份的每一年依次减1，以后的每一年依次加1，比如2012年是1762，2014年是1764，2020年是1770，2021年是1771。）

于是一众人都演算起来。说来还真是神了，果然纷纷中招，纷纷都确实是那两个诡异的数字！于是，我们纷纷地都觉得不可思议，简直理不出头绪，实难悟出其中的奥妙!

然而就在此时,奇迹出现了:毕业于北师大中文系的女硕士小悦,拿着一张草稿纸来到我面前。仔细一看,我不禁倒吸一口凉气,瞬间就被镇住了——原来,她竟然把这道题用数学方程式推演出来了!

就一下子又勾起了我的数学崇拜。

2. 我只上到小学五年级就失学了。后来我在工厂做青工时,自学了初中的代数方程式、因式分解等,并在高考时拿到了关键的几十分。以后虽然一辈子从事新闻和文学工作,但我对数学的好奇心一直没有泯灭,对自己不懂、不会的数学题和智力测验题,还总是拦不住满腔的不甘。

数学真的是美丽的,同时又充满了魅惑力。比如国际数学节那天,我收到了下面这四组题图:

(1)

$$1 \times 8 + 1 = 9$$
$$12 \times 8 + 2 = 98$$
$$123 \times 8 + 3 = 987$$
$$1234 \times 8 + 4 = 9876$$
$$12345 \times 8 + 5 = 98765$$
$$123456 \times 8 + 6 = 987654$$
$$1234567 \times 8 + 7 = 9876543$$
$$12345678 \times 8 + 8 = 98765432$$
$$123456789 \times 8 + 9 = 987654321$$

(2)

$$1 \times 9 + 2 = 11$$
$$12 \times 9 + 3 = 111$$
$$123 \times 9 + 4 = 1111$$
$$1234 \times 9 + 5 = 11111$$
$$12345 \times 9 + 6 = 111111$$
$$123456 \times 9 + 7 = 1111111$$

$$1234567 \times 9 + 8 = 11111111$$
$$12345678 \times 9 + 9 = 111111111$$
$$123456789 \times 9 + 10 = 1111111111$$

（3）
$$9 \times 9 + 7 = 88$$
$$98 \times 9 + 6 = 888$$
$$987 \times 9 + 5 = 8888$$
$$9876 \times 9 + 4 = 88888$$
$$98765 \times 9 + 3 = 888888$$
$$987654 \times 9 + 2 = 8888888$$
$$9876543 \times 9 + 1 = 88888888$$
$$98765432 \times 9 + 0 = 888888888$$

（4）
$$1 \times 1 = 1$$
$$11 \times 11 = 121$$
$$111 \times 111 = 12321$$
$$1111 \times 1111 = 1234321$$
$$11111 \times 11111 = 123454321$$
$$111111 \times 111111 = 12345654321$$
$$1111111 \times 1111111 = 1234567654321$$
$$11111111 \times 11111111 = 123456787654321$$
$$111111111 \times 111111111 = 12345678987654321$$

天哪，看它们排列得这么漂亮，有气势，甚至可以说震撼人心，谁能够不动心呢？不由得让我一下子产生了一连串联想。

3. 联想一：这是数学还是金字塔啊？

一位去看过埃及胡夫大金字塔的朋友，恰好是一位数学家，从他的讲述中，我津津有味地听到说，这座埃及最高大的金字塔与数学之间，有着极复杂、极神秘、极不可思议的连缀关系，至今为现代人所解不开、思不透。

结论：可见数学是科学的先导。

联想二：这是数学还是排兵布阵啊？

中国古代"十大阵法图"的名称，就全部涉关数字：一字长蛇阵，二龙出水阵，三才天地阵，四门兜底阵，五虎群羊阵，六丁六甲阵，七星北斗阵，八门金锁阵，九字连环阵，十面埋伏阵。这些阵在纸面上排列起来是数字，当年在地面上的实战中，是一个个士兵组成的活人队形，不是为了阵仗漂亮，而是可以使单兵作战的士兵们有个前后照应，不仅能较好地御敌，还能使拳头打出去更有力量。

结论：可知数学亦是克敌制胜的有力武器。

联想三：这是数学还是绘画（雕塑、建筑）啊？

绘画虽然是由点、线、色块组成的图形，但我们都知道，貌似在色块里面，也有伟大的数学在做支撑。20世纪70年代我在工厂做青工时，有幸听到数学大师华罗庚先生的一个讲座"黄金分割法"，即0.618的分割线。比如舞台上的报幕员一般都不是站在舞台正中央，而是偏在台上一侧，这个站位最美观、声音传播得最好的点，就是0.618的黄金点。华先生还举了很多例子，说在科学实验中使用0.618优选法，就能以较少的实验次数取得成功。就连植物界也自然而然地"采用"了"黄金分割法"，不信你们去看树枝和树叶，可以看到它们是按照黄金分割的规律排列着的……

不仅如此，只要举目四望，我们眼见的太多建筑，也都运用了"黄金分割法"，比如上面说到的胡夫大金字塔，还有著名的巴黎埃菲尔铁塔，还有上海东方明珠塔，等等。

结论："数学既追求真理，也追求美"。

联想四：这是数学还是交响乐啊？

在所有的音乐中，我最喜欢的是欧洲古典主义交响乐。不说贝多芬、肖邦、瓦尔第、大小施特劳斯等一干大师的一干伟大乐曲，单是交响乐队气势辉煌的演出阵势，就能把人迷倒。大交响乐队一般由60至90人组成，也有百人以上的。乐器的数量和种类不一定严格统一，有时减少某一组乐器中的个别乐器数量，有时又加用少见的个别乐器，如钢琴或管风琴等。大、小交响乐队的分野亦是由数字决定的，一个大交响乐队必须有三个长号和一至两个大号，如果只有一个长号，即使别的乐器再多，也只能算是小交响乐队。

假如在纸上看交响乐队的平面图，会发现，它跟很多数学题型的排列非常相像——我猜它们的滥觞就是由此吧？

结论：可知数学是具有仪式范儿之大美的。

联想五：这是数学还是舞台艺术（行为艺术）啊？

舞台艺术，尤其是大型歌舞、大合唱、大型团体操表演，更离不开数字的排列组合、数字的分分解解、数字的无穷变换了。长方形居多，也有正方形、矩形、圆形、半圆形，有时还有跟上面四组题图一样的梯形。这种种由点组成的线段和形状，在舞台上呈现出多姿多彩的美丽场面，它们的"龙骨"就是美丽的数学。

结论：可知数学也是艺术的骨架。

联想六：这是数学还是诗歌（文学）啊？

那些由阿拉伯数字组成的题图，一眼扫过去，多么像一首首诗和词。尤其像宋词。感谢柳永的开创性写作，打破了小词小令的狭小格局，把"宏大叙事"引入词的创作中，运用长短句相结合的方式，组成了《雨霖铃》《望海潮》《八声甘州》等有节奏的结构方式，起伏，跌宕，闪挪，腾飞……循环往复，从起点出发，摆向终点，又恣意停泊在任何一个节点上，做心绪与灵魂的整修和省思。神奇的是，柳永还有意在词作中加入了一些数字，果然就收到非常感性的鲜灵灵的效果，比如其代表作《望海潮》，其中的"十万人家"，瞬间就铺开了昔日钱塘（今杭州）的大都会气势；"三秋桂子，十里荷花"，画面感顿出，使绿树红花摇曳眼前，美不胜览。

更著名的例子是杜甫的《绝句》:"两个黄鹂鸣翠柳,一行白鹭上青天。窗含西岭千秋雪,门泊东吴万里船。"四句诗,句句都有数字嵌在里面,其灵动的悦然感和博大的时空感直铺天地,使宇宙、空间、大自然及人类历史都包含在内。何况这首绝句只有四七二十八个字,恕我孤陋,不知世上还有哪种文字能做到这么精绝。

抒情诗则从形式上更接近于美丽的数学图形,无论古今,不分中外。让我们不妨大胆想象一下,全世界第一位写下抒情诗(包括史诗)的作者,也许他是一位盲人歌者,也许他是一位氏族首领,也许他是一位牧羊人,当他活得欣喜、高兴、亢奋,抑或悲伤、难过、痛苦时,实在抑制不住满腔的汹涌情感,非要吟唱出来时,他是否从结绳计算的排列中得到了启示?是否从他的羊群队列中得到了启示?是否从雨后彩虹的图形中得到了启示?答案是:很有可能啊!数学和诗歌(文学)都是人类的高级精神活动,都是人类发现世界、认识世界、创造世界文明的工具。如果说一首诗歌的情感支点是一道绚丽的飞天彩虹,那么上面那道题图的排列,1 2 3 4 5 6 7 8 9 8 7 6 5 4 3 2 1,不也是一道雨霁初晴后挂在蓝天上的抛物线吗?难怪有人说,"文学艺术的极致是宗教,数学和物理的极致是哲学"。这分明是说,形而上与形而下合二为一,统成为一个世界。这也让我联想到最能体现中国文化精神的那个图形☯,黑鱼与白鱼合而为一,构成了一切的一和一的一切。

结论:可知数学和文学都是那个"一"。

4. 正如今天的所谓文学体裁——小说、诗歌、散文、报告文学、戏剧、评论、理论……都是人为的主观划分,其实在形而上世界,它们并不分派,也无门庭,而是自由自在的混沌的一团;而我相信,在上帝那里,也并无文科、理科之分,并无数、理、化、医、文、艺、心理学、教育学、法律学、哲学、伦理学、宗教学,乃至工、农、商……的区别。所有这些分野,都是人类为了方便自身的操作而建造起来的一座座小房子,它们不代表本质,也并非事物的本质。

不是,上帝不是这么安排的。我揣测,上帝的本意是让我们都做达·芬奇那样的人，这位欧洲文艺复兴时代的巨擘，一人身兼着科学家、发明家、画家、雕刻家、军事工程师、建筑师、生物解剖学家、物理学家、数学家……在他那里，科学与艺术之间，数学与绘画之间，就好似日月经天、晨曦雨露一样相衔交融，共生共荣。他老人家留给人类的瑰宝，可不只是《蒙娜丽莎》《最后的晚餐》，还有菱方八面体绘图、人体和动物骨骼图形、人类史上第一个机器人、直升机设计图、单一跨距达 240 米的桥梁草图、连续自动变速箱草图、潜水艇、机关枪、坦克车、子母弹、降落伞、潜水装、机械计算机的齿轮装置……

本杰明·富兰克林是美国开国元勋之一，是美国 18 世纪最负盛名的政治家、科学家、音乐家、出版商、印刷商、记者、作家、外交家、发明家、慈善家，曾出任美国驻法国大使、美国第一任邮政局长，被选为英国皇家学会院士，他是全世界最早提出"电荷守恒定律"的人，发明有避雷针、双焦点眼镜、蛙鞋……富兰克林也不是一般人啊。

在咱们中国，也有很多位老祖宗是这种全才型的大师巨匠，比如：南朝祖冲之大师，首次把圆周率准确推算到小数点后 6 位，比欧洲早了 1000 多年，还造出指南车、千里船，同时还制成《大明历》。北宋沈括大师，在天文、数学、医药、生物、物理学等多学科都成就卓越，还有《梦溪笔谈》等 40 多种著作。元朝郭守敬大师，一身而为天文学家、数学家、水利学家，他制定出的《授时历》通行 360 多年，是当时世上最先进的历法。明朝徐光启大师，是中国向西方学习科学的先驱，不仅自己著述《农政全书》，还有译著《几何原本》。

……

这些如雷贯耳的大师，也是都早早就出现在我们的小学课本里。不，应该说是永远镌刻在中华民族和世界文明史的丰碑上！

或曰：他们也都不是一般人，我们可做不来呀！

然而且慢，这可不能成为我们的借口。芸芸众生虽然平凡，但也必须在各自的人生之路上，夙兴夜寐，筚路蓝缕，鞠躬尽瘁，百折不挠，尽量活出自己的精彩，做出属于自己的一点点贡献来。这也是老天爷（上帝）的安排，不然他老人家就不会让我们从小又读语文，又读算术，又读外语，又读画画，又读常识，又读体育；稍长，进入中学，又学文学、外语、代数、几何、物理、化学、生物……老天爷期望我们人人都受到全面教育，人人都争取做全才型的有用人才。

是的是的，你又要给我举那几个著名例子了：胡适、陈寅恪、钱钟书、季羡林等的数学成绩都不好，可都没妨碍他们成为国学大师。呵呵，且不言这些传说是否带有添油加醋的成分，单说举目所见，更有多少文学大师、艺术巨匠曾经是门门功课顶尖的学霸，不然他们是怎么踏入大学校门的呢？据我所知，有不少文学家、艺术家、史学家、哲学家、教育学家……都终生对数学充满了热忱，有时候实在手痒痒了，还会像音乐家弹上一曲一样，拿起数学题过上一遍瘾。

曾看过数学大师丘成桐先生的一篇讲演，他是这样说的：

数学之为学，有其独特之处，它本身是寻求自然界真相的一门科学。但数学家也如文学家般天马行空，凭爱好而创作。故此，数学可说是人文科学和自然科学的桥梁。

他还说到他自己的工作经验："广义相对论提出了场方程，它的几何结构成为几何学家梦寐以求的对象，因为它能赋予空间一个调和而完美的结构。我研究这种几何结构垂三十年，时而迷惘，时而兴奋，自觉同《诗经》《楚辞》的作者和晋朝的陶渊明一样，与大自然混为一体，自得其趣。"

丘大师的话多么令人惊讶，真让我们难以想象！单凭这一篇讲演，他就可以说是文理兼优的典范。还有一个更兜底的例子：我曾亲见吴冠中、李政道二位先生做了一个小游戏：李请吴画出他心目中对高能物理世界的畅想，他自己则写了一篇对吴画作的"理工男"解读。结果皆大欢喜，对世界全方位的认知与理解，深奥的物理学与神秘的艺术学浑然天成，在那神圣的云端高处，共生出一道组织与共的跨天彩虹。吴冠中先生兴奋得像小孩子，把那幅满天星的画作制成大幅印刷品，赠给理解他和不太理解他的大小朋友们……

5. 然而，呼啸奔腾的时代列车一直没有停下，反而在经历了绿皮车、动车、高铁、磁悬浮之后，又向着光子、量子、超光速等新的阶段发起了冲锋——野心勃勃的人类，自从20世纪90年代进入互联网时代以后，甚至已不会停下前行的脚步；甚至更以十倍、百倍、千万倍的热情和野心，加速、再加速地推动自己驰骋、奔驰、腾飞！短短二十余年，放眼地球上的大部分区域，已全面进入了数字化世界！

数字已经改变了一切。即使再不喜欢数学的胡适、陈寅恪、季羡林们，也必须皱着眉头，拿着自己的身份证、老年卡、医保卡、社保卡、银行卡……一遍又一遍地、不厌其烦地侍候着这些"小霸主"，它们脸面上那一组组数字，即是作为社会人的生物属性、物理属性、文化属性、社会属性……乃至身份、职业、级别、地位、财产、身家性命。谁也再逃不过数字的魔爪。甚至，包括被文化人认作比生命还重要的文史哲经典，它们统统都已通过数字化方式，在这个世界上取得了新的、恒久的生命形态。

今天，电脑之后是智能手机了，写作甚至可以不通过文字，直接对着手机的录音功能说话就是。不过这还是主体性写作，作品还属于个体的创造性思维活动。惊骇的是，软件工程师们竟然还发明出了写作软件，只要输入几个词（名词，动词，形容词），哪怕毫无句子和意义上的关联，计算机都会在比人脑快得多的时间内写作出一首诗、一篇散文和小说。我在报纸上读到过这种作品，说实在的，文笔还不错呢，有些词汇用得相当漂亮，逻辑和结构上也无大毛病，若不告诉你底细，还真看不出是电脑的作品。

那么，电脑会取代人脑吗？

文学终将会被数字吞并吗？

不会！我认为绝对不会！伟大的文学与伟大的数学是双雄并峙的两座高峰，数字可以将文字技术化，但永远不可能取代文字，因为伟大的文学首先需要的是思想，而思想的诞生必须是在人生的经历、心怀、胸襟、境界、视野等的丰厚土壤中才能破土而出，茁壮成长的。好比我最推崇的千古第一至文《岳阳楼记》，虽然前面写景部分的语言丽朗俊逸，超凡脱俗，比如"衔远山，吞长江，浩浩汤汤，横无际涯"，又如"至若春和景明，波澜不惊，上下天光，一碧万顷"……这些句子皆大美，但也许除了范仲淹，别的文章大家也能写出来（从理论上推算，计算机也存在着可能性）；但"先天下"的伟大思想，只属于襟怀里装着天下苍生的范公，即使再过一千年，也绝对是任何技术性写作"创作"不出来的——世间只有一座珠穆朗玛峰，你想用计算机去3D打印，谁也知道，这可绝对造不出来！

6. 然而数字不服气！迄今为止，在它面前还未有打不败的对手。还记得柯洁大师的豪言吧，2016年6月，人工智能"阿尔法狗"以4比1战胜了韩国顶尖棋手李世石，观赛后，中国冠军柯洁自信心满满地放言："即使阿尔法狗赢了李世石，也赢不了我。"可惜不到一年时间的2017年5月，柯洁便以0比3的战绩败下阵来，失态地在计算机冷面狗面前号啕大哭。

其他科学家也表示了不服。2020年5月初，我惊悚获悉，德国科学家（其实是中国青年科学家潘辰琛为主要研究者的德科学家A·E教授团队）突然对外宣布，他们成功开发出了一种新型算法DeepMACT，使人类终于首次看清楚了全身所有癌症转移灶，包括每一单个癌细胞转移灶。它的意义在于，或许在不久的未来，人类将迎来历史性的突破——攻克癌症！

不仅如此，科学家们还借助计算机，相继攻克了生命学、基因学等核难度级的一系列技术，比如人造心脏、人造血液都已研制成功。更惊人的是，美国科技狂人马斯克又爆出一个大料，他的团队正在研发脑部芯片移植，期望能够实现人脑的远程遥控，这也就是说，将来有可能在人一觉醒来时，狂喜地发现自己已经掌握了好几门外语！数学水准也一下子从小学飞升到博士后！

简直不敢往下想了，若咱们肩膀上的脑袋里被植入这样一个人工芯片，保不齐哪天，咱们也能写出《复活》和《悲惨世界》！

没有做不到，只有想不到？

2020年5月4日，我与天津散文家谢大光兄通电话，讨论文学与数学问题，双方都觉得甚为有趣：

谢："是的，大体可以说，世界是由数学组成的。你看我们的衣食住行，包括你每天穿几件衣服，吃几碗饭，都离不开数学。"

我："物质世界如此，那么精神世界呢？"

谢："精神世界也一样，包括内心、情绪、情感……就拿你来说，你一辈子与作者相处，一次两次，七次八次，有的就处成了朋友。然而，是不是接触的次数越多就越好呢？显然又不是。"

我："对的，朋友不能天天腻在一起，作家尤其是，文人易散不易聚。梅特林克也说过，'我们相知不深，因为我不曾与你同在寂静之中'。相反，有些时候，几年都没联系的朋友，拿起手机一说话，却像昨晚才分手一样。"

谢："多与少，从数学问题变成为哲学问题，归根结底又变成文学问题。有时候你看着很高妙的一组数字，觉得头大，但谜底一揭开，原来是很简单的答案。文、史、哲同理。"

我："所以，世界虽然是由数学组成的，但我认为，数字化世界的许多奇思妙想，是来源于文学的，来自于文学想象。比如机器人、飞行器等很多科学物件的发明，是受到了《山海经》《西游记》《海底两万里》《哈利·波特》等的启示呀。"

谢："嗯嗯嗯，有意思。我认为，数学（代表它背后的物理、化学等一切自然科学学科）是客观世界的客观存在，人类的任务是去不断地研究和发现它们；而文学（包括历史、哲学等一切文科）是由人创造的，没有人就没有文学，所以才说文学是人学。我同意你的说法，也许确实可以说文学是数学的源泉？至少，文学可说是点睛需要点的那最后一笔。"

大光兄的这个观点真是太妙了，我认为非常恰当，智慧，切入肯綮。大光兄也被自己的思考点燃起来了。我俩都进入了兴奋状态，约定各自回去，再继续思考，再提问，再追索。

事也凑巧，当晚，吴周文老师也从扬州大学发来微信，提出他的见解："世界是数字构成的。自从1996年人类发明信息'高速公路'之后，人类才真正把握了这个由数字奇妙结构起来的世界。然而归根结底，文学是灵魂。"

吴老师也是中文系出身，哈，我们三个文科生，对数学与文学的认识略同。当然，我们仨说得也许都不准确，或者干脆都是不严谨的外行话。不过这有什么呢？科学和文学都需要探索，即使我们只是提出了浅陋的疑问，也是好的哦，因为可以引起大家的关注和思考，促成同仁们的共同提升。

"天地玄黄，宇宙洪荒。日月盈昃，辰宿列张……"在往文学泰山奋力攀登的一路上，不时回首仰望数学华山之巅，高山仰止，景行行止。

伟大的文学！伟大的数学！

（原载《十月》2021 年第 2 期）

四象与西水坡遗址中的龙虎图

穆涛

遗址,是历史存在的物证。

1987年,在河南濮阳老城区的西水坡,在对新石器时期的一处大墓(M45)的考古挖掘中,出土了震动史学界的以龙和虎为主题的"艺术创作"遗存,三组图案栩栩如生,均以蚌壳砌塑而成,考古编号为M45(B1、B2、B3),碳十四测定时间界限在公元前4500年,距今已有6700年之遥。

这三组蚌塑砌在地面上,在大墓主人身躯的两侧,以及周围,这非同一般的匠心之作,传递给我们最重要的信息,是那个年代中国先民对天体和天象的认知能力,是中国天文学的源头和发端阶段的存在证据。

《西水坡遗址考古报告》(文物出版社):

> 共发现三组(蚌壳图案),编号分别为B1、B2、B3。
>
> B1(M45),位于T137的西部,墓口开在T137第④层下,打破第⑤层和松土,墓坑平面为人头形……墓室的结构为竖穴土圹,南北长4.1米,东西宽3.1米,深0.5米。墓底平坦,周壁修筑规整。墓室的东西北三面各有一个小龛。东、西两边的小龛平面呈弧形,北面的小龛为长方形。

墓内埋葬四人。墓主为一老年男性，经鉴定为 56+岁，身高 1.79 米，仰身直肢葬，头南足北，埋于墓室的正中。另外三人，年龄较小，分别埋于墓室东、西、北三面小龛内。东部小龛内的人骨，骨架腐朽，性别无法鉴定。西面龛内的人骨，身长 1.15 米，头朝西南，仰身直肢葬，两手压于骨盆下，年龄 10 岁左右。

在墓室中部墓主人骨架的左右两侧，用蚌壳精心摆塑一龙一虎图案。龙图案摆于人骨架的右侧。头朝北，背朝西，身长 1.78 米，高 0.67 米。龙昂首，曲胫，弓身，长尾，前爪扒，后爪蹬，状似腾飞。虎图案位于人骨架的左侧，头朝北，背朝东，身长 1.39 米，高 0.63 米。虎头微低，圆目圆睁，张口露齿，虎尾下垂，四肢交递，如行走状，形似下山之猛虎。

B2 摆塑于 M45 南面 20 米处，发现于 T137 第④层下，打破第⑤层的一个浅地穴中。图案由龙、虎、鸟、鹿和蜘蛛等组成。图案南北长 2.43 米，东西宽 2.15 米。龙头朝南，背朝北。虎头朝北，背朝东，龙虎蝉联为一体。龙口前（南）0.15 米处有蚌摆的似椭圆形的团，鹿倒于虎背上，鹿臀部有一鸟形图案，头北尾南。蜘蛛摆塑于龙头的东面，头朝南，身子朝北。另外在蜘蛛和鹿之间，还有一件制作精致的石斧。

B3 发现于第二组龙虎图案的南面 T215 第⑤B 层下打破第⑥层的一条灰沟中，与第二组龙虎图案相距 25 米。灰沟的走向由东北到西南，灰沟的底部铺垫有 10 厘米厚的灰土，然后在灰土上摆塑蚌图。

图案残长约 14 米。图案有人骑龙和奔虎等。人骑龙摆塑于灰沟的中部偏南，龙头朝东，背朝北，昂首，长颈，舒身，高足，背上骑有一人，也是用蚌壳摆成，两腿跨在龙背上，一手在前，一手在后，面部微侧，好像在回首观望。虎摆塑于虎的北面，头朝西，背朝南，仰首翘尾，四腿微曲，鬃毛高竖，呈奔跑和跨跃状。

著名学者李学勤先生对"西水坡遗址"M45 墓圹的解读与判断，把龙虎图案与"四象"的起源相联系。

45 号是一座土坑竖穴墓，南北长 4.1 米，东西宽 3.1 米，为仰韶文化灰坑所打破，因而时代是清楚的。墓主是一个壮年男子，遗骨在墓室中间，头向南，仰身直肢。随葬有三个人殉，分别在墓室东、西、北三面的小龛内，也都仰身直肢。西、北两个人殉，双手都背压在骨盆下，一个是十二岁左右的女孩，头部有砍斫痕。另一个则是十六岁左右的男性。东面的那个人殉，因骨架保存欠佳，未能鉴定。

特别奇怪的是，在墓主骨骼两旁，有用蚌壳排列成的图形。东方是龙，西方是虎，形态都颇生动，其头均向北，足均向外。

45号蚌壳图形和青龙、白虎之相似，实在是太明显了。墓室中图形和墓主的相关位置，墓主头向南，可能与古人绘图都以上为南的习俗有共通处，龙形在东，虎形在西，便和青龙、白虎的方位完全相合。……虎虽恒见于自然界，龙却是一种神话动物，只是在传说里才有的。因此，在墓室中排列龙、虎图形，即使仅此一例，也必反映古人一定的思想观念。

——《西水坡"龙虎墓"与四象的起源》

四象，也称四神、四灵，即青龙、白虎、朱雀、玄武。

四象不是神话传说，是中国古代天文学的核心内容部分。"所谓天数者，左青龙，右白虎，前朱雀，后玄武。"（《淮南子·兵略训》）中国古人观测天象，认识星辰，给天上的恒星按序列和形态进行编组，划分出星区，每个星区称"天官"（参见《史记·天官书》）。同时赋予奇妙的艺术想象，于是产生了古代天文学领域的"三垣、四象、二十八星宿"。

三垣是三个庞大的星区，紫微垣、太微垣和天市垣。三垣是天上的"首都功能区"。紫微垣居北天中央，是"皇宫"。太微垣是"政府执法部门"。天市垣是天上的"街市区"，类似于"自由贸易市场"。三个星区各自都有左右蕃星环列护卫，形状如墙垣，因此称"三垣"。

在三垣外围，分布着东南西北四个星区，每个星区均由七组恒星组成，依星系组合形状，古人命名为青龙、朱雀、白虎、玄武。在中国古人的认知与想象中，这四个星区，是日、月和五星（岁星、荧惑星、镇星、太白星、辰星，即木、火、土、金、水）在天空运行休憩的场所，因此称为"宿"，这是"四象二十八星宿"的由来。

古人对二十八星宿依据其形态和特征分别赋名：

青龙七星：角、亢、氐、房、心、尾、箕

朱雀七星：井、鬼、柳、星、张、翼、轸
白虎七星：奎、娄、胃、昴、毕、觜、参
玄武七星：斗、牛、女、虚、危、室、壁

四象是古人用来确定方位和四时的，"天之四灵，以正四方"。东方青龙，南方朱雀，西方白虎，北方玄武。在冬春之交的傍晚，青龙立身，青龙主春；在春夏之交的傍晚，朱雀起舞，朱雀主夏；在夏秋之交的傍晚，白虎抬头，白虎主秋；在秋冬之交的傍晚，玄武呈现，玄武主冬。

四象之中融汇着五行与八卦，"北方壬癸水，卦主坎，其象玄武，水神也。南方丙丁火，卦主离，其象朱雀，火神也。东方甲乙木，卦主震，其象青龙，木神也。西方庚辛金，卦主兑，其象白虎，金神也。此四象者，生成世界，长立乾坤，为天地之主，谓之四象"（《混元八景真经》）。

四象之中还内含着五色。中国古人以青、赤、黄、白、黑五种颜色为天地间的正色，青龙（青），朱雀（赤），白虎（白），玄武（黑）。

四象既分四时，还含着五行。在春夏秋冬四时的中央，是土。五行依季候的大序是木（春）、火（夏）、土、金（秋）、水（冬），木生火，火生土，土生金，金生水，水复生木。中央土的正色是黄，"中央土，其日戊己，其帝黄帝，其神后土"（《礼记·月令》）。

"四象"最早的完整文字记载，依据已发现资料，是在战国时《吴子兵法·治兵》中：

武侯问曰："三军进止，岂有道乎？"
起对曰："无当天灶，无当龙头。天灶者，大谷之口；龙头者，大山之端。必左青龙，右白虎，前朱雀，后玄武。招摇在上，从事于下。将战之时，审候风所从来，风顺致呼而从之，风逆坚陈以待之。"

武侯问："作战部队行军与驻守，也有原则么？"
吴起回答："切忌在'天灶'扎营，切忌在'龙头'驻军。天灶，是峡谷的峪口。龙头，是山顶。部队行进，左军青龙旗帜，右军白虎旗帜，先头部队朱雀旗帜，阵后部队玄武旗帜。中军旗帜高高飘扬，三军依令而行。大战之前，要谨慎观察风向变化，顺风，乘势进击；逆风，坚阵以待。"

中国古人对四象的认知与判断是逐步清晰的，首先认知的是春和秋，即龙和虎，西水坡遗址的考古发现价值，就在于这一点，也就是说，在公元前4500年的时代，中国人的祖先在对天象的观测中，已经掌握了春秋两季的变化节点。到尧帝时代（公元前2100年），准确锁定了"两分两至"的具体日期，并且赋予名称，《尚书·尧典》中，春分称"日中"，秋分称"宵中"，夏至称"日永"，冬至称"日短"。尧帝时期，中国设置了世界上首个"天文台"，观测天象的专职政府机构。"乃命羲和，钦若昊天，历象日月星辰，敬授民时"（《尚书·尧典》）。

但在《尧典》中，还没有关于"四象"的完整记载。在西周早期的文献中，朱雀被称为"鸟"，玄武被视为"神鹿"，西水坡遗址中的"蜘蛛"，有的专家解读为"与鸟形相似，推测为朱雀的最初认知"。由"西水坡遗址"年代到尧帝时代，是两千年的跨度，到西周早期（公元前1100年前后），是一千年的光阴，再到战国时的《吴子兵法》年代（公元前400年前后），又经过了六百年的铅洗与升华，至此时，可以得出一个基本判断：四象，由最初的天文学范畴，渐而衍入中国哲学（五行、八卦），到战国时候，已应用到军事和政治领域，由天上到人间，天人相应，以应万方，成为中国古人重要的精神信仰与寄托。

《西水坡遗址考古报告》是科学严谨的著作，但其中也有这样令人按捺不住的灿烂想象描述：

> 在龙的南面，虎的北面，龙虎的东西，还各有一堆蚌壳，龙南面的蚌壳面积较大，高低不平，呈堆状。虎北面和龙虎东面的两堆蚌壳较小，形状为圆形。
>
> 除奔虎、人骑龙外，包括龙南、虎北、龙虎东的成片散化蚌壳，看来非乱扔之物。如果将大灰沟看成夜空中的银河，则众多蚌壳像是银河中的无数繁星，非常形象壮观。

（原载《钟山》2021年第2期）

读《随园诗话》札记（节选）

刘荒田（美国）

1. "随身带"

袁枚所著《随园诗话》有一则，道及他自己如何从"村童牧竖，一颦一笑"中吸取作诗的灵感，举了两个例子。一是：听到随园里的挑粪工，十月中，在梅树下喜滋滋地说："有一身花矣。"作了两句诗："月映竹成千'个'字，霜高梅孕一身花。"另一是：他二月出门，送行的野僧说："可惜园中梅花盛开，公带不去！"他也作了两句诗："只怜香雪梅千树，不得随身带上船。"挑粪工和野僧不会写诗，但出其不意的发现教才子倾倒。

从十月严霜里满树的梅花到春天浩瀚的梅花信，都不能"随身带"，实在是亘古之憾。最大限度地缩小范围倒是可行的。陆凯的名作《赠范晔》："折花逢驿使，寄与陇头人。江南无所有，聊赠一枝春。"折一株梅花，托古色古香的快递哥送给故人。江南和位于陕西陇西的陇头，两地距离遥远，彼时的保鲜技术未必过关，充其量是梅枝插在盛水的瓶子里，或以湿润物裹枝，一路小心保护，运抵时没枯死已算了不起，指望它展现江南春日漫山遍野的烂漫，则失诸无知。所以，只宜高来高去地品味诗意，而不胶着于技术细节。

还能随身带什么呢？想起清人俞樾的《茶香室丛钞》有一则：余姚的杨某，带三四口大瓮，进四明山的过云岩，在云深处，一个劲用手把云往瓮里塞，满了就用纸密封，带到山下。和朋友喝酒时，把大瓮搬出，以针刺破封纸，一缕白云如线透出，袅袅而上，"须臾绕梁栋，已而蒸腾坐间，郁勃扑人面，无不引满大呼，谓绝奇也"。不过，这故事是作者从《绍兴府志》引来的，并非亲历。揆诸常识，温度和湿度一旦有变，云就消失。如果真的可行，追求环保或雅趣的一代代人早就把它做成大产业。

白云能否携带存疑，但2018年，有企业从秦岭海拔2600米以上的原始森林，以压缩机收集新鲜空气，然后过滤、灌装，在塑料瓶子上标明"秦岭森林富氧空气"，每瓶售价18元。据说买家相当踊跃，有的一买就是整箱，雾霾天特别畅销。一企业卖空气进账400万元。云和空气的表面区别在于可见与否。这一新闻漏洞太多，没多少人上钩，两年过去，"卖空气"行业不曾做大做强就是明证。如此说来，原汁原味的风景是带不走的。

想来想去，较为成功的"随身带"发生在刘邦的父母身上，儿子当皇帝以后，老两口搬进宫殿，享受顶级荣华富贵，但他们很不快乐。儿子问根由，原来他们舍不得从前一起生活的村民。于是皇帝在皇城里造了一模一样的村庄，有房舍、井台和槐树。父母日夕想念的全体乡亲父老也迁入，从此，父母过上从前的日子。这未尝不算釜底抽薪的解决方案，但人已老去，从前的拍肩膀换为跪拜，关系从本质上变了。亲密不可能存在了。最后，只剩下形式。

那么，能随身带什么呢？图像可以，直接的有现场写生，更加大量的是拍照，间接的有文字描写。不是没有遗憾，再逼真再精美的照片，都难以曲尽其灵动的风韵，传递鲜活的现场感。二者的区别，一如塑料花和真花。文字则相反，多夸大其好处，让人羡慕不已，亲身领略之后却大为失望。

原来，人生的许多体验无从复制，更不能原封不动地"随身带"。

2. 爬进乡梦的苔

"细雨偏三月，无人又一年。"

诗题为《咏苔》。冬夜临睡读《随园诗话》，被上面两句俘虏了，赔上小半夜无眠。再看，作者是号称"扬州八怪"之首的金农，他更有名的诗句是："故人笑比庭中树，一日秋风一日疏。"但有人认为这两句出自唐人高蟾的"君恩秋后叶，一日一回疏"，并不算奇。袁枚称赞前两句"乃真独造"。

为了这诗，我满脑子是青苔、青苔。四分之一个世纪前，旧金山一位朋友在报上开摄影专栏，邀我给照片配诗，我给《枯苔》写了这样一首："多情的青苔/从家乡的天井/阶前，墙角/爬过大海以后/却在岸石上/被干旱绊倒了/意外地获得了/异族的肤色。"当然，敝帚难以自珍。刘禹锡《陋室铭》中的"苔痕上阶绿，草色入帘青"才是不朽之句。

一如苔痕是"陋室"的标配，青苔在多雨的江南随处可见。金农咏苔取迂回战术，对"苔"提也不提，改从三月的细雨下手。那是春天，燕子的尾巴怎么也剪不断雨丝的缠绵，然而，湿气日重，遍地冒出青苔。而少小离家老大回，走进积满灰尘的家，拨开重重叠叠的蜘蛛网，头一眼往往是青苔。对此，我是有第一手经验的。每一次回到老家，拿起近一斤重的带绿锈的钥匙，打开坤甸大门和拉开趟栊，走进祖屋，满眼是绿，里面是苔的领地。铺方砖的地面和墙根，天井所对的方槽四周的花岗石阶，水缸，厅堂里的谷瓮底座，土地神的香炉下……绿苔触目可见，如雨后出岫的云阵。有一些孤军深入，在祖父母、曾祖父母的炭相四周作点缀。我坐在酸枝椅上，扫视四周，惊讶于苔的图形，浑成，柔婉，和我手里拿的《韩昌黎全集》恰成对照。这本书是我从阁楼的五斗柜翻出来的，脱线的书页里不乏蠹鱼的杰作，洞眼和线条无不流丽。人去楼空所引起的叹息中，含着凄凉的黑幽默——连老鼠也绝迹，因为长久没有食物的缘故。然而苔藓是活生生的，长年累月悄悄蔓延。

不过，青苔并非独厚于让人发思古幽情的所在，它的生命力来自卑微，只要潮湿就能生长，问题在于：如果有人踩踏，就难得恣肆。金农诗的下句，以"无人又一年"让你想象此地的寂寞，继而联想到"苔"这片处女地。诗人的情绪系于两个虚字——"偏"含恼人的绵绵春愁，"又"是嗔怪，更是渴盼。与脚迹无缘的苔，不就是诗人常绿的怀念吗？

回到我不成器的新诗去。将"枯苔"看作新移民的自况不是不可以的。越洋而来，爬得太远，最后上岸，立足于新大陆。此地湿度不足，青苔青不起来，色地变白，这就是"异族的肤色"了。

撇开诗，苔在旧金山也随处可见。我家后院分三层，最高一层砌乱石为基，雨后在凹凸的缝隙，茸茸绿意若有若无，那就是它。人和苔的较劲，见于苏东坡的《百步洪》："君看岩边苍石上，古来篙眼如蜂窠。"激流旁的石头的"苍"，就是苔藓。

在洋社会，对青苔感兴趣的人不多。我辈出于积习，对蕴含东方审美趣味的蕴藉诗情放不下，这不，这一夜，我醒来数次，从梦境里进进出出，都脱不了苔。第一次，看到它从金农的诗句爬出，在我的乡梦里铺开一片片，继而闪进我早年写的怀乡诗，最后，栖息在袁枚的诗："白日不到处，青春恰自来。苔花如米小，也学牡丹开。"（《苔》）蒙眬里，身上的汗毛都变成生长的青苔。

3. "跌碎梦满地"

《随园诗话》有一则道及："有友呼童烹茶，童酣睡。厉声喝之，童惊扑地。因得句云：'跌碎梦满地'。"且设想这一场景，童仆以为主人外出，舒坦地睡懒觉，睡得天昏地暗之际，被主人带怒气的呼叫惊醒，一个翻身从床上跌下，揉揉眼，忙说好好，一溜烟进厨房去生火。而地上，有童仆的"遗梦"。那是什么？是四处流淌的水，是迸散的琉璃片，是随手一撒的珍珠，还是一碗冒热气的卤肉饭？天晓得。

想起今人北岛被广泛引用的名句："如今我们深夜饮酒，杯子碰到一起，都是梦破碎的声音。"还有一本青春网络小说，书名为《梦破碎的声音》。梦被赋予"能碎""易碎"的特质，始于何时，不可考。但如果因古人以诗让梦

"碎"过，此后谁用这一意象，就被贴上"抄袭"的标签，我十分反对。雷同也许出于巧合。为文为诗，十八般武艺就这些。

尚不知道梦碎的"声音"是怎么样的？北岛提供一种——酒杯相碰，那是相当之铿锵的，若太用力，则成清脆的"哐"——碎了。其他呢？囿于见识，想抄也没得抄，那就乱拟：如瀑布飞洒，如银瓶乍破，如竖琴落地——那是雅士的；如惊飞夏蝉，如投石于潭，如鲛人洒泪——那是青年的；如赶鸡，如杀猪，如摔扑满——那是给俗人的。其实，梦（特指好梦，若是噩梦，巴不得它完蛋）之碎是必然的，差异只在时间。前文的书童，碎得有点狼狈。较普遍的"碎"，则缘于睡醒。

醒来的人间，依然有无数的"梦碎"。较具代表性的，是充满激情的爱。从情窦初开之年到尘埃落定的老年，这样的悲喜剧从来不断。共通的特征是：初发时在化学物的作用下，急剧膨胀，被密不透风的幸福包围，进入浑然忘我的亢奋状态。从肉体到灵魂，都尽情舒展，全力以赴，为了享用二人世界的缠绵、甜美。家庭、儿女、经济状况、房子、职业、与双方亲属的关系……所有现实问题都被忘却、忽略、搁置。沦陷于与"梦游"近似的阶段，谁会看到未来呢？怎么会想到，好梦无一不"碎"，浪漫的恋爱碎为婚姻，进而碎为柴米油盐，尿布和房租，迅猛有余的爱被导入平川，野性被驯化为亲情。算碎得漂亮一类。家庭解体，争产，争抚养权，两败俱伤的一类，梦就碎成弹片。

如果在相当程度上由荷尔蒙驾驭的爱情，碎了可再碎，再度入梦就是；于老人而言，更大的陷阱在亲情。国内的退休老人，儿女在美国成家立业，他们卖掉房子，连根拔起，来美国和后代团聚。初期，梦境多美好！绕膝，含饴，天伦……然而，不少人的梦碎在婆媳关系，语言不通，日子无聊。

所以，透彻地明白"梦碎"的必然，预先设置后路，如重新入睡，再筑梦境；如坦然接受结果，再度出发。年轻人把梦碎的声音化为跳楼的钝响，那是最愚蠢的。

袁枚对"跌碎梦满地"这诗句的评价是："五字奇险，酷类长吉。"细加品味，还生奇想：据说人临终前会去"捡脚印"，即把平生经历做最后的梳理。"脚印"是曾有过的"实",而"梦"是存于记忆的"虚"。趁脑筋管用,把梦的碎片一一收集,予以评鉴,未始没有意义。比如,老来追寻年轻时的一次失恋,去初吻之处、定情之处凭吊,恍惚间,地上有光影迷离的小石子、枯草梗,可能是多情的往昔刻意留下的。

4. 从"近乡情更怯"到"转致久无书"

《随园诗话》把"只因相见近,转致久无书"和"近乡情更怯,不敢问来人"(原文为"近乡心更怯")并列,称二者为"善写客情"的典范。后者早已脍炙人口,常读常新。即如今天,通信科技发达,手机、视频、微信唾手可得,哪怕远隔万里,"乡"的即时信息依旧了然,哪怕是离开多年的游子,行近早已迁离的家乡,"怯"还是自然而然地从深心涌出。

从前,或怯于音信隔绝,亲人生死未卜;或怯于老屋的残破,乡亲的冷眼;甚而,只怯于积累太多的乡愁,生怕乡梦里的情景和即将揭晓的谜底全然两样。今天,所"怯"当然没那么沉重,但多少有一些。以我为例,无论居住海外还是离家乡百多公里的城市,返乡早已是常事,但每一次视野中出现靠近老屋的灰黑色碉楼,它如此俨然、庞然,似在隔空发问:"回来了?"我心中就波澜骤起,审问自己:此去可对得起祖宗与家山?顿时脸红耳热。

诗句"只因相见近,转致久无书",指的是一种社交现象:朋友住得近,相见容易,所以彼此没书信来往很久了。书信在现代早已过时。我一年到头,用去的邮票不足五枚,且都是为了付账单或寄报税表。朋友之间的通信,转为电邮、微信、脸书。信笺、钢笔搁置多年,手写技能退化,固然是大势。然而,最近因新冠肺炎疫情趋向高峰,每天自囚于家,如顺应逻辑,本该多与朋友联系,却是相反,一如既往地"无书"。本来,无论拨打手机还是利用微信的通话功能,二者均免费,依然兴趣缺缺。放在二三十年前,和朋友通电话是何等迫切的心灵需求,买了无数张电话卡,和投缘者一谈就几个小时。今天整天,手机放在家,我只拿起过一次,接听一个自称快递公司的诈骗电话,和骗子聊了三分钟,被问快递单编号,我报以 12345678,他挂了。此后电话铃没响过。

要问缘由,该是自然趋势,人际交往需要投入激情,老来欲望陆续退场,幸存的几位老友早已心心相印,却不复仰赖"倾诉"。乐观地说,这是人格独立的表征。心灵已自给自足,独处时所潜心的,是读书、书写、看剧、思考,难以进入深层的泛泛之谈成了累赘,更不必说礼节性问候了。

回到引诗去。"只因相见近"二句,我只在袁枚这本书中读到。开头怪自己读书太少,但从网上搜索,也没有任何相关信息,不知出自何诗何人。别说深度远逊"近乡情更怯"二句,也比不上《随园诗话》所引的一首:"有客来故乡,贻我乡里札。心怪书来迟,反复看年月。"(《接家书》,彭贲园作)袁枚称赞它"写尽家书迟接之苦"。住得近就不写信,乃人间常态,人之常情,一如饿了要吃饭。"近乡情更怯"精准地表现了归人近乡这一特定时空的微妙心理,道出人人口中所无而心中皆有的情愫。中国古典诗以表现普遍性人性见长,因高度概括而获得最大公约数,适用性广大。

《随园诗话》还把以下诗句列为"善写别情者":"可怜高处望,犹见古人车""相看尚未远,不敢遽回舟"。论诗情,它们超过"只因相见近"少许。

(原载《广州文艺》2021年第8期)

文气内外（节选）

王兆胜

题记：随着年岁增长，越来越喜欢静心，喜欢用目光在心中垂钓诗意，以及那些颇似光影的闪烁明灭。书中的文字、笔筒里的笔、眼前的盒子、手上的扇子都会飞动幻化，随着季节和文气一起流转。希望它们像一个个精灵，进入生活的梦境做梦，还能将悠长的秋声与冬夜的寂寞纺织成锦绣山河。

字的家族

中国汉字很难学，这让许多外国人望而生畏。

事实上，中国人自己学起来也不容易，否则中国古代就不会有那么多不识字的文盲。

不过，中国汉字是象形文字，也是一种特殊文化，还是不可多得的哲学，所以，如学来得法，就会非常有趣，也容易得多，否则，一定会事倍功半，甚至让人头痛。

我们先从"人之初"的"人"字开始。一人为"人"，二人成"从"，三人成"众",于是显示了作为"人"的特性:从小到多、从个体到整体乃至群体的关系。"人多力量大",才能成为大众,如果是社会底层,就变成"劳苦大众";反之,在"人"的下面加个"竖一",就成为独立的"个",中国古人讲"慎独",指的是一个人"在独处时能谨慎不苟"。当然,从众之人也要注意,弄不好会变得稀疏松散。所以,在"从"的下面加个"横一",变成"丛",有利于集聚;由"众"变为群众、合众以及众志成城,就不会变为一盘散沙。在中国古代,"众"字的写法是三个人头上顶着一只大眼睛,也是讲在大庭广众之下,要有敬畏之心,因为一直有一只大眼睛——天地之目——在紧紧盯着你看呢!

"日"字很重要,一字为"日",三字为"晶"。日与夜相对,是光亮之意;三个日成"晶",有"精光"闪现,就像星星闪动,有亮晶晶、晶莹剔透等说法。日的组字、组词也值得一提,左边加"一竖"成"旧",下边加"一横"为"旦",在"日"的右边加"月"为"明"、加"寸"为"时"、加"未"为"昧",将"日"置于"九"之上为"旭",放在"门"内为"间",还有日子、日月、日期、日记、日夜、日光、日历、日用、日照、日出、日落、日本等说法。从这个意义上理解,中国古人说的"新,日新,日日新",还是挺值得琢磨的。

"又"字,让人想到衣领,或小学生对折的红领巾。在中国古代,"又"是"手"的象形字,也让人联想到"握手"。它的原意是"继续"或"重复",这样就产生重叠的感觉。问题是,两个"又"为"双",三个"又"为"叒(ruo)",四个"又"为"叕(zhuo)"。还有,由多个"又"组成的字,这就可见与"又"相关的果实累累般的字,如"桑""叠""掇""辍""缀(zhui)"字。更有趣的是,在"又"字上随便加点什么,就有新字出现,里面加一点成"叉",头上加一只手为"受",脚下有"土"成"圣",左加一"耳"为"取",右加一"鸟"成"鸡",上加"亦"字为"变"。小时候,我最讨厌一种小虫子,它咬人吸血,让人非常难受。后来,从字典上查到它叫"蚤",这是一个与"又"紧密相关的字,是在"又"字中加了"点",仿佛是只"眼睛",虫子就在它的下面,让人感到很不舒服。再说"难受"两字,它们竟然都有"又"。看来,同样是"手"样的"又",在不同的字中又不相同,既有温暖又有难受。还有,将"马"与"蚤"放在一起,变成"骚"。表面看,这是个更不好的字眼,与"蚤"的咬人吸血相比,"骚"味儿太浓了,更让人受不了;不过,中国有部伟大作品却是屈原的《离骚》,按东汉王逸的解释,"离,别也;骚,愁也",这个"骚"又让人同情,于是生出很多敬意。

还有"水"与"心",也有一个"家",一个大家族。"水"加两点成"冰",三个水成"淼",四个水为"㵘",还有"淼淼"的说法,"水"越多就说明水势愈加浩大。当然,带"水"的字更多,可以说,天上、地下、人间无处不含"水",它弥漫广大,无远弗届,那本《水浒传》只看名字就知道有很多"水"。另外,"心"在草木中,一心为"芯",三心为"蕊",都是核心的核心。还有"文心",有刘勰的《文心雕龙》,"勰"字在三个"力"的强大作用下,有"心"用"思",方能成就"刘勰"和他的经典名著。

"王"与"子"更可繁衍出一个大家族。"王"加一点为"玉",但这个点加在中间一横上面,就成了"玊",是有瑕疵的玉。由"王"可扩为"珍""珠""闰""国""金""鑫"等。另如"子",可组成"孙""孔""李""季""好""存""孕""孟""学""孩""孬""孱""孺"等,还有与"子"相近的"孑""孓",从字形上看就不舒服,其"孤独"和"跟屁虫"的意思更不怎么样。不过,在中国古代与"子"相连的人往往都非常了不起,像老子、孔子、孟子、孙子、荀子、墨子,他们都是受人尊敬的称谓;连一些名人给自己起的字号都离不开一个"子"字,像子云(扬雄)、子长(司马迁)、子美(杜甫)、子瞻(苏东坡)、子畏(唐寅)、子清(曹寅)等都是如此。

"耳"字也很值得关注。中国古代有"耳学",是指一个人只靠耳朵听来的一些知识并不可靠,有贬低之意。所以,在《文子·道德》中有言:"故上学以神听,中学以心听,下学以耳听。以耳听者学在皮肤,以心听者学在肌肉,以神听者学在骨髓。"不过,老子与庄子则认为,真正的智慧要在"闭目塞听",只有这样才能得到天籁与大道。如果这样看,"耳听"与"心听"和

"神听"都比不上"闭目塞听"来得高明。老子，名耳，字聃，都与"耳"有关，可谓有双耳也。为《义勇军进行曲》作曲的聂耳则有四只耳朵，除了能看到的两只，还隐藏了两只，因为"聂"字在古代被写成"聶"，是三个耳朵。从事音乐需要多只耳朵，在此的聂耳有四只，再加上自己身上长的，共有六只，比老子还多两只。

我常将"缘"与"绿"字放在一起比较。两字看上去极像，差别在于右边，而且即使是右边的部首也不易分辨，这让我感到中国文字的神妙。

还有"力"与"九"。两字都有一撇，强劲有力；它们的横、弯也是一样的，差别只在那个"钩"，朝左为"力"，向右为"九"，可见细微差别所导致的巨变。常言道："失之毫厘，谬之千里。"讲的就是这个道理。

因此，学习、工作、为人、处世，敢不认真吗？

不过，即使这样，在中国汉字的家族中，完全可以将这些似而不是、形近神异者列入其间。

我们每个中国人都生活在血缘亲情的家庭中，也离不开这些由文字构成的家族的森林。

我们就像森林里跳跃的小猴子，吸吮树上的果浆，享受来自高天的阳光雨露，在地上、树木的枝杈间如烟似雾般穿行。

扇子的语言

"扇子"两个字很特别：与"窗户"有关，与"羽毛"相连。两个"习"字仿佛让人感到"凉风习习"，快意自生。

中国古代早有扇子，只是那时主要是"团扇"，即用蒲草或丝绸做成的圆形或方形扇子。在庙堂为威仪权力的象征，于民间则用来清凉。

小时候，家里就用蒲草剪裁成圆形，以布条饰边，手握其蒲草柄，在夏天用来纳凉。大人用这种最普通廉价的团扇不停扇动，为锅底的火扇风助燃，为孩子赶走蚊子和暑气。

生长于乡间，几乎没人不熟悉这种扇子，平时它被随意扔在床上、放在桌椅上、挂在墙上和门上，是每个家庭中的老物件。

年岁渐长，开始认识不同的团扇。如在《三国演义》中，智慧人物诸葛亮用的就是一把羽毛团扇，于是有了"羽扇纶巾"的风流倜傥和谈笑风生。

团扇有一只柄，它可以握在手里，有提纲挈领和一剑在手的关键作用。

团扇的圆或半圆取圆满之意，像开在扇柄上的一朵大花儿。

高级的团扇两面可用绘画等方式装饰，扇柄也可以雕刻，但整体上是直白朴素的，从不隐讳自己的心事。

宫廷的团扇以精致为主，除了画面精美，还饰有坠子，让人想到秀雅的少女的姿容。

折扇出现较晚，主要是城里人或文人雅士的手中物，它是由扇面、扇骨、扇钉组成。由于可折叠，可随意开合，还由于材质关系和以书画装饰得更加多样，深受人们喜爱。

它像窗户一样可随意开合，便于携带，既可拿在手上，又可插入腰间或脖子后面，还可拢在宽大的袖子里。

在金庸等人的武侠小说中，铜筋铁骨的扇子甚至可做兵器应敌，发挥挟带方便、随意取用、锐利无比的优势。

扇面可用各种书画装饰，扇骨可进行更复杂的雕刻，尽显折扇的丰富多彩与灵活多样。在消夏之余，可一览艺术之高妙。

有一种女士折扇，材料用象牙等名贵材料镂空雕刻而成，再施以香料，一股脂粉气扑面而来。

如是女子的物件，此类名贵扇子至多有些娇柔做作；一个大男人握在手上，就显得有些滑稽。

儿子小时候做过一个轻巧有趣的折扇，至今记忆犹新。

他将吃冰糕余下的木片留下来，在一端扎上孔，再在另一端画上朵朵小花儿，然后用铁丝串起，一把折扇就做成了。工艺上虽比较粗糙，但一个几岁的孩子能有如此奇思，善于动手功夫，也很难得。

当然，若选用湘妃竹，再有艺术大师的雕工与书法，那就是一把名扇。

湘妃竹折扇的上面，不只有斑斓的湘妃泪，更有一种历史的沧桑岁月，还有打造出来的精致典雅。它如一个仕女也像一位雅士，尽得文化的风度。

有人在折扇的扇面上绘出仕女、花草、鸟兽虫鱼，有的则将山水高士、十八罗汉、诗词歌赋描绘其间，还有人画的是江山万里图，只要打开扇子就可尽情领略天地之宽、万物幽微。

与团扇比，折扇不论在内容还是形式上都有了质的飞跃。

如果说团扇直来直去，将所有的语言都写在"脸"上；折扇则颇有城府，更多时候将话藏在心里，藏在那些可以随意开合的皱褶中，也可以说是在岁月的皱纹或记忆里。

团扇虽可绘制很多内容，但远没有折扇来得丰富、含蓄、内在、超然。折扇让人想到孙悟空的如意金箍棒，可随意变化，充满神奇和神秘。

一把折扇被折叠起来，可置于手中随意把玩。或揉或搓，或捏或捋，或左或右，或上或下，或动或静，或敲或打，或旋或转，或抛或接，久而久之，竹子或木质做成的扇骨就会变得盈然而富有光泽，温润如玉。

折扇也因性格的内敛、包裹了心事，变得充实富足。

一旦打开一把折扇，那是别有一番韵致的。

有人如徐徐拉开帷幕，也像打开一个宝藏，尽情欣赏折扇中的万里江山图，倾听其间山川鸟兽发出的秘语，从而显示咫尺天涯之妙。

有人用一种特殊技巧，手、腕、指在与扇骨的巧妙配合下，抖然地打开折扇，在一声脆响中轻摇扇面，凉风徐来，沁人心脾，这是人们往往难以理解的天地的声音，也是文人雅士透出的一种风骨和潇洒。

此时，扇子与人合二为一，心气相通，互相诉说衷肠，以及彼此间的理解与知音之感，也奏响天人合一的美好乐意。

某种程度上说，打开的折扇发出的是人之声，也是人这棵树上开放的花朵；反过来，人也可以被理解为扇子的扇柄与骨骼，是具有根本性的存在；当然，还可以将人理解成为天地的花朵，当一个折扇被打开，人也一定心花怒放，其肢体语言也如扇面般打开，形成可以让人心领神会的喜容。

其实，除了窗户与扇子有关，风箱、风扇、空调、肺腑、人心都包含了扇子的原理。它们关闭后是一个不为人知也难以理解的秘密，一旦打开就有一呼一吸也有内在的语言传出，向人与天地诉说。

还有一棵树、一条河也都让我们想到扇子：树干与河流是扇柄，枝繁叶茂和冲积平原是扇面。

特别是面对天空和大海时，树木与河流以扇子的形式在诉说着什么，伴着云雨雾气和潮起潮落，生命的秘语不断传达出来，这需要静心去听和用心体悟。

炎炎夏日，扇子会给这个世界送来阵阵清凉，人在其中，如在梦里，如痴如醉。

当秋风凉了，再摇动扇子，已不是为了消暑，而是为秋叶伴奏，听树木这把扇子将黄叶般的语言音符纷纷摇落。

其实，往大处想，天地何尝不是一把更大的扇子？

春天用微风将一片片细雨摇醒，夏天用暴雨的扇面扇起雷电，秋天以长风的扇子萧瑟万物，冬天使巨大的扇子合上寒冬的珍藏。

晨曦将万丈金光洒满东方，那是一天的扇子打开。

夜幕降临，天地的折扇关合。

与此同时，梦的扇面打开。于是，一个个熟悉而又陌生的语词，有意无意、有声无声从心底跃然而出。

（原载《广州文艺》2021年第7期）

失忆症（节选）

鄞珊

一

我的记忆是一个深渊，我努力想打捞出点什么，沉船？或是废纸？"在起初，神创造天地。大地是空虚混沌，渊面黑暗。"我身体经历过的许多人和事，被大地吞噬，融入黑暗中。大地吞食剩下的弃物——剩下是那些记忆归我。一段往事，一个人，一支笔，或一个眼神。

"车过高黎贡。"我不知道自己为什么打出这一行字，这句话像漂荡在水面上的木头，漂到我跟前时"砰"地撞击着我的大脑。

我已经忘了那一次的行程，高黎贡仅仅是大地上绵延起伏芸芸众山的一个普通名字，切入我记忆的原因毫无半点理由。那山在我的脑海里是一片苍茫，我们的大巴车正寂寞地行驶在蜿蜒的山路上。

一只猴子，坐在山路中间的一块石头上，阳光和猴子正在大地上调和，像我调和咖啡和伴侣一样，它安坐在大山中，已经融化在阳光里。车里一位诗人突然打破了一车沉沉昏睡的寂静说：我屁股都坐疼了，整整十六个钟头了。

他的话突然撕开了我的知觉，猴子一直目送着我们的车，它淡然的神色，并没有因着我们这铁皮轰然而过的车辆而充满好奇。我转过身子，透过车窗。我们的距离被拉得长长的，彼此消失在视野中。

我们的车越走越远，多少年了，即使我钻进广州密密匝匝的人群中，猴子的眼光一直追随着我，它越发清晰地凸出"高黎贡"这个名字。

而眼前的行人，我一直不知道他的名字，他盯着我，向我走来，我只有停下脚步，迎上他挑衅的架势，等待着他的举措。那只猴子跑了出来，它就是这样的眼光和神色。

他在我身边站住了，眼光距离很短，并且凝固了。他冲我吼道："你还不赶紧回去？！"

这声音是一条金属线，接通了我脑海里的电路……对了，他是我老公。

"为什么你一直认不出他是你的老公？"医生坐在桌子那边，白色的大褂与白色的墙，房间冷森森，白色的蔓延让人的心沉入地面之下。我们眼光相同——是猴子的眼光，虽然医生并不知道那只猴子和高黎贡。

"阿尔茨海默病又叫老年性痴呆，是一种中枢神经系统变性病，起病隐袭，病程呈慢性进行性。"

"阿尔茨海默病"这个名词不断地强化我的认知。我记得那位心理医生的眼光——那只晒着太阳的猴子的眼光，我还真怀疑是那只猴子的潜伏。他有着工厂流水线的漠然，我与他对视之后就开始后悔，作为患者的我在他面前仅仅是出卖着自己的隐私？

他在桌上给我的病历写着他的专业知识，然后护士进来收走了，我便在这个专科门诊里留档了，而我对"自己"毫不知情，我成了被大巴车遗留在山路上的猴子。我目送着一盒子档案离去，是抑郁、焦虑、强迫症？医生将这诊断结果锁进了他的记忆，而我为什么会找到"老年性痴呆症"这个词汇？是不是他从他的记忆之牢房中盗取了这个词？

我正中年，焦虑的中年。

看着医生不断地记录，却把一切真相遮蔽在阳光下，我蓦然想起高黎贡的阳光下，肯定有很多猴子，它们躲藏在山林里。

我离开那个白炽灯的房间，带走的只有医生那张猴子般漠然的脸，猴子身后有大片的阳光，而医生没有，灯光照得他的脸更苍白。

还要猴子的眼睛，我记忆中猴子那样的一双眼睛。

二

我要处理的问题很多，或许不是因为多，而是我对网络的某种抵触力，它无法存留在我的脑海中，而现代化的进程，却把我推进这个群里。

我的提问像投进大海里的石头，群里文字不断跳出来，一个头像带着文字"鮀岛－信用社－戴万岁"跳出时，我停留在这个名字上面。这是一个需要标注真实地名、单位和实名的群，他连单位还是三十年前的。

这个名字"戴万岁"牢固地镶嵌在我的记忆链条里，这里有一截记录着三年多长度的活动画面：戴万岁每天晚上到我家里喝茶，有时也在我家吃饭。

让我反刍着储藏的记忆。刚分到一房一厅的结婚房，是我们新置的家，老公刚退的单间宿舍，马上迎来他的老乡戴万岁。

戴万岁是个腼腆的男生，他在这里还没其他朋友，上班之余的大多数时间都在我家耗着，我不知道戴万岁属于老公的什么藤蔓亲戚，见面伊始他就叫我"婶子"，"婶子"这称谓嵌进我的灵魂，我的中年就是因为这个称呼而进入的。

现在，我把戴万岁这个名字截图给老公，老公问我，你怎么跟他联系上的？我说是在一个群里看到他的名字。老公回答说，就是他，他一直在那个单位负责电脑。

尘埃落定。穿越时间的那个狭小空间竟然没有改变，那个三十年前一直叫我"婶子"的戴万岁就在电脑屏幕里。"鮀岛－信用社－戴万岁"又在群里跳出了一句话。我随即点击了他，出现了一个临时对话框。

"你是戴万岁吗？信用社的戴万岁？"

他回复的速度在一秒钟之内："你是？"

"我是你婶子。"

我打出了一个笑脸，我套着各种身份穿行在俗世间，"姨母""老姑""老婶"的身份多如药柜里的药瓶。

"你那时叫我婶子。"我得意着，他没法看到我的表情的。

"你是哪位?"对方问。我愣了一下。

"请问你的名字?"他继续追问，不断跳出同样的对话框。

我突然发现，他根本不知道我的名字，他一直叫我婶子，他当然不知道我是谁了。或许他只知道我老公的名字，没错，那时他也叫我"××婶子"，冠以我老公的名字。

资讯发达能把时间和空间变成一个点——电脑的光标不断跳跃。我有些欣喜，"鲅岛某某职业学院""借住九楼的单身宿舍""90年代初"，几个重要的节点，它们的画面不断呈现。将近三十年前的影像重逢在QQ文字里。对话框那边多多少少知道我是谁了吧？其实只要我把已经改头换面多年的××学院报出来，那边肯定会有灿烂的笑声穿过我的电脑而来。

"你住那里三年多，还天天到我们家喝茶呢!"我笑将起来，我相信我的笑意已经跳跃在文字里。

"现在你知道我是谁了吧?!"我开始撸着时间的线叙述着那些情景。

电脑桌上横七竖八的笔和纸张也开心着。

时间停了好久，对话框那边静寂着。

我继续打字："小戴，现在你也应该有四十五六岁吧？孩子多大了?"他的头像是一个笑容灿烂的少年，估计是他孩子，眉宇间有他二十多年前的痕迹。

我发现回忆如洪水，我已经在自说自话了，对话框只有我拉下的长长文字。

"我没住过学院，不认识那个地方。"停留好长之后，戴万岁打出的这两行字有着悬崖峭壁的绝气。

对话就此截住。

我的电脑一片黑暗，我发觉已经超时间被锁屏了，我与电脑一起静默。

我逆记忆之路溯源追寻，一路审读每一节载满厚厚情节的列车。一个人一生的岁月可以遗漏很多记忆，可是三年读书在外住宿的记忆，怎么全部丢失？我的每个超越常规的记忆，至今犹在，最开始我们借用同学的房子，住了两个月，他们从此成了这一辈子细水长流的往来。

我的记忆又点亮了，同学?！是的，那位曾经借给我们房子的同学G，我们联系的线穿过多少个地域，依然在通讯录里。

三

我把灵魂从黑屏电脑里拔出来。

我给G打电话，他们夫妻正散步。有海风从手机里飘出，夹杂一两声摩托车的喇叭声拂过。

我这话题是否唐突？我专门打电话就是要打捞一个三十年前的人？

我的很多记忆都丢失了，我正在吃药，病情还不算严重，这失忆症像平静的海水漫过来，又退了，时断时续。失忆症，我最早发现丢了东西是在十五年多前吧？我对所有涉及数字的问题有些恐惧，具体时间我已经记不住了，病历也丢了。家里最重要最值钱的房产证也丢了，或许不叫丢，房产证只是在家里隐形了。

我虽然忘了存放房产证的记忆，但我记得清戴万岁，我带着很多联系的线索走过很多地方。G一家，隔三岔五会有电话或是信息。

"戴万岁，认识啊，我每天都遇到他。"G电话那头有微风拂过，他的声音夹着海风依然很容易分辨。

旁边他老婆的声音问候着："是阿珊打的电话吗？"随即跟我聊了起来。

不用提醒，不用引导，G夫妻一下子把戴万岁套进去他们熟稔的生活中，忽然又让我感觉到谜底毫无悬念。

G继续说："我现在单位搬了，搬到戴万岁家旁边，每天上班都遇到他。"

G的话坐实了戴万岁这个人的存在，已经不需要其他证明，我还是把话语推进："他还在信用社？还在情侣路那里？"

"是的。"G顿了顿，说，"我前年还因着单位内部系统，跟戴万岁合作业务。"

我省略了人情客套，问："他那时是不是读××技工学校？住到我们家？"我的记忆就悬在那里，他父亲帮他搬着一堆日常用品来我们这里，高兴地说：省了好多租房子钱了。

G犹豫了下，迟疑说："他不是读书啊，他一毕业就来找我，想借用我家那套老房子。"

我的记忆完全被打乱了。

G和他老婆都笑了，G清晰的声音："戴万岁当时到鸵城，我那套老房子刚好出租，就介绍到你家，他直接搬到你们空置的单间，不用租。"

我记忆的线条没有断落，那间单身宿舍我老公原先住着，刚好给乡下来的亲友。

我换了一个全新环境，人和事皆是新的，在我二十几年的人生岁月里嵌得如浮雕般清晰，岁月风沙也磨不了多少痕迹。

四

一桌子的菜肴，当戴万岁吃完饭进来的时候，我们夫妻的饭席刚摆齐。戴万岁大笑。

我问："你笑啥？"

他指着盘碗狼藉的餐桌，说："你们竟然做了十一道菜，竟然全部吃完了。"

我这才发觉，我们两口子实在会吃，就剩下盘子了。后来的多少次茶聊中，他都拿这件事做谈资，我们竟然吃那么多菜！我把自己这件事当作一个经典画面，十一盘菜摆满了整个餐桌。

戴万岁是我们生活的旁观者，参与着我们的生活，我甚至认为他是我们家庭的记录者。他嵌入我们的生活，其实已经很深刻了，第一台电脑就是在他那里买的。电脑专业的戴万岁是鸵城最先卖电脑的人。这么一件新生事物就花了我几个月的工资。我可不是为了跟风。键盘上打字，我的写作很顺畅。

戴万岁的电脑卖得很火，刚开始的电脑市场，打开了人们的大脑。

鮀城已经有很多卖电脑的商铺，我们又重新买了一台。大脑对新的记忆和社会压力特别敏感，因而容易被我们牢牢记住。

五

"他怎么能忘记了呢！"

奶奶一直不相信，阿锦怎么可能忘记他在江边的渡船上躲藏的一个月时光。

十五岁的阿锦蜷曲在甲板的夹层中，只有万籁俱寂时才敢掀开甲板出来透气。国民党残部在退离大陆之时在沿海抓壮丁，我奶奶听闻风声，找了熟悉的船老大，把爷爷的堂弟阿锦藏了起来。阿锦躲在船里的这一个月，比他后来的六十年还要漫长。

阿锦隔着一层甲板提心吊胆，我查着图书馆的地方志，看到这段人心惶惶的"胡连抓壮丁"的历史。更提心吊胆的是何伯，隔着半个多世纪，我对何伯的胆大包天捏着把汗。若船里的秘密被发现了，他一家老少也在劫难逃。

阿锦跨过六十年的光阴找到老家的榕树，找到我家，找到我奶奶，不是回应他那年逃难的时光么？

可他怎么会忘了那个船老大何伯？

七十年前的地方，虽然沧海桑田，可阿锦凭着地名，凭着溪边这棵三百年的大榕树，硬是认出我们翻天覆地的家门口。

他说出我爷爷的名字。我爸站了起来。

站在门口这位就是我爷爷的堂弟，逃避国民党抓壮丁时消失了的弟弟阿锦。阿锦有着我们家族特有的大眼睛，又有着东南亚一带的黝黑皮肤。

九十多岁的我奶奶见到已经白头的阿锦喜极而泣，第一句话就是："每天给你送饭的船老大何伯还在，你要去看望他。是他把你藏在船里面，每天还趁着无人给你送饭吃。"

奶奶复述着每个细节，那是电影里才有的惊涛骇浪，在船里藏了一个多月后，终于有机会出逃，阿锦被带出海，生死祸福，从此消失在茫茫大洋中。

奶奶着急地告诉他，何伯九十六岁了，卧病在床，日子无多，咱赶紧去看他。说完，奶奶拉着阿锦的手就要出门。

哪知道阿锦甩开了她的手说："不，我不记得这个人。"

奶奶愣了！怎么会不记得？

阿锦临走前给我奶奶两百元红包。我奶奶自言自语说："应该把这个红包给何伯，他救了你的命。"

"阿锦怎么就忘了呢？"

奶奶每天喃喃自语，她至死都不明白，何伯怎么会消失在阿锦的记忆中？阿锦还记得那船和河水，还记得船底下的胆战心惊，怎么会记不起何伯呢？

阿锦的记忆为什么会把何伯弄丢了？我也开始寻找记忆丢失的原因。

奶奶没有动红包，除了奶奶，没人记得阿锦。

选择性失忆，我终于找到一个对应的词了。

选择性失忆是心因性失忆症四种类型中的一种类型：个人对某段时期发生的事情，选择性地记得一些，遗忘某些。

阿锦没再回来，他真正消失在太平洋和印度洋那边。

我从没见过渡公何伯，阿锦有没在他记忆中存在过，我无从得知。戴万岁却是在我人生记忆中存在过的，他是我们家锅碗瓢盆的一个声音。我很想知道戴万岁是否保留着我们家的丁点记忆，他可以不记得我，那他应该记得我老公的名字。

我点击戴万岁的名字，对话框便是我与他的对话。我十指在键盘上犹豫着，我将一张网，从往事的深渊里拉出来，拉出是三十年前的时光。

我点击发送，我老公的名字在戴万岁跟前。

依然静止。静止可以让我思绪万千，不仅仅是往事，而是当今，现在的诸多人情冷暖。我悲悯地看着他的头像，那个阳光灿烂的男孩子，那是他孩子，我竟然有着遥远的欣喜与慈悲。

或许他不在电脑前，或许……

对话框却很快跳了出来：不认识！

没有标点符号。

（原载《大地文学》双月刊 2020 年卷 5）

宽广的悠远的

朱以撒

居住的空间大了，身心都开张起来——所谓的改善，很大的程度是落实在空间上的，譬如有人心绪不好，就会离开此地，到其他地方调节一下。如果此处是伤心地，那最好不要再一次踏进。至于居住，最好客厅大点，书房大点，院落大点，可以种植花草。时间是没办法改善，晨来夕往日复一日，让人挽不住它的吉光片羽。空间大起来的时候，寻找一些物件的事也渐渐多了起来。记得早年住在一间房子里，什么东西都明摆着，并没有什么可藏匿的多余空间让主人寻寻觅觅，现在总会有些文房物品不见了，是放到三楼去了，还是地下室？上下几次还是寻不到，只好再买一个。只是后来，它们又在哪个角落冒出来了。这也使我有了经验，不必大费周折发誓一定要把它找出来，把自己强迫得不快活——人和空间，真没有什么可以较真的，许多的存在，许多的消失，都是本来如此。

对书房的倾向可以看出主人的态度。有的把书房收拾得纤尘不染，书再多也排列有序，而每本书都有自己的位置，看完了，或者没看完，都先归位，待下次取出。主人肯定是很准确地吸收了图书馆的经验，使一个书房整洁，还生出了一些肃穆，让进来的人，动作也小心了几分。不讲究的人则更多，书随便堆放，摊开的合起的各呈其态，废弃的宣纸上墨迹斑斑，砚台上是隔夜的墨。主人无所囿，来客也轻松了许多，甚至拈起一杆羊毫，写个三两行。我更倾向于后者，因为自己就是如此对待的。谁喜欢去一个拘束之地，坐立不安，心情也从无舒展？杜少卿那个家才是大家都想去的："众客散坐，或凭栏看水，或啜茗闲谈，或据案观书，或箕踞自适，各随其便。"主人名士，客人当然趣味相投，也具名士之风，如此才能各自遣兴。"螺蛳壳里做道场"，似乎是夸奖小空间也能施展才华，很有运用空间的技能，实则是一种无奈。蜗牛角上争何事，毫无格局可言。这也使人往大空间跑，大场面、大动作、大收获。大空间里的人不是来隐居的，而是赶来竞争的，讨一杯羹。文士是俗世人中的一分子，以诗文饰门面，用心写几首诗，几幅字，以做敲门之用。像孟浩然、白居易这些人，诗风不一，处事方式大抵相同，进得京城小心翼翼，谒得权贵名流，递上新诗，博得夸奖，便可安心住下来了。小空间没这样的人，再好的诗给小空间的人看了，再赏识也是没用的，还是得往宽广处走——这似乎是一个真理。

晚饭后我习惯到后边的院子走走。后山已经是一方昏暗的屏幕了，白日分明参差的草木成了模糊一团的影像，只有月亮出来的时候，山顶会呈现出锯齿一般高下不一的边缘，让人看到天有多高。昏暗中的走动使人和草木融为一体，心事安妥，只是有一些落寞，空旷中还是少了生气。我是后来移了一株夜来香，它疯长一般，夏夜里就可以嗅到它浮动于四处的香气了。它的香气与众不同——有一些花香是可以进行联想的，它们靠得很近，像柚子花和柠檬花，宛如姐妹般的气味。真要说有哪一种花香类似，则难以寻找。它在白日里并不引人注意，它是属于夜间的，浮动中时而浓了，时而又淡了，它参与了我的走动，周围好像生动起来，有一些丝丝缕缕的浮艳、妖冶或者暧昧，想起曾经的十里洋场，霓虹灯，纸醉金迷那些属于夜生活的场面。一种花选择在众花安睡时绽放，花香又如此恣肆张扬，把空间独揽，是与生俱来的天性，不受扰攘，反常规而行，小区的夜行人嗅到花香了，但没有人知道它在哪里。反映城市谍战的片子总是少不了夜总会，总是少不了舞台上的歌女，歌女把《夜来香》都唱烂了。只能说，这种花的诱惑力和弥散性都是无实指的，可能很清高，也可能很艳俗，这首歌比它同时代的许多歌都流传得远，究其原因，你不知道这首歌写的是什么，实在是难以捕捉，这使它穿过一个时代，又一个时代。理性的人说这个花香对身体不好，他把医科书上说的说给我听。实用往往得这样，很学理，很正确，甚至无懈可击，只是让人扫兴了。俗常的日子还是要有一些乐趣的，那么多深奥的学问、艰深的学理，用来苛求俗世人家，那就一点乐趣都消失了。如同饮酒以戒，也就没有李白、张旭的放浪形骸了。作为俗世中人，乐趣还是很需要的，对别人来说不足挂齿，对自己来说却曼妙得很。生之漫长或短暂缘由太多了，先快活再说——为了私享一点乐趣，把教科书上的某些段落抛在脑后。就像武松走在通向快活林的路上，这条路正通向即将厮杀的场所，而武松还惦记着逢着酒家不论大小，必进去喝上三碗——尽兴是必不可少的，唯尽兴可以激发出人的无穷神勇。在我看来，武松此行在意的是酒，打蒋门神只是顺路捎带的。

夜来香在秋后就不再发散香气了，夜间的后院变得寡淡起来。我三天两头地浇水，期待在下一个夏夜里能又一次与它的气味相逢。

一个和我一起参加高考的朋友，和我说起那年考试准备日期，我说早忘了。他说考试的第一天是他的生日，所以记得特别清楚。原以为生日这一天进考场会走运，谁知道运气靠不住。我只记得当时几个人坐着小船，从公社来到县城，就去考场踩点。考场是一个中学，桌椅都是旧的，风从破了的玻璃窗吹进来，令人打战。山村的冬日整个环境都是肃杀的，使人顿生前程黯淡的念头。第二天考室里坐满了人，士气旺盛，似乎要打败一大片，都想着通过这次考试走向更光明的空间。半小时后已有人离开，抬眼瞄去，卷上都是空白。留下来的人强作镇定，即便做不出也做垂死挣扎，看是否灵光闪现，拿下一题半题。这个陈旧的教室再普通不过，平日一个班的同学在此热热闹闹，而今作为考室，让人如坠冰窖，心弦颤抖，指腕颤抖——会做的都做了，不会做的还晾在那里，想着时间无多，是否还可能运用一个公式来破一道题。人的紧张、焦虑越来越明显——最终，铃响了。当我们会对一座旧厂房、一架破茅屋存着不薄的情感，一定是那个场域曾经与自己有过密切的关联，以至于许多年过去，看到了、想到了还是怦然心动。我拿到录取通知书后，并不想急于离开这个地方去报到，而是觉得完全松下来了，看看这个小化肥厂是怎么一个样子。钳工班长再也不会来给我派工，让我去黑乎乎的造气车间抢修，办公室主任也不会半夜找人把我叫醒，赶写几幅大标语张贴起来。这个让我压抑而不快活的地方，而今我在各个车间闲逛，也带有一些显摆的心理，就像一只蛰伏于漫长寒冬的九香虫，觉得春日来了，可以四处飞动了。当一件事别人不屑做，或者没有能力去做，只有你一个人做好了，会是怎么样一种情景？很多人想离开这个山沟里的这个狭小空间，费尽心力而不能，其间托人求情有多少。而我不求人而能全身离开，干净利落，纤尘不染。从一些复杂的脸色上看，无疑是一种不良的情绪——终于给这小子考上了。在厂里闲适了几日，那曾经积聚的不快、苦痛和迷茫，一朝廓清——这是我这么多年最开心的日子。

我注意到布朗爵士写的一篇文章，其中有："几个月以前，在古老的沃尔辛厄姆的田野里，挖出了四十到五十个陶罐……"布朗说的是空间的反复——这些人开始生活在地面上，后来以陶罐固定埋入地下。再后来又被挖了出来，估计下一步又回归地下。空间不断地转换，使后人感叹无常，因为里边是罗马时期或撒克逊时期的贵族们，这几是让人兴趣的所在。当年，这些贵族多么显赫尊贵啊，不时地举行宴会，举办舞会，演奏竖琴，总会有一些盘起高耸发髻的女郎揽镜自喜。堂皇的别墅里，所有的器具，都流露着荣耀的光芒。只是最后，他们都由地上转为地下，沉寂无声。如果不是农夫掘地，这些陶罐绝不会重见天日，一个个摆在田埂上，让人围观和说三道四。此时没有一个人可以分得清第五个陶罐是谁，第二十一个陶罐又是谁。布朗有意写得狰狞一点："有些陶罐里面装着两磅的骨头，其中可以清晰地辨别出头骨、肋骨、颚骨、大腿骨和牙齿。"对不美之物作如此细致刻画，是要令读者厌恶或者惊恐，并借此说明终了的空间形式都是一致的——曾经的奢华、显耀和曾经的贫病、低下，走过这个迥异的过程，就都一个样了。十八世纪中叶的英国，有一些诗人对墓园有着异样的爱好，维系着他们的诗思、诗兴。常人看来，祭扫是必须做的，祭扫之后，还是要回到没有墓园的家中。而这些诗人出没于墓园，月光如水的夜晚，他们踩着远处传来的叮叮咚咚的钢琴声，在一个个坟墓间徜徉，端详形制各别的美感，或者，就坐在已经布满青苔的老旧墓碑上遐思。乌云过来，把月光蒙翳，好了，诗兴突然涌起。

这批墓园诗人笔下的独异，我固执地认为是墓园这一空间所赋予的。

譬如墓园派的代表人物托马斯·格雷这么写道："徽章的炫耀/权力的浮华/世间所有的美貌/所有能够获取的财富/都在等待同一个不可避免的时刻/荣誉之路只能通过坟墓。"

很碰巧，我在飞行时读到德波顿的一句话："生活中很少有什么时刻能像飞机起飞升空时那样使人释然。"每一个遭遇晚点的人都会狂赞这个表达。很早来到空港，要从这里去远方，却被告知延时了，且不知何时腾空而起。后来，人上飞机了，在舱内闷着，飞行器趴在地面，没有动弹的迹象——从一个空间抵达遥远，大多数人还是选择飞行。人的整个身心都为远方而准备停当，此时被固定在这钢铁的腹内。坐过几次飞行器的人都显得很有修养，没脾气——脾气在这里是不管用的，任情使性反而会给自己带来麻烦，弄不好还真去不成了。每个人一副慵懒的样子，等待也会使人疲惫不堪。当飞行器离开坚实的大地进入空虚之境，每个人的精神才一点点地恢复过来，等待是非常有价值的，它使我们脱离了地面，来到云层重叠的空中，上下无着。只有这样的旅程，才可能看到底下的一切，蜿蜒的河流，起伏的山峦，蚂蚁般的汽车。如果再高，则一切都在迷蒙中，不知身在何处，又无可奈何。空中飞行是个人最难把握的，全然维系在三两个人身上，而这三两个人，他们在看不到的地方。没有空中飞行的人难以知道这个虚无空间有多大，它塞满了云朵，或者什么都没有，空得很。早生的古人不能腾空而起永远是一种遗憾，晚生的后人反倒有了这种凌空蹈虚的机会——它的确与在地上行走大不相同。

飞行器降落的刹那，身体会感到有硬物由下往上顶起发出巨响，它给行者一种明确的表达，虚空里的过程已经结束，它永远是短暂的。

美国人威廉·詹姆斯说："减少对自身的期望会使人有如释重负的快意，这同实现自己的期望一样，是件值得高兴的事情。倘若一个人在某方面一无是处，而自己仍处处泰然，这将是一种难以言喻的轻松。"一个人对进退空间的态度如此，尤其是赞赏对期待的漠视。不知道他此说的普遍性有多少。这么超脱的快乐！因为我在外地开会遇上卞先生了，他高兴地告诉我教授评上了，总算对得起自己，过几年退休也安心。他的真实水平早是教授了，只是名分未至。每次成果够了，教授的评审条件又升高了，只好再次备战，如是几回，真像百丈大师患疟疾，僧众问他感受如何？百丈言："寒时便寒杀阇黎，热时便热杀阇黎。"直是形容枯槁。有一次他对我说想开了不评了。我说也好，真想开了也是心境空明，千万不要衾夜风过，睡不着坐起身来，听着窗外寒蛩不住鸣，望着一屋漆黑，有逝水之叹。果然他又放不下了，继续著述、投稿核心刊物、争取重要课题。哈斯宝写过蝴蝶儿，他说："那蝶儿却忽高忽低、忽远忽近地飞舞，就是不落在花儿上。忍住性子等到蝶儿落在花上，慌忙去捉，不料蝴蝶又高飞而去。"那时，职称对于老卞就是蝴蝶儿，看得到捉不到。等级就是一个空间——在大学这个场域上，真放弃的人总是很少。范进的形象问世以来，总是作为嘲笑的对象，他没什么过错，范进之后太多范进，只不过没有疯，不足以作为谈资——作为詹姆斯，可能一辈子都弄不懂范进为何如此。但我支持他其中的合理成分，就是自适的成分，不要总想着适人、适势，由于自适，才可能有自尊的空间。

　　总是想通过个人有限的时间挺进某些空间，空间无限广大，也许时日过去，可以挺进一点点。也许，就纹丝未动了。

（原载于《福建文学》2021年第6期）

"我已经准备了哈根达斯"

张林华

劈面遭遇新冠,宅家读书就是休息,何况还能被称作是一种贡献。翻读文汇出版社一年一度的"笔会文萃"《今生一盅茶》,读到学者葛兆光先生的文章《陆谷孙先生》,称因为情趣相投,陆先生喜欢邀作者夫妇去陆家做客,常去电话时,还特别不忘记交代自己"已经准备了哈根达斯",为的是能够又一次痛快而无忌讳地说话。读到这段文字,我瞬间有说不出的爽快与会意。葛先生是著名历史学家,七十多岁的陆先生则是大翻译家,编著了了不起的《英汉大词典》。两位学者都供职复旦,除此外,显然还有一个共性特点是,两位大家(以及夫人)都是哈根达斯的粉丝,这实在很有趣,也多少有些让我感到意外。

我之意外,首先来自我对哈根达斯的敏感,坦率地说,我是它的拥趸,所以有兴致关注它的每个细枝末节,以及由此派生的趣闻逸事。一扫而过是读书常态,唯其敏感,才会注意到那些生动的细节,并会禁不住击节叫好。我无意神化任何一个品牌的冰淇淋,但哈根达斯无疑是独特的,其原料与味道皆纯正，奶源地新鲜制成的优质乳脂，幼滑浓郁，带给味蕾辗转缠绵的奢华触动，舌苔上无颗粒状，呈现美妙非凡的味觉体，我尤爱杏仁味的那款。包装也是再精致不过，大小合适，不似国内某些品牌体量过大，外观粗糙。真的是很厉害，尽管它价格贵得有点不近平民情。

作家刘瑜曾经写过一篇文章《不是每个人都有热气腾腾的灵魂的》，引起不小的争议。我是确信世间有"灵魂"的存在的，因为如果没有灵魂这个属性，人世间许多事情便很难归类与形容，比如像除生老病死、遮风挡雨，以及吃喝拉撒睡等自然的、物质的形态以外的许多东西，既形而上，又无形胜有形，你当然不可否认它的客观存在。我只是很意外刘瑜竟会用"热气腾腾"这样的词来形容灵魂，这是很文艺的一种说法，却又说得何其生动形象！

那么，什么样的灵魂才够得上称"热气腾腾"呢？我认为灵魂应该有丰盈与干枯之分，有生机勃勃与暮气沉沉之分。干枯的行尸走肉一般的灵魂，尽管也还没到"死灵魂"的地步，也只是五十步与百步之别，而丰盈的、生机勃勃的灵魂，是一种质的优势，定然是自由意志的灵魂，是鲜活有趣的灵魂。

知心朋友间推心置腹地谈话交流，伴之以美味可口的冰淇淋助兴，其场景很让人憧憬，想想就是一件美妙无比的事情。当然这件美妙事情的成立是有前提的，那应该是对谈话交流对象自身水准的要求，比如葛先生笔下的陆谷孙先生，知识渊博，心胸豁达，是"一个灵魂里始终涌动着波澜的人，一个思想中始终有火花的人"。

深层次反思，我的意外，其实还来自我的某种固有观念。这种观念，就是我原本满心满脑、彻头彻尾地以为，哈根达斯仅是年轻人之钟爱，却没想到它竟老少通吃，而且，杀伤力延及七老八十的高龄人。看来我的这种观念其实是一种成见。品尝美食，乐享口福，满足味蕾之需，是人的天性使然，没有多少道理好讲，即使口味有些与众不同的特殊，也无可厚非，萝卜白菜，人各有所爱所求嘛。老年人有自己独特口味，偏偏还与年轻人口味重合，本来也很正常。哈根达斯为年轻人喜爱，不属于大部分老年人的菜，这是事实，但并不意味着它就是年轻人的专利。问题恰在于怎么看待个人的口味异众，以及是否有勇气坚持自己的个性这件事。因为它是决定你行为的魂，你是理直气壮、当仁不让地享受，还是犹犹豫豫、心有愧疚地享用？有观念在支撑。

　　保有自由意志何以重要？传统社会的一个顽症是不承认个性差异，不宽容个性存在，抑制创造力，强求整齐划一，老少一个样，上下一般粗，这才叫危害不小，实不可取。我个人寄居小镇，条件所限，相当长时间里，无福享用哈根达斯，只在有出差机会时，才在机场一饱口福，许多时候还尽可能回避同行者，略显心虚地悄悄享受。见过几次同事发觉我这半拉老头舔哈根达斯时惊异的夸张表情，想来大概我给人留的印象总是保守与死板，人五人六的有些端着生活，没料到也有暗求时尚的一面。同事的吃惊，并非无来由，某种程度看，莫不也是从一个侧面，反映出周边环境的一种共有成见呢？所以我已打定主意，不打算以牺牲自己的这种正当爱好为代价，来消解人们的那种疑虑了。事实上我很担心，长此以往，真到了年老的那一天，在我所有的恐惧中，最终有一种可能的选项会是：成为一个反应迟钝、表情麻木，完全没有主观意志的木偶般老头？

　　热气腾腾的灵魂的另一个要义是鲜活有趣。客观地说，单因爱吃哈根达斯，便称其有热气腾腾的灵魂也许牵强，相信有更多的老年人不爱吃哈根达斯，也很正常，绝不可断言他们的灵魂因此就没有热气。这里要讨论的焦点在于，明明未亲口品尝过味道即排斥、抵制或斥责，或者明明内心喜爱却不敢理直气壮地食用，有这样那样的多种顾忌，才值得深究。事实上，爱不爱吃哈根达斯，不是味蕾爱好问题，不是牙口适应问题，是关于生活方式与生命观的观念问题，是对时尚、对外来新事物的态度问题。

　　作家贾平凹宣称："活得有趣，取悦自己，才是人最和谐、最完美的状态，也是人生最高的境界。"说活得有趣是人生最高境界的观点，可能成为一种社会共识吗？不好确定，完全可以讨论，但人活着不是为了迎合别人，献媚世界，而要懂得取悦自己，自得其乐的见解，我是认同的。懂得取悦自己的人，才会在生活中寻觅悠闲，悠闲就是原生态的自由自在，如同鲜花迎风怒放、飞鸟展翅翱翔、冬雪覆盖大地，是一个道理。活得是否有趣，相信与知识多少无关，与挣钱多少无关，只与幽默乐观的生活态度有关。为佐证自己的观点，贾平凹还讲了一个故事：

现代作家郁达夫，有一次和夫人王映霞一起看电影，一时得意忘了形，把鞋子脱下来，盘腿而坐，感觉很舒服。王映霞忽然发现他的鞋底竟然有一些钱，立刻质问他为什么要在鞋底藏钱。郁达夫急忙解释说，我现在生活的确不错，有点名气，也有点钱了，可是，我总没忘记刚踏入社会的时候很穷，吃尽了没钱的苦头。钱这东西欺压了老子好多年，所以要把钱踩在脚底下出气。王映霞一听，心中疑虑烟消云散，反倒和丈夫一起感慨起生活的不易来。

在我看来，这个故事更像一个段子，当不得真，当然也不无趣味。你可以暗笑郁达夫的歪人屈道理，但你不得不承认郁达夫是个有趣的人。有趣的人，就善于在面临困境时，急中生智，绝处逢生，转危为安。藏了私房钱被抓个现行，竟还能处变不惊，自圆其说，最终逃过一劫。看来活得有趣，总体上属于生命的正能量，我们理应把有限的时光多多浪费在有趣的事情上。

从这个意义上，我敢说喜爱哈根达斯的两位老先生，有两个热气腾腾的灵魂，他们的聚会，是两个热气腾腾灵魂的叩首。"我已经准备了哈根达斯。"真好，真温馨！

（原载《青年文摘》2020 年 12 期）

声声慢

无根之病（节选）

陈仓

花开的两个方向

  每朵花都有两个方向，开，或者不开。似乎是仓央嘉措说的，不开，比开还要累。在上海，我常去西南偏西的青浦，理由多数是为祭祀我的岳父，我的岳父就埋在那块土地上，那块土地上有中国最美的坟地，坟地里有玉兰树有太阳花有清水河。这块坟地叫福寿园，福寿园给很多人的印象，其实这不是一个坟地，而是一个高尔夫球场。我认定，我的岳父在这里，正在进行着一场永无结局、无比奢侈的高尔夫运动。

  每次去福寿园看到自己的名字，雕刻在一块黑色的石头上，而且一半被埋在草丛中，我就觉得是扎根的了。无疑这是错误的一种想法，因为每次去青浦，不管冬至清明还是别的什么日子，除了去坟地之外，更多时间还要去朱家角，去淀山湖，去佘山，去东方绿洲。去这些地方我们得到的更多，因为在那条路线上，除了故人安息之外，还是一个个风景秀丽的地方。

我过去几年写了十六部"进城"系列，基本在写城市化进程中的人性，写农村人与城市人之间的冲突。我曾经说过不止一次，一个农村人要在城市里安家，无异于重新建造一个故乡的过程，这个过程不仅有人出生，关键是要有人死去，要有人埋在那里，化为泥土的一部分，那才是我们的根。经过一段时间的反思，我现在需要校正我的目光，我的目光无疑是斜视的或者是短视的。因为在这个以生命为主色调的世上，有死，就有生；有地下，就有地上；有冷漠，就有温暖。我不能选择一个方向，而放弃另一个方向，因为生是生动的，地上是光明的，温暖是含着火焰的。生动的东西才附得住灵魂，光明的东西才有深意，火焰才可以让人去飞翔。

我是一个农民出身。我承认，我对庄稼的爱和对土地的敬，这是一个农民伟大之处，也让一个农民带有偏见。我的这种偏见虽然引起了许多人的共鸣，但是共鸣并不一定就是希望。《墓园里的春天》是我"扎根"系列第一篇，首先拿出来的都是自己认为最漂亮的。我可以这么说，如果我的"扎根"系列与"进城"系列有变化的话，最大的变化就是对待这个世界的态度，具有了某种温暖的力量。这种温暖像在打铁，只有把两块铁，放在炉子里，不停地加热，给予足够的温度，两块铁才能被焊接在一起，甚至是熔化在一起，大家共生在一起，铸成一把镰刀或者一把斧头。在温暖面前，再深的隔阂都会轻而易举地弥合。

对于埋在地下的东西，不见得都是死亡，而应该还有更加美好的、充满想象空间的、具有生机的、温暖无比的东西，那就是根或者种子。只有埋下这样的东西，你的东西才会一生二，二生三，三生万物，这就是我转型"扎根"系列的主要方向。我扎根的方向是朝上的，而不是朝下的。朝下只有漆黑的，而朝上除了有一个明媚的世界，还有一个美好的天堂。像一滴水，沉沦下去是什么，我们是弄不清楚的，但是朝上的话，肯定是雾，是雨水，是飘飘的白云。

树是一个人的宗教

爱山者仁，乐水者智，种树者为真善人。有人积德行善是想下辈子托生为人，有人吃斋念佛是想下辈子修道成仙，唯有父亲敬树尊树喜欢树。他总告诉我说，他下辈子既不想上天，也不想入地，唯独想做一棵树。树把根扎在地下，最接近魔鬼的地方；树把叶伸入天空，最接近神仙的地方。所以只有树是跨界的。

其实在这个世上，所有生命之中，唯有树是善的，是踏实的。我带八个月大的儿子逛动物园，他见人与动物都不停地躲，表现出万般的恐惧，唯有见到大树小树，他均不哭，很高兴，想攀爬。在他眼里，到处乱跑的，能说话的，全都不是善类。唯有树长在什么地方，五十年，一百年，它仍不言不语，守在原有的地方，随风摇晃而已。我相信，如果蚂蚁、小草有眼睛的话，它们应该也会这么看待万物。

还有证据可以证明树是善的。比如一只小麻雀，它从不敢在我肩头落脚，即使我一动不动地站着，装成一棵美丽的树，它仍不愿降落在我的肩头。而对于树，哪怕再婆娑，再繁茂，再弯曲不定，它仍信任它，不但把巢筑于其中，而且还在上边跳动与鸣叫。

《我有一棵树》里讲述的，其实是父亲一个人的宗教，他的宗教与大多数人的宗教不同。父亲是有信仰的，他一生信仰的都是树，他把万物中最善的东西，作为自己前世的因，今世的缘，来生的果，寄托肉体，附上灵魂，予以敬重和善待，这才是大修，是真信仰。

我在写这篇文章的时候，始终带着一颗虔诚之心，每一个字不像在写小说，而是在记录父亲念过的经文和圣行。每写一段，我就朝窗外看去，那些正在发芽的，随着春风醒过来的，不是别人，正是幻化的父亲。他虽为人，却早就一棵棵地修成了树。

仅有一粒麦子是孤独的

刚刚整理家务的时候，发现了一粒麦子。我突然想，在这个城市，有两千张嘴巴吃饭，恰恰没有一个人在种麦子，很多人甚至不认识麦子只见过面粉。

这粒麦子应该是父亲进城小住时夹带而来的。这么大个城市，父亲一走就空空荡荡的，就放着一粒麦子，这是多么孤独和无力。我把这粒麦子送回乡下去，那里有成千上万的麦子，它一下子就不稀奇了；把它放在嘴里嚼掉，根本不能充饥；我拿它去喂麻雀，应该很有意思，但它不如一只虫子，喂完之后我也不知道它做了哪只麻雀的早餐。独自漂泊在外，我与这粒麦子的经历很相似，甚至它就是另一个自己，值得我把它当宝贝一样藏着，但是在别人眼里，根本不算什么，所以是很容易弄丢的，太容易失传了。怎么办呢？我只能在这个城市，就地找个干净的角落，把它作为一粒种子埋起来。

如果没有农村生活经历，他不一定如此敬重一粒麦子，关于一粒麦子的文章光靠想象，怕是断断写不出来的吧？《父亲进城》是我"进城"系列第一篇，刊出后有好几个读者给我留言，说是看哭了，问我是不是真的。刘震云最近在与崔永元对话时说：一介书生，手无缚鸡之力，编"瞎话"可能比写真话更接近真实。每个打动人心的作家，都有自己的独门武器，回看自己的小说，我恐怕做不到像刘震云那样，到自己的笔下去找知心朋友，在小说里与他们谈话。我的创作倒是比较切合高尔基的说法：我们的感觉，都是用皮肉熬出来的。

在《父亲进城》里，从人物塑造，到情感宣泄，到细枝末节，基本动用了我的整个皮肉，再大的磨难都替读者事先经历过一遍。

一颗石头有话要说

我常去陕西路逛逛。我是陕西人，去逛陕西路，像是流淌在一根亲人的血管里；而且陕西路上散落着怀恩堂、马勒别墅等历史老建筑，逛起来就别有风味。那天黄昏，再去逛时，在与南京路交叉的十字路上，我碰到了一颗石头，脑袋圆圆的，不含金不带玉，也不是一个雕塑。有人踢了一脚又一脚，有条泰迪冲上去闻了又闻，一个捡破烂的人跑上去，拿在手中掂了掂，大家都失望地离开了。

如果这颗石头在陕西老家，它可以靠着另一颗石头，旁边的小草黄了又绿，河水哗哗啦啦地潺潺流过，我可以用它，打水漂、垒石链、烧石灰、盖房子，起墓。但是现在，我不知道它从哪里来，为什么跑到了上海，跑到了一个没有石头的世界。这颗石头，在上海没有兄弟，似乎百无一用，显得那么唐突，被夕阳一照就有一些刺眼，所以别希望有人来认同它融入它。

那个认同你融入你的地方，也许就是你的故乡。上海绝对不是石头的故乡，水泥是石头的亡魂，钢筋是石头的骨头，上海只是钢筋与水泥的故乡。我有一首诗叫《两个碑》，希望死后把我运回故里，不至于在陕西建一个灵魂墓，在上海建一个肉体墓，让一个人撑起两个碑，这是无比沉重的。每个背井离乡的人，其实都有两块碑，碑上雕刻着完全不同的墓志铭。

那天黄昏，我穿过车水马龙，把那颗石头拾了起来，带回了我的新家。《女儿进城》就在那天晚上，在一片爆竹声中动笔的。写作的过程，我不停地出现幻觉，感觉自己就是这颗石头，又感觉这颗石头有话要说。我只是代替它，用文字的形式，道出了一群离乡别土者的内心。

血脉不见得是红色的

窗外秋雨时断时续，风异常凉爽，凉爽得有些阴冷。我要写《木马记》这篇创作谈的时候，我的怀里正抱着我十一个月大的儿子，他没有缘由地啼哭着，显得毫无节制，只有钻进我怀里的时候，他才能安静地入睡了。我抱着儿子，内心里不停挣扎着的，却是《木马记》中奶妈张小泉。她怀里也抱着一个孩子，与我不同的是，我抱的是自己的血脉，因为父子之间与生俱来的血肉相连，使我在辛苦与狼狈中升起一股幸福感。而她呢？抱着的，却是与自己几乎无关的人，她与他之间如果说有联系的话，那就是乳汁，白色的乳汁。

其实，不知从何时开始，奶妈这一看似民国以前才有的职业，却突然又重新回到了我们的视野。几年前，我只知道为了生计，有出卖肉体的小姐，有出卖苦力的保姆。虽然社会已经禁止卖血，仍然有人在暗中卖血。直到有一天，我接触到一个陕西老乡，我问她在上海干什么的时候，她说，她在给人家当奶妈。我说，奶妈不就是保姆吗？她似乎有些气愤地说，这你就曲解了，两者当然不一样，保姆是没有奶水的，而我是有奶水的，我要给别人的孩子喂奶。看着我吃惊的样子，她又给我打了一个比方，奶妈和卖血是一样的，只不过一个是红色的，一个是白色的。当着她的面，我没有忍心问她，她的乳汁是从何而来的？她自己的孩子当时又在何方？但是我相信，这白色乳汁与红色血液是不一样的，红色血液人人都有，而白色乳汁只能来自一位母亲生产后的身体。

从此，这个陕西老乡就一直在我内心跳动，她有时捧着一对充盈的乳房，有时则茫然地看着窗外，直到我儿子出生之后，我才明白，并不是生你的那个人才值得叫一声"母亲"，那个用白色乳汁把你一点点养大的女人，同样值得你深情地叫一声"母亲"。这个奶妈的身影，终于在我内心中变成了一场地震，让我有了书写她的冲动，最初我写了一首长诗，诗中我说："有乳就是娘，看到孩子冲着我笑/我说，钱就不要了/等孩子会说话了/记得喊我一声妈。"我觉得这还不够，几乎在儿子的屎尿中，我一口气完成了这部作品，那几乎是一天一夜的事情。

正如小说中张小泉一样，她如果为了钱，她绝对不会当奶妈。与小姐卖身，与女人卖血，与保姆做苦力，奶妈最不一样的地方，她其实什么也没有卖。能卖的东西是可以生产的，是毫无节制的，所以从她体内源源不断地流出来的，恐怕只有温暖的母爱。所以说，这部小说不是一个外乡人的血泪控诉，而是在"进城"这个大背景下，对所有定义下的母亲吟唱的一曲赞歌。

自然法则是最公平的法则

首先，请相信我，小说《摩擦取火》里反复出现的摩擦取火的镜头都是科学的。那是二十年前，我去看守所接一位朋友出来，他的第一个要求就是抽烟。我给他买了一盒羊群烟，于是他蹲在看守所门口，仅仅在水泥地面摩擦了几分钟，像玩魔术一样就把烟给点着了。

我认为自己的命非常好，在每一个十字路口都有恩人出现。对于好命，常常有人问，看你长着一副和尚样子，上辈子应该是一个做了很多善事的和尚。

人的灵魂是可以转世的，人的相貌是不是可以同时转世呢？反正，我上辈子有没有皈依佛门我不清楚，但是这辈子肯定没有故意伤害过任何一只蚂蚁，在马路上遇到蚂蚁的时候，我都是要绕道而行的。当然，我也没有伤害过一只老虎，哪怕老虎整天张着血盆大口想把我吃掉，因为我知道生为一只老虎，你不让它吃肉难道你要让它吃草吗？无论是蚂蚁卑微地活着，还是老虎天天想吃肉，都是它们的使命，是上天注定，是自然法则。

我信佛，信神，信上帝，甚至信鬼，见什么拜什么。反过来说，我什么都不信，只信自然，自然是由生命组成的，自然法则是最公平的法则。遇到一草一木，我就觉得它们非常了不起，它们站在那里摇摇晃晃，但是它们活得有滋有味，红红绿绿，问心无愧；遇到一只鸟一条虫，我也觉得它们非常不容易，它们不知道从哪里来到哪里去，但是它们可以上天入地。在我眼里，任何一条生命都是神，都是为了化我而来的。

在这个世界上，我没有一个仇人，全部都是恩人。哪怕打过我、骗过我、诬陷过我，甚至想灭掉我的人，他们以为自己是我的仇人，但是我不承认他们是我的仇人。一是我无论如何不想记仇，我小小一个心脏，连热爱的东西都放不下，哪有空间放仇恨的东西呢？二是我从来没有报过仇，我有太多自己喜欢的事情要做，何必把精力与时间花在报仇上边呢？其实做一个善人有很多好处，上可以通神，下可以通鬼，因为三界之中共用的语言就是善；善是一种福气也是一种运气，人们常常讲因果关系，也就是种豆得豆种瓜得瓜，但善是一颗万能种子，如果你处处行善，世界就会变着样子回报你，你的福气就来了，你的运气就特别好。

《摩擦取火》看似在讲因果报应，其实并非在讲因果报应，而是想给多灾多难的人们再开一个药方，在这个药方里，仍然有一味药，仍然还是善，不过更多的是宽容，是悲悯。像小说里的陈元，面对天大的冤枉，面对无形的屈辱，面对五年的牢狱之灾，面对家破人亡的沧桑，他应该选择报复吗？答案是显而易见的，无论是当事人，还是旁观者，所有人的生命轨迹都在冥冥之中开始拐弯，这是心魔的力量，也是上天的力量，更是时间的力量，大家都在这种力量的作用下走向各自的归宿。而被投入大牢中的陈元，却意外地躲过了尘世的杀戮，竟然成了过得最好的一个人，这就是他选择原谅整个世界原谅所有人的生存逻辑。

  我家曾经失窃过一次，小偷很快就被抓住了，储存在手机电脑中的许多电话号码和文章都再也找不到了。抓住小偷肯定是有益的，对我个人而言又有什么呢？法律不是善恶标准而是生存规则，它起到的多是惩戒作用而不是救赎作用，在这个陷阱重重的悲凉的世界活着，谁也不能保证你不是陈元，如果你一旦沦为陈元，我认为，终极的救赎还是宽容，还是悲悯，还是善待。何况上天创造万物的同时，正在帮助我们清除它们的阴影。

（原载《广西文学》2021 年第 2 期）

木屑集（节选）

胡竹峰

雪下了一夜

真想念旧时的雪夜。记忆里昏黄亮白，暮色由远及近，田园一点一点隐没。天渐渐暗下去，万物像失了魂魄，鸡鸣犬吠，牛羊在栏里吃草，猫窝在屋檐下，各种声音悄然隐在积雪中。依依炊烟自囱口浓浓涌向天上，先是汹涌沉沉的一团团，渐渐变淡，慢慢消散融入虚空。溪流自顾自在山沟里，水滴却凝在石缝成了冰晶。

黄昏时，邻人自集市买得酒菜踏步而归。雪地淡淡足迹，如白纸墨痕。庭院斗大的灯罩亮起，似燃火炬，雪白里有灯光，灯光里有雪白，雪色与灯光辉映。红尘世俗之乐有真意，当浮一大白也。

少年乡居时，最喜欢下雪，午后朔风卷地，傍晚开始下雪籽，一颗颗在地上滚动，终于飘起雪花。任雪下了一夜，闭门读书作文，天下可置之度外。清晨起床，窗台一簇簇雪，屋檐与树上低垂着冰凌。庭院一夜之间白了头，萝卜、白菜和还有田间地头都白了，夏日十分葳蕤的枸骨树也白了，泛着苍青。雪落满苍绿的香樟叶，落在肥硕的梧桐树上，棕榈一掌掌白，蜡梅淡黄的花蕊结数点素心。瓦屋顶上下更有厚厚的雪，几天不见消融。伴雪而居，原野皑皑，人茫然不知时序。每天夜里与祖父围炉而坐，乡野传奇一章章仿佛古老的旧画。这是有意思的。花月流水的独语，烟波浩渺的长歌，总不及雪夜清寒令人低回。湛然虚明，天地间一白，忧乐由我。

有雪的夜晚，有月亮更好看。雪光与月光一起，雪光清凉，月光也清凉。轻盈的雪映着昏黄的月亮，满目清白。没有月亮的时候，天际满目星斗，是另外的况味。星光下弥漫着晴朗冰冷的气息，远处农家院子人影晃动，隐居着无数坛坛罐罐，家长里短。彻骨的寒气透过纸窗，冷得人心一紧，红彤彤的火炉熏了半天，方才满室春意。

天晴的日子，瓦檐融雪如覆水，像古老的更漏，昼夜滴答。偶尔积雪自屋顶轰泻下来，如奔马腾空而至，又像玉堆倾倒，那是时间滚滚的见证。日子一天天淡淡来去，该走的走，要来的来。

记得一年深冬，夜风已经透凉，突然飘起细雪。凛冽的夜，像幽深的古井，片片雪花如寒星点点沉落。雪花透过树枝零落地上，一片片在灯下晶亮，又清素安静。庭前石头清凉，雪片静静扬下来，石头一半清幽，一半明媚，真是动人心肠。想告诉别人雪夜有多美，却遍寻不到。留在少年记忆的心绪又寂寞又旷远。

于一泓清冷里看雪，静中开花，开的是心花。雪里庄严，心中怡悦端然。雪下了一夜，山林闲寂，有冰霜气骨玉精神。冰霜气骨玉精神是好文章的质地，古人说柳宗元文章如玉佩琼琚。黄山谷论文，尤重从容中玉佩之音。过去的高人逸士，作山水自娱，常写雪景。寻常见惯的峦姿，积雪覆白，蓦地添出层叠来，寄托岁寒明洁的意思。

今年的雪一直未下，心里念叨了许久。前些天，好不容易有了寒风，听到泠泠意思，到底没有下雪，路边青霜簌簌，倒是厚了些许。每天翻唐人传奇，总舍不得看完，简素，古艳，奇崛，应该留几篇在雪夜里看。如此沉迷，毕竟趣味。

故乡的雪多年未见了，他乡的雪也是好的，天下处处有好雪。雪让天地静默，远处山脊镶玉，楼台檐角染白，万木失翠，宛然新生，平旦之气充盈。茫茫白雪，林木疏落有致，像水墨画，又有文章的风致。辑得文稿，书名索性叫《雪下了一夜》，似乎也清隽，毕竟自然风味。行文自然比下笔自在还好，何晏说天地以自然运，圣人以自然用。自然者，道也。

　　文章有风有露有花有月皆可喜，但不及霜雪落在纸页间沉稳。那是天地的雪，村野的雪，草木的雪，也是白茫茫一片往昔的雪，通往明月前身，通往旧日韶华，通往安静故园。文辞不及先贤万一，寄情明洁之心，古今无异。

得砚台记

　　辛丑年初，友人张扬赠一方古砚台，堪堪一握，不过掌心大小，可喜铭文尤好，有新春的吉祥：

　　入之淡者出之浓，他日文章华国，策尔磨砺功。

　　这砚台旧年墨花涓涓，文章鲜鲜，不知道与几人晨昏相伴过，也不知道有几人在其中耕耘心田。把玩再三，不禁起思古幽情。许久不曾思古，经年未有幽情。其中友情，荡起心绪，更可堪铭记啊。

山水风月

　　梦里在飞在跑在静坐在登山，有美梦有噩梦，稀里糊涂、斑斑驳驳的梦与清清爽爽、明明白白的梦。真真觉得梦中人是我，梦醒了，那人并不是我。恍恍惚惚，靠在床头，盯着白墙，白墙一片素白，一时忘了是梦还是醒。

　　雨中奔跑，跑入屋檐下，脚底一汪水印，衣衫尽湿，忽觉得跑有何益。

　　荒废的学校，青藤爬满教室，操场长满麦苗，篮球架还在，破球网在风里吊着。过去的事醒而复散。

　　乡下变化太大，老宅不见踪影，庭前的树有些枯死了，有些连树桩都已不见。过去盈盈一握的小树如今一抱粗，过去俯看的树如今得仰视。树是绿的，花依旧红颜正好，竹笋尖尖往高处蹿，麦穗灌浆了。二十多年前树丛、花地、竹林、麦田、老宅里走出少时的我，不认识了。

老家先前的睡房如今是柴房，屋子里只剩下一块镜子是当年的旧物。对镜站着，童年的脸不见了，少年的脸不见了，镜子里一副陌生又熟悉的眉眼。镜子是当年的镜子，镜中人却不复当年模样。

翻老相册，旧时岁月一张张定格在照片上。觉得自己还是当年人，看当年人亦是如今的自己，是耶非耶，生生隔了那么多年。

参加聚会，一客高谈阔论怪力乱神。人枯坐一角落，魂魄溜回家在书桌前。魂魄想着肉身不易，不耐烦又极耐烦和人喝了一杯茶。

独自回乡，起个大早，在当年走过的山路上闲逛。兜头遇见往昔的身影，于是拥抱，双双坐在路边。太阳出山，肚子饿了，才想起回家。

写出文章，发现不是要的模样。墙上写着群贤毕至，墙下群魔乱舞，自己在其中喋喋不休。夜里想着白天的我，觉得那不是真的我。白天的我忘了夜里的我，不知道哪个是真哪个是假。

山野游荡，在山坳深处或者山高处长啸。啸声穿林过树，野鸟一惊。身体里一下子走出很多人，饕餮之人，妒忌之人，懒惰之人，傲慢之人，暴怒之人，淫欲之人，贪婪之人，也走出淡泊之人，茹素之人，仗义之人，勤劳之人，平和之人，宽容之人，谦雅之人。

初春三月天，独居深山。四野安静，推开窗子，觉出大地回春，夜气来了，山气来了。夜与山，山及人，人与天地融为一体。

清晨，一轮明月，在尖顶房屋上，一只灰鸽子停在窗前。不知其名，难辨雌雄，突然忘了身在何地，如坠梦中。

翻书架，一人从十年前的旧纸里走了出来，是我。相对无言，闷坐片刻。

没有书读时，翻山越岭几十里只为借一本小说。借来之后，连夜读完，天明即还。如今家里处处都是书，却读得少了，只想着读风月读山水。只道山水是好风月，岂料风月亦是好山水。

发饭癫

新炒的蔬菜，冒着油光，米饭里拌了肉汤。我大哭不止，不肯吃饭。祖母说："莫理，由他发饭癫。"咄咄逼人。

祖母生于一九三三年，历经沧桑，饱受磨难。一个人面对着白花花的米饭大吵大闹，在她看来，天理难容。

灼灼灿烂

清明前下了场雪。山里花草正好，红一片白一片黄一片紫一片绿一片。枝头积雪花影灿烂，何止明月前身，春花带雪看，又奇崛又中正。次日阳光大好，天气澄和，风物闲美。万物清明里是大地涌动的气息。茶花兰花桃花梨花次第开放，明晃晃闪烁。草木疯长，其状鲜美灼灼。万物有灵，秋叶与霜雪之态，亦灿灿夺目。物华之美，大抵如斯。旧传奇中的故事。一老狐见人行匣苏黄李杜孔孟老庄文集，称灿灿有光。人以自家诗文示前，狐讷讷良久道：漆漆黑灰气。皮日休诗里说得好，唯书有色，唯文有华。好文章也灿烂，才华灿烂，学养灿烂，识见灿烂，光耀眼眸，穿过时空古旧的窗棂，立虹在野。下笔底色有异，不论落墨如何，得灿烂者得生机也。

看云

宋元古画里的云，辽阔深远。苍黄的旧纸老帛俨若大千，一些山脉一些树木一些流水隐在云深处，深不可测，总觉得其中有隐士，不知姓名不知行状，大抵如晨门、接舆、荷蓧丈人、长沮、桀溺一类人。

读山水，读的多是云是雾。打开手卷，一点点抻拉，云出来了，不知道是春天的云、秋天的云，还是夏天的云、冬天的云。云一白，朱印格外红，旧时朱砂颜色好。那红，有体温。

远远地，看见那树在山岚间一片又一片，或者在某个角落雄浑挺立，或者婆娑虬枝，自在安稳。绘有叶子也或者只是枝丫，以墨点绘成。有树就有草，浅浅的，生在画面下端。不远处是河，河上有船，淡墨寥寥几痕人影，无面目有精神，无线条有气度。岸上往往有亭，空空无人亦可，几客闲坐亦可。远山大片的云，几百年了，那些旧日的云总也不散。偶尔，云间石路上，立着一长袍老翁，拄短杖向山林深处走去，深处是苍茫的白云。

春看晓云。破晓时山间的嘻啼，是群鸟的喧哗。曙光初现，壮阔欢欣的原野呼应着浩大的黎明之光，紫色的烟云逐渐绵延露白的天际。

夏则看夜云。夜里远远近近潺潺湲湲的急湍流泉的声音幻化成山谷冉冉的云岚烟雾，一缕又一缕。月亮上来的时候，星云飞入夜空。

秋日黄昏，日近西山，倦鸟归巢，两只三只四五只飞过，远山云间隐约有大雁结伴远去。暮色渐浓，云赤红色酱红色浅红色橘红色粉红色。云深处，日影如钩。

冬天早晨，雪后自不必说。地冻霜白，纤细白云与山相依，令人神迷。

谷雨时节去九华山看茶。人追云而上，走到云里，那云又在前头。茶山高耸入云，上到山顶发现云又在山之外，又在山之上空。云从半山腰升起，像一朵朵莲花，升到高处，缓缓四散而入大荒。云深处可望而不可即。

宣和年间，皇家园林艮岳刚刚建成，赵佶令东京附近山民制油绢囊，以水浸湿后放在深山上收纳云雾，作为贡品，是为贡云。每每车驾游玩，打开油绢囊，须臾，云开雾散，仿佛行走在千岩万壑间，如神山仙境。

苏轼也集云，说云气自山中来，像群马奔突，以手掇，开笼收其中，回家后，云盈笼，开而放之，作《攫云篇》。苏轼攫云，后人视为风雅。康熙名士王渔洋还以身印证，说他在秦栈道，路两旁石罅间烟气如缕，弥漫山谷，行人衣袖中皆有云。

深秋去山里，通体萎去的芦苇顶着一丛银灰色芦花。芦花毛茸茸的，柔软蓬松，山下仰望如云，看着有些恍惚。山坡上一棵老树又高又壮，浓密的松针闪着油光。想起小时候在老家常见的古松也那样好看也那样挺拔，每日路过，觉得松顶就是云。

"上学去？"

"上学去。种菜呀？"

"种菜。"

"下学了？"

"下学了。浇水呀？"

"浇水。"

松下有块菜地，常见农人劳作耕种。偶尔种青菜萝卜，偶尔种葱蒜莴笋，偶尔还在地头种一排油菜花。菜地春花秋月，与古松不相干，它孤零零地矗立坝上。松花开，松花谢。松花开时，风一吹，纷纷扬扬一身。

松花开时，也像云。

夜里靠在床头翻书，想起旧事。屋顶积雪融化滴答打在窗沿上。拥被而卧，忽有春意。

午饭后，想休息，躺着不是，趴着不是。迷迷糊糊，干脆眯眼撑着。撑着撑着，脑子里冒出了一些诗，开始"云深不知处"一句独秀，后来整首诗浮现了：

松下问童子，言师采药去。

只在此山中，云深不知处。

贾岛《寻隐者不遇》比著名的"推敲"一诗还要好。寻是一味，隐者是一味，不遇又是一味，这首诗的名字大有章法，有王子猷雪夜访戴之味。乘兴而行，兴尽而返，何必见戴？这样的性情，除了魏晋，哪里能见？大沼枕山句曰："一种风流吾最爱，南朝人物晚唐诗。"晚唐诗倒还好，这个南朝人物实在蕴藉风流，让人神往。

人生无非两种境地，如江河洋洋归于大海，海上生明月，静而阔，浩渺一片。又或者缘溪而行，上到深山白云间，山色空蒙中。人生往往在乐山与乐水之间徘徊，或者乐山或者乐水。这么一想，大脑越发清醒，跟着，一句句诗排山倒海一样呼啸而来：

> 策杖白云岑，云深不知处。
> 恍见云中君，白云乡里住。
> 举手弄竹云，招我登云路。
> 漫漫云路长，愿乘黄鹤驭。
> 黄鹤不复回，白云自来去。

庄子说相濡以沫，不如相忘于江湖，这是知世之言。这样的道理，染世渐深，才慢慢懂得。

住在九华山云深处，枕着雨中千山万壑的流泉入睡。天明早起看山，坐在阳台上，看一清晨的云。阳台外的天，辽阔无际，雨丝细密密，一道又一道。树被重重地洗过了，绿得近墨，水分太足，在盛夏的空气中葳蕤苍翠。茶虽陈，有老朋友陪聊，喝在嘴里，还是乐陶陶的。用来遣兴，即便陈茶，也会让时光变得慢悠悠的，跟着悠闲、闲散、散淡、淡泊一起涌来。茶是无辜的，陈不是它的错。

也就是无所事事。无所事事地轻摇杯子，手中茶水微漾，像一泊湖水细浪拍堤。一院子的树木，阳台上有朋友侍弄的兰草，树木无言，兰草无言，人也无言，无言独上二楼看云。

在无所事事之际看云，看的不是云，是心情。

好久没见故乡的云，不免起了乡思。人间处处有雨，天下何处无云。故乡的云是孤本，乌云白云红云铅云灰云黑云，奇形怪状，各种云种都有，关键还有一份故乡的风土民情。

坐在阳台，一抬头，不远处大团的云像棉花像羊群。也的确像羊群，山树是它的草原，羊群奔腾，慢慢离山而去。又像抖开的棉被，软软的，一下摊在床上。厚的云，一团团，重的云，凝滞着，轻的云，随风飘散，薄的云，欲遮还羞，或丝或片，露出纯棉的白或者淡淡的灰，透过稀薄处，可见天空。

刚开始是有规则的云，风一吹，云散了，散成极有韵味的一朵朵。天空飘满了云。白云纯洁，一大捧一大捧滚滚而来，有一种富足美。乌云像移动的焦墨。用干笔蘸浓墨，传统叫焦墨，焦墨可以说是最干的浓墨。灰云则是水墨。在焦、浓、重、淡、清之间产生着丰富的变化。

比我高的是楼，比楼高的是山，比山高的是树，比树高的是云，比云高的是天。天之高，不知其几万里也，天之大，更不知其几万里也。

中午出去吃饭，见一女子在厨房烧菜，头发蓬松，家居服蓬松，看我一眼，那是一朵让人遐想的云。她看了看我，我瞧了瞧她，她又看了看我，我也瞧了瞧她。那是人间的云。

天出奇冷，地冻如酥糕，踩上去咯吱咯吱响。

站在楼头远望。一妇人携子散步，孩子忽站树下，生怕他出尿成冰棍儿撑在地上。找出那本《看云集》。一九八八年的旧物，扉页有编者手跋：

三十年前印旧书，摩挲字迹已模胡。

存亡继绝真难事，不怕丢差不怕输。

旧作打油一首写贻竹峰兄。叔河

"模糊"作"模胡"，"赠"作"贻"，是老派习惯，也是老派风气老派坚持。

读知堂况味亦每每如看云。

一九六四年，年近八十的知堂日记云："阅《看云集》，觉所为杂文虽尚有做作，却亦颇佳，垂老自夸，亦可笑也。"难得老僧云深处展颜一粲。三年后，作书人死了，丢下一壁文章。

云散了，《看云集》还在。

（原载《文学港》2021 年 6 期）

面孔（节选）

李达伟

1

可能是角度的原因，在拍摄他的时候，他变得有些矮，也有可能他本来就有点矮。在这里，纠结于他高矮的原因是图片的构图有点怪异。你一眼就会看到照片里面充斥的不和谐因子，而且这些因子还是聚集在一起，堆成堆，像那些疯狂的雨滴密布着他。他被怪异的因子围裹的同时，自己也成为怪异的一部分。这幅有意的构图，或者事实如此的构图，只是一部分。由这小部分的荒寥寂索，可以延展到其他方面。照片拍摄的时间，拍摄地点，这些都是极为重要的线索。只是没有任何的暗示，也可能是有了暗示，一定是有的（后来，我确实看到了照片下面标注的拍摄者和拍摄时间，那时，自己的一切猜想都失去了意义，自己的猜想中只有一小点是合理的，基本与事实重叠，但重叠之后又有多少意义？那么是我对事实了解得更充分有用，还是基本不了解有用，不能解答，只是自己在这个文本中表现出来的是对于后者的倾斜），我把那些暗示的东西忽略了，那应该是极为重要的信息，也是对于那幅照片的解读不会偏离得有些离谱的信息。我明显是偏离了，偏离得没能抑制住自己的思想，我又开始让自己那些胡乱的不清晰的思想，在那个照片提供的空间，以及由那个空间往外延伸的空间里，近乎泛滥地游走，游走中偶尔停顿。

他在雨中停顿了一下，像是朝我们折过身来，他发现了我们，那时一切空阔，一切安静，那时他的身边是一些已经无法飘动的枯叶，它们因潮湿沾在地上。当看到那些落叶后，我转念一想，就把他与那些落叶联想在了一起，这样的联想又表现出没有任何的道理可讲，我偏执且惯性地把他和落叶联系在一起，而且马上就是诸如他身上透露出来的命运感与那些枯叶之间的联系。那些枯叶在表达着他要承受的命运的某种悲剧性，然后由落叶到雨水再到弯曲的树干，再到那个久无人居的建筑，再到整个照片里的那种色调，我没有经过认真思考，就让思维的惯性再次作用于这张照片。

那么，我必然还无法忽略那个模糊的面孔，暗色调中面孔变得越发模糊，头发的稀疏与灰白同样只是若隐若现，目光里面的有神与无神同样无法捉摸。一个模糊的面孔，一个有一些特点，又没有任何特点的面孔就那样出现在我们面前，模糊同样可以是一个无底的深渊，我们在进入那个模糊的镜像后，记忆会很深刻，现在，我经常会清晰地想起那个模糊的面孔。我无法拒绝的便是那个面孔在我思想里的深植，这样的感觉是怪异的，就像照片本身的怪异。

回到照片的怪异之上，那种怪异是弥漫着的，它会让人相信那样的怪异还正在朝那个空间外更大的空间蔓延，如潮湿的雾气一般弥漫。在那样的色调里，我们看不到任何火的东西，火很难在那样的空间里燃烧，我们看到的是潮湿般的忧郁与沉重的东西，困倦慵懒的样子。一些病菌喜欢在那个潮湿的空间里滋生，它们正等待着他的到来，他丝毫不在意，或者也在意了，他把褶皱的西服往头上拉了一下，没有多少作用，却让那种怪异感凸显。可能他拉衣服的动作本身是在暗示，暗示要关注那种怪异感。我们一眼就捕捉到了。里面同样隐隐透露出一些有关死亡的东西，那个空间里虽然没有任何生命的消亡，却同样有着浓烈的生命消亡意味，暗色调，破旧的建筑，那几棵长得并不繁茂的树，他是一个老人，一场暴雨，等等，这些东西都在暗示着有关死亡的东西。当这些事物被定格之后，死亡便停止了，一切的东西便停止了。

【许多被拍摄的面孔，我往往有意把拍摄者和拍摄的地点时间忽略，这样的忽略本身会给人一种不负责的感觉。一开始的时候，我是在一些被拍摄的照片下面记录着它们的出处，但这样记录的结果，往往是思想总会在那些时间地点之类的信息上纠结。最终，我把那些本不应该忽略的信息都忽略了，这样我的思想在遇见那些面孔时，开始有了一种不负责任的敞开。于自己，思想的敞开，也意味着那些面孔诸多可能的敞开。你面对着的往往就是一个无名的街道，无名的世界，无名的人，都是需要你用自己的思想去填充的世界，也是急需你认真去解读的面孔。这时，你反而感到释然了，在一些时候，你也会在解读过程中遇到众多的麻烦而沮丧，但你太喜欢那种敞开的感觉了，一切都在向你敞开着，一切都不是确定的，一切都不再是那般死气沉沉的。你就在这样赋予你太多自由的世界里彻底敞开了自己。你告诉自己，这将是一个无限依赖感觉的文本。】

【他该如何面对记忆，那些充满了伤痛与耻辱的记忆，他把自己放逐在一个幽暗的小岛上，因记忆而恐惧，但越恐惧，他越发要在那些海潮中感觉着如汹涌的海潮般的记忆。记忆撕扯着他的面孔。小岛上的一切未知都在撕扯着他的面孔。他的面孔便是这样慢慢变形的。他曾在一个又一个的面孔上看到了自己。而现在，他只能依靠记忆的面孔，在海水中的倒影里，他已经看不清自己。他成了一个无名的人。你看到他时，你只是看到了一个模糊的背影。】

2

我再次肯定，那不是现实的面孔，那不应该是现实的面孔，如果那是现实中存在的面孔的话，那得需要多大的勇气才能面对它。这些面孔都有着一些凝滞的东西附在上面，这些面孔与纯粹与纯净沾不上边。当看到"纯粹得像镜子"这样的表述时，脑海中出现的镜子不是破损的不是沾染着脏污的，而是一面新镜，是一面被擦拭一新的镜子。那样的镜子，让我们想象一下，我们还可以想象那是如某个高原湖泊一样的面孔，面孔里面沉满的是湛蓝，那时天空是湛蓝的，湖泊之内是更深更浓的蓝。那样的面孔，我在现实中曾见过。那时，我出现在了一个高原湖泊边，打了一声招呼，他在湖泊边舒缓地微笑着，在不远处是他的羊群，沧桑的东西在他的面部聚集，但当我在面对他的那一会，他并没有有意把沧桑示人，他也没有有意把沧桑藏掖起来，他也没有感到任何的不安与拘束。在那里，他给我讲了一个关于那个湖泊出现的传说，他讲得绘声绘色，他讲的时候无比虔诚。那是神湖，当提到这样的说法时，他的声音变得轻了下来。就是他对那个湖泊的态度，让我对他的印象太深刻了，但好像又不仅仅如此，还有其他的东西。需要来一次长谈。一次长谈，也只是我在假设的，在那个高山上，和他喝一次酒，他以及生活在高山之上的那些人才会真正敞开自己，他们可能就会给你唱一些古歌，也可能会把内心的面孔（那个如湖泊一样深蓝的内心）袒露。时间暂时不够，让这样的想法只能暂时搁置一旁，随时等待着自己重新拾起它，我们的相遇和很多人与他的相遇一样，匆忙的，比他的羊群更匆忙，简述的，他还没有准备好用简洁的话语讲述那个有关神湖的传说。那个面孔之上，是被高原阳光照晒着的微笑与沧桑。

我想在记忆中打捞着那个湖泊，但是打捞出来的都是有关他那纯粹的背影。羊群每天都要翻过那个山冈。我望着他的背影从那个山冈上消失。背影更深刻，面孔的印象却是模糊的。熟悉的湖泊，熟悉的羊群，当再次看到天空沉入湖泊的情景时，我以为一切都将是在重复着，重复着我希望的回忆中的情景，但是他没有出现，出现的是一个小孩，可能是他的孙子（是他的孙子，他刚过世不久），他终将成为记忆，他的面孔终将成为一种虚幻的东西，那种虚幻（更准确的是梦幻，是那些自然赋予一切生命的）的东西又在眼前的这个面孔上闪烁着。另外一个生命，有些东西在延续着，延续着，便成为一种无限的东西。湖泊名，隐去；那个世界的名，隐去；那个人的姓名，隐去。一切都是无名的，一切都是模糊的，或者一切都是纯粹的，天空的蓝是纯粹的，湖泊的蓝是纯粹的，人的面孔也是纯粹的。而我的面孔，我那内心的面孔与那些纯粹不一样，在把自己放入那个世界时，我就强烈地感觉到了，我急切地呼吸着。我的面孔上过多的杂质与混沌透露出来，想极力隐藏它，却又倍感乏力。

【在遇见那个牧人时，你真正想到了自己。那个面孔，就是你曾经拥有过的面孔。那个牧人拥有过的湖泊，你也曾拥有过。但在面对着那个依然很现实的面孔时，你自己所认为的自己的那个面孔，已经彻底沉入记忆之中，随着眼前这个面孔的出现，而更强烈地深刻在了记忆深处，你庆幸的是这些记忆在那一刻变得有些清晰。你看着那个面孔背后的世界，在那个高山草甸上，是一些马，一些悠闲自在的马，还有一些悠闲自在的牛羊，草甸里一些花开放，你最为喜欢的是那些蓝色的花，有点湛蓝的天的花。你在那时把注意力从眼前的面孔上移开，眼前的那个面孔也意识到了你的眼神在闪烁飘忽。】

【在那个你一眼所看到的是清澈的世界里，他成了清澈的一部分，他的羊毛毡上沾染了许多尘灰与枯草，他的头发有点杂乱，他的脸上明显的是被太阳灼伤的痕迹，但你依然觉得在他身上看到的就是清澈与纯粹，那是你身上已经渐渐消失的东西。曾经你是牧人时，你与他没有多少区别，那时的自己同样也应该是清澈而纯粹的。你很怀念那些记忆中的时光，以及那个记忆中自己的面孔。他朝羊群走去，羊群将要进入暮色苍茫之中，虽然夕阳将不在，但是那些羊群还在。他只是出现在你面前那么一次，如果准确说应该是你就出现在那个世界和他面前一次，你暂时还未回到那个世界之内，他的命运是你无法猜测的，但你知道的是他同样会被生活裹挟着，他的命运也将是捉摸不定的，像极了你，在你是牧人时，你从未想到过现在。】

3

一些破碎的面孔，不断出现。在面对着那些破碎的，不是完整的面孔时，我忍不住选择了它们。感觉在一些时间里，自己与那些破碎的面孔之间，有着隐秘的联系。时间是六月，破碎的六月，气候变得越来越恶劣，已经有很长时间没下雨了，一些土地被晒裂了，其他的一些东西也在阳光曝晒下破碎了。当看到那些本不应该会破碎的东西，在你眼前碎裂一地之后，你开始看很多东西都会无端想到破碎，就像此刻你选择的这些面孔。你明明可以选择完整的，没有任何裂痕的，至少你在看它们时，不会让你初看就会觉得怪异和不舒服，但你偏偏选择了，并且一眼就感觉到了那些不舒服的东西充斥眼目。

　　此刻，你选择的面孔同样是不完整的，半个面孔，端庄的，严肃的，面孔前面是一棵虽长得笔直却有很多疙瘩的树，树同样是半截。半截的树与半个面孔，又有了强烈的隐喻色彩，端庄清秀的面孔，人穿着的服饰平整绚丽，树的不平整，枝丫的细小，这时树和不只是面孔的肉身之间，形成了更强烈的联系。当看到这样的构图时，你会把树的生长与人的成长之间联系起来。

　　这时我们或许会有这样的想法：我们是一棵树，有时生命的状态虽然与那棵树木完全不同，但它们内里的东西是平衡的，希望是一样的，生命就是那个样子，生命的内部就是那个样子。这样的想法，有它的合理性，我再次认真看了一下这幅图，总觉得这样的解读是有一些道理的。虽然在我的解读中，依然没有挣脱一些藩篱（那样的挣脱往往很难）。色彩的斑斓感，让这样的想法变得更为浓烈，毕竟斑斓的色彩不断在刺激着我们的感觉，并让感觉进入了另外一个空间，并让感觉发生变化。感觉在发生变化的同时，也不断繁衍，感觉开始变得庞杂起来，这是我一直所希望的。在面对不完整时，我们的思绪竟会变得更为活跃，感觉和认知在那些破碎面前变得越发庞杂。

　　【现实的感觉，会影响你对于面孔的认识。就像这个六月，你确实感觉到了自己的世界是破碎的。当有了强烈的破碎感时，你开始对那些并不完整，同样有着强烈破碎意味的面孔尤为感兴趣。而最终你发现，许多破碎的面孔，不断刺激着你的神经。你还把很多完整的面孔，在你的世界里扯成碎片，这样你看到了太多的碎片，碎片的，瞬时的，很难再把它们组构成整体的。此刻，你开始变得有些敏感，对于世界的认识，也开始变得有些神经质，这样你眼前出现了一些多少有几丝神经质的面孔。当看着那些神经质的面孔（你个人觉得的神经质,也可能真有些神经质),你再次想到了自己,你再次看到了自己,这时,你不再是去看那些面孔,而是在看自己,而是通过那些面孔给自己定了一个坐标。你知道很多时候,你看到了破碎的自己,一个分裂的自己,一个在一些时间里无数次让你后悔的另外一个自己。你再次肯定,自己在面对着那些面孔时,往往是面对着另外一个自己,或者是另外一些自己,那些让自己都感到有些陌生的自己。】

【他成了碎片。他不再是完整的。他开始意识到作为一个完整的人的重要,但很多时候,完整只是一种理想。完整同样也是一种希冀的煎熬而已。他是在什么样的情形下,慢慢破碎的,他已经无法记清。在很长时间里,他没有意识到自己已经破碎。当他看到了一些破碎的面孔和灵魂之后,他开始反观自己,才发现自己也是破碎的,思想的破碎,灵魂的破碎,甚而是肉身的一个器官又一个器官的破碎。面对着自己的破碎,是需要勇气的,他不止一次告诉自己。他是否曾这样问过自己:当自己慢慢破碎之后,自己还是自己吗?】

(原载《草原》2020年第10期)

一朵格桑

龙仁青

粉红色大地

  我的家乡铁卜加,是青海湖西岸的一片广袤草原,海拔在3000—3500米,高寒,没有明显的四季,在儿时的记忆里,冗长的冬日总是统领着这片土地,而短暂的夏天,则显得那样珍贵,几乎每一天都成为内心深处的记忆。

  那时候,我大概不到10岁的样子,几乎每天都在寻觅着夏天。那时候,我并不知道夏天什么时候到来,但我却知道,在那些向阳背风的地方,还有那些阳光充足的河岸,只要看到率先冒出的稚嫩的草芽,就证明草原的夏天就要来了。走在去往放牧的路上,我会特别留意这样的地方,每每走近一处墙角,或者是一片低处的洼地,我便会特意走过去看看,看有没有草芽冒出来。有时候我还会蹲下身来,用手拨去地面上的浮土,仔细地寻找哪怕是针尖儿大小的一点点浅绿。而多半时候,我总是失望地站起身来的——浮土之下,是被寒冰板结了的土地,指尖触到它们的瞬间,甚至会有一种触电一样微微的疼痛。现在想来，我多半是弄错了季节，弄错了时间，也许，时间正在走向深冬，而我却南辕北辙，在执拗地寻找着夏天的踪迹。

我说，夏季的每一天都是记忆，许多人会认为这是有意夸大了的说法，其实不单单是我，对那些野生花卉，对那些鸟儿来说，夏季的每一天同样是它们的记忆——恰是因为夏天的短暂，它们需要抓紧每一天的时间，让自己完成之所以为生物的一次旅程——那些野花，当它们稚嫩的花叶开始舒展，便惦记着自己要在夏季结束之前让自己的花籽成熟、散落。于是，它们便数着夏季的每一天，甚至每一天里的每一个时辰，因为，从花叶初展到花籽成熟，它还需要走完许多环节，它只有抓紧时间，用好夏天的每一刻时光，才有可能让自己完成一次之所以来到这个世上的生命价值。而那些鸟儿，它们在生命演化过程中已经逐渐适应了这里的气候，从谈情说爱、建立家庭、发情、筑巢、产卵、孵化……每一个过程需要几天、几个时辰都是精确计算好了的，些微的错过或疏忽都意味着它们不能哺育出自己的后代。它们往往从夏天临近的时候便提前进入状态，然后把高原短暂的夏天切割成一个个精准的时间片段，让哺育下一代的每一天都变得忙碌而美好。

每年的五月，是母牦牛刚刚产下小牛犊的季节，被誉为人参果的蕨麻已经让自己的块根饱满、成熟，单等着尚未完全消融的草地再复苏一些，便将自己的柔嫩的枝叶蹿出土地，没过几天，就长出几片锯齿状的叶片，紧接着，那几片叶片便会托举起一二朵金黄色的小花。在它们要急着完成这一过程的时候，我们便像是与它们比赛一样开始采挖它们的块根，因为随着蕨麻叶子露出地面，它的块根把它所有的营养提供给枝叶，让自己慢慢萎缩下去，只剩下瘦瘦的皮囊。草原上的角百灵、蒙古百灵、凤头百灵、小云雀等似乎便是从母牦牛抑或是从委陵菜属的蕨麻那里得到了启示，把它们产卵的季节也安排在了这个时间。

在这个季节，我的任务便是放牧小牛犊——它们刚刚学会吃草，但牦牛妈妈的牛奶才是它们最为需要和惦记的。然而，人类要它们做出牺牲，把更多的牛奶提供给人类吃，它们被迫与自己的母亲分开，独立成为一个畜群，尽早学会它生为牛的生活方式，以刚刚冒出地表的青草充饥。作为牧童，我乐意着这样的劳作，因为，我每天盼望的夏天已经到来，我每天都能看到野花的绽放，在那些花草茂盛的地方，偶尔还能找到鸟儿们的巢穴。

在这个季节，最早盛开的，除了蒲公英，就是水晶晶花。

草原上的蒲公英，虽然敢在春夏之交料峭的风里抢先开放，但它又是乖巧的，它让它的花叶贴地生长，完全淹没在逐渐茂密起来的草丛之中，待到积蓄了一定的力量，而春寒也慢慢退去之时，便从莲花状的花叶正中升出一枝细细的花茎，悄然托举起一枚恰似菊花的金黄色花冠，使得原本因为浅淡而缺少生气的春草一下子变得活泼起来。

蒲公英似乎喜欢"单打独斗"，它们总是独立地站在一片刚刚泛绿的草原上，就像一盏盏小小的酥油灯，远远地闪耀着。它们开得早，成熟得也早，就在水晶晶花以浩荡的粉红色一片片地吞噬起青草们好不容易营造出来的一片片绿色的时候，蒲公英那金黄的花瓣一瓣瓣凋谢，眼看着就要枯萎了一样，而此时，它们其实开始了它们的二次生命。不几天，失却了花瓣的花萼慢慢鼓胀起来，像变魔术一样，一只圆圆白白的绒球从花萼上蓬松开来——这才是它们的追求，这时候它们不再怕风，反而渴望着风向它们吹来。那只绒球其实是簇拥在一起的一个个袖珍的降落伞，每一个降落伞上都挂着一粒小小的种子，也像一个个袖珍的伞兵，只要风吹来，这一个个降落伞就会带着它们的"伞兵"飞向任何一个地方。它们甚至渴望一张嘴唇，噘起来，把一口气吹响它们，那一个个降落伞也会乘势起飞，去寻找一个可以降落的地方，让那小小的嘴唇也颇有成就感。这个吹绒球的行为成为草原上许多人孩提时代一种乐此不疲的游戏。

而水晶晶花不同于蒲公英的，便是它们的集群行为。这种看上去显得有些羸弱的粉红色小花，总是大片大片地盛开着，每每看到它们，我就会想起在草原上一种集群生活的鸟儿——高山岭雀，到了秋冬季节，它们便成群结队地飞翔、觅食，形成浩荡之势，每一群都有成百上千只。藏族把这种鸟儿叫作"玛喜"，意思是兵鸟——像士兵一样集结、行动的鸟。水晶晶花也是这样，小时候，我就认为它们是野花里的"玛喜"。

或许，所有羸弱的群体都懂得"团结就是力量"的道理，因为团结，它们反而成了一种强势，在乍暖还寒的草原春夏季节，敢于迎接这个季节的美好的，不是其他野生花卉，反而便是它们。青海人口中的水晶晶花，学名"粉报春"，在青藏高原有好几种：西藏粉报春、雅江粉报春、束花粉报春、苞芽粉报春、薄叶粉报春，等等。在我的家乡常见的，则是束花粉报春。束花粉报春在藏语里的名字是野摩塘，而这一名字，曾经是广大安多藏地的古地名，以一种花儿的名字，命名一片广大的土地，可以想象，历史上的安多大地，这片以环青海湖草原为中心，辐射到甘肃甘南、四川阿坝以远的广大山水，曾经被这种喜欢密集生长的粉红色野花所侵吞，把整个大地渲染成了一片粉红色。水晶晶花就是以高山岭雀一样集群的力量和势头，拥有了这片春天的大地。

一朵格桑

著名作家阿来曾经写下一种叫波斯菊的花儿在西藏四处盛开的浩荡之势："最引人注目的是差不多有人烟处就必可见到的波斯菊，不仅开在拉萨罗布林卡，开在江孜白居寺，日喀则扎什伦布寺，就是车行路上，路边出现一丛丛艳丽的波斯菊时，就知道，又一个村庄要出现了。"

这样的现象让他感到意外又新奇，他想厘清这种花卉的来龙去脉，便带着一种求真解惑的执着，开始了他的寻访，并循着不断问询和查阅资料，他一步步逼近真相，并一点点打开了真相。

他为我们讲述了这样一个故事：

一百多年前，英国人仗着他们的洋枪洋炮，入侵西藏，当时担任驻藏大臣的有泰一味主张委屈投降，使得西藏时局险恶。这时候，清廷委派一位叫张荫棠的人物以驻藏帮办大臣的身份来到了西藏。

张荫棠就像是一把利剑，犀利又尖锐。他到了拉萨，经过一番查访，便向朝廷明奏，历数驻藏大臣有泰"媚外乞怜、鱼肉藏民、颠顸误国"等种种罪行，并告知藏族群众"西藏百姓与中原血脉一线，如同胞兄弟一样"，朝廷依据张荫棠所奏，严惩驻藏大臣及其余汉藏官员，张荫棠随之在西藏推行改革，推行他的治藏方略。阿来老师在他的文字中描述了这段历史:"张荫棠提出一系列重要主张,包括革除神权政治,收回西藏治权;广设学堂,推广教育,创办汉藏文白话报;训练汉藏新军,加强武备;修好打箭炉、江孜、亚东牛车路;开设银行,振兴农工商业,开发矿产资源等。此外,张荫棠还建议在西藏成立隶属于外务部的交涉局,专门负责西藏地方的对外交涉,以此阻止英国与西藏的直接交涉。"

从文字的描述看,张荫棠是一个大胆耿直、行事干练、雷厉风行的人,其实他也是一个热爱自然、钟情花草的人。波斯菊在西藏的最早出现,就是他怀揣花籽,把它带到拉萨,并在西藏广为种植,使得这种外来的花卉在西藏随处绽放。当地藏人也因此把这种花亲切地称为"张大人花"。

如此,波斯菊在西藏便有了这样一个意味深浓的名字。

张荫棠张大人1906年10月来到拉萨。随之却是世局突变,大清王朝气数将近,1907年7月他便仓促离开拉萨,在拉萨的时间不足一年。阿来老师在他的这篇文字里这样感叹道,"还不够看到此花一个轮次的出芽长叶,抽茎展枝,开花结籽"。这位受到藏人拥戴的"张大人"虽已经不在西藏了,以他的名号命名的波斯菊,依然在这片高地上盛开着,并且从西藏拉萨传播到了青海各地。

而如今,这个有着深厚历史渊源的名称,却被人们渐渐遗忘,人们给波斯菊赋予了一个新的名字:格桑花。

它们是同一种花吗?阿来老师先见性地预感到这是个错误。

有一次,阿来老师来青海,我们见面时,他便向我问及此事。那时的我自视过高,无知又无畏,便自信满满地告诉阿来老师,格桑花之"格桑",是藏语好运、幸福之意,所以,所有带来幸福感的美丽花朵都可以叫作格桑花,因此,格桑花并不是一种确指的花卉。

阿来老师据此把我说的话写入了他的这篇文字里。

然而,所有没有经过实证而信口开河的言辞,终有一天会被赤裸裸地剥离出来示众,让它不能掩去谎言的实质。时隔不久,我去了青海果洛,与在此地工作的藏族著名母语诗人居·格桑先生聊及格桑花的事,居·格桑的一席言说，让我立刻意识到，我对阿来老师所说的话，多么缺乏严谨性。居·格桑先生说，格桑花，藏语叫格桑梅朵，此名并非无所确指，而是出之有据。他说，第七世达赖喇嘛格桑嘉措，亦即近年来在汉地广受追捧，被讹为"情僧"的六世达赖仓央嘉措之转世，出生在四川理塘，他把一种花籽从他的故乡带到了西藏，在西藏广泛种植，人们便以他的名号中的"格桑"命名了这种花儿，所以叫"格桑花"——显然，张荫棠与波斯菊的故事与结果，恰是这个故事与结果的翻版。藏民族总是心存感恩，把点滴的美好，用这样一种方式铭记在心，并让这样的记忆以一种命名传承下去，让后世去纪念，加上"格桑"在藏语中的美好寓意，使得格桑花被广大藏人所爱。

听了居·格桑先生所言，想起我对阿来老师的胡言乱语，我顷刻间恐慌起来。一次，偶然查阅《藏英大辞典》及《藏汉大辞典》，赫然发现有"格桑梅朵"词条，但注释极为简单：秋季盛开的一种黄色花朵，汉语的注释是七月菊、延年菊。我继而又查相关汉语资料，但所指含混，至今也没有确认这种黄色花朵到底是哪一种花儿。

多次向西藏的朋友问询，其结果亦如阿来老师所经历的一样，开放在青藏高原的各种野生花卉，都被指为格桑花，问题又回到了原点上。

可以肯定的是，波斯菊并不是格桑花。波斯菊的原产地是墨西哥及美洲一些地区，后来经由波斯传入中国，波斯菊之名也是由此而来。它完全是一种外来植物，在西藏乃至整个青藏高原并无分布记录。一百年前它跟随张荫棠张大人进入西藏，所以它在西藏有了"张大人花"的名字。格桑花早于波斯菊进入了西藏，把后来来到西藏的波斯菊称为格桑花，显然是张冠李戴了。

阿来老师一直沉迷于高原花卉的寻访、拍摄、研究和书写，想来他早已觉知我的随口之言并不可信，但愿他能谅解我的无知无畏。

近年来，波斯菊在西藏、青海及川西北许多地区被广泛种植，单单在我的家乡青海，一些农牧地区为了发展旅游业的需要，把许多原本种植青稞小麦的土地开发成了"花海"，这些花海并无各自不同的特色可言，皆是复制粘贴，千篇一律，种植最多的便是波斯菊，这种发展态势已经引起相关人士的警惕，波斯菊已经成为一种入侵物种，这样肆意的种植如若失控，很可能会使这种艳丽的花儿成为下一个"飞机草",抑制本土植物的生长,成为生态灾害。

  我忽然意识到,我所企盼的夏天,是我故乡才有的夏天,而那样的夏天却已经离我远去。也许就是从明白了夏天与故乡的这种辩证关系开始,每年到了夏天,我渴望能有几天的闲暇,去一趟曾经的老家,去挖一次蕨麻,抑或去放牧一次小牛犊,寻找几处可爱的鸟巢。"每逢春天来临,我几乎都有着一种无法抵制的、企盼上路的欲望。这种久违了的游牧者的本能在我的心中激起。"当我读到美国自然文学作家约翰·巴勒斯写下的这几句话,感觉这些话就像是出自我的嘴。是的,这是一个自认为已经完全城市化了的牧童内心深处永远无法改变的本能。

(《大益文学书系·呼唤》2021年3月出版)

在还没有大亮起来的夜里（节选）

雍措（藏族）

我忘记那是什么日子了，凹村走出去很多年的人都在那段阴雨绵绵的日子回到了凹村。

一条好久没有热闹起来的路热闹起来了，一个好久没有点说话声的村子活起来了，一座座很久没有人住过的房子夜里到处亮着灯。灯光从每个木窗户里亮出来，忽闪忽闪的，仿佛灯在夜里也不相信自己还会亮似的。

其他村子能跑得快一点的牲畜像马呀、牛呀、狗呀都从自己的村子跑到凹村来凑热闹，它们想来看一个突然热闹起来的村子到底是什么样的。它们从自己的村子偷偷跑出来，尽量不让自己村子里的人看见自己正在往另一个村子跑，它们怕自己村子的人对养了几年或十几年的自己彻底灰心丧气，人一旦对牲畜灰心丧气了，整个村子都会有一种灰心丧气的气味飘在天空。空气会受到影响，空中的风会有影响，风会把这种灰心丧气的气味刮得到处都是，让其他村子的人都知道有一个村子现在已经灰心丧气了。

那些从自己村子跑出来的狗呀、马呀、牛呀，它们把自己以前出村常走的路，绕着走，逆着走，歪着走，把留在地上的脚印走得不像自己的脚印，它们想让自己的主人误以为那不是自己养了几年或十几年的狗呀、马呀、牛呀，不是自己的脚印，自己的主人就放心自己了，人想自己养了几年或十几年的狗呀、马呀、牛呀可能只是一时偷懒睡在哪棵树下或哪片荒坡上，谁都在自己的一生里，有过一次或几次谁都不想见谁都不想理谁的时候，人理解这一点，人就不会去怪罪自己养的狗呀、马呀、牛呀了。

人不怪罪它们，有些跑不出自己村子的同类会怪罪那些从自己眼皮底下逃出去的同类。它们跑不出去有很多原因，脚短、力气不够、胆小、被束缚、怕主人发现，等等，它们对着那些一心想去凹村凑热闹的同类发出恼怒、不甘心、指责的叫声，它们不想眼巴巴地待在原地而什么事情也不做。那几日其他村子也一样不同寻常，只是它们的不同寻常和凹村的不同寻常有着不一样。

那些从自己村子赶到凹村来的牲畜，它们躲在凹村附近的山上、树林里，虽然它们费尽心思、想尽办法来凹村凑热闹，但是它们清楚地知道凹村是别人的村子。在别人的村子里，它们不敢大声喘气，不敢想走歪一条路就走歪一条路。别人的村子始终是别人的村子。

那几日，凹村到处是一种陌生的气味和一种诡异的喘息声。那些出去多年再回来的人，感觉不到这种陌生的东西，因为他们早在一座曾经熟悉的村子里把自己陌生了。

那些回来的人，好像是从四面八方回来的，他们说话的口音都带着四面八方的口音。每个不同的口音混在一起，凹村显得奇奇怪怪，仿佛凹村不是凹村，凹村成了别人的村子。

天还没有大亮，我从屋里走出门。我一晚上睡不好觉，我的觉被说不清楚的什么东西抢走了。我早早就在床上翻来覆去地折腾，木床被我翻来覆去的身体弄得"咯吱咯吱"地响。木床的响声在那几日也响得不同寻常。那几日什么都在不同寻常。

我从床上爬起来，在堂屋里走了一圈，在睡觉的房间里走了一圈，在放粮食的黑房里走了一圈，在做饭的灶房里走了一圈。走完这些地方，我在自己的房子里再没有可去的地方。我在这四间屋子走了几十年，闭着眼睛也能走上好几十圈。有的时候，我真不想在这个房子里再走下去了，就像今天这样。我问自己，在这样一个天还没有大亮起来的夜里，我接下来该怎么办。出去走走，对，出去走走。

我打开自己的门，一扇木门的"吱呀"声响在倒亮不亮的夜里，像给夜撕开了一道口子。我没再关上那扇木门。我的屋门哪怕是在夜里整整开上一晚，也没什么大不了的。我的屋里除了有点去年生虫的粮食，再没什么值钱的东西可以让别人心动的了。不过我知道，外面回来的人吃惯了外面的好粮食，他们嘴吃大了，味吃重了，他们不会再吃习惯生着小虫的凹村粮食，我可以放心地走。

我把自己跨出门的第一个脚步放得轻轻的，我不想让人知道，刚才是我把一片夜打扰了。

我想，即使是有人在夜里听见我刚才的开门声，也没几个人会猜出是我在还没有大亮的夜里走出了自己的家门。他们走后，我天天一个人在村子里走，像我这样一个人绝不会还对这个村子感兴趣。就算有人听见我刚才的开门声，他们也在一片夜里分辨不出那声音来的方向。在一片夜里，声音会拐弯，会变起花样地糊弄人。那些听见我刚才开门声的人，他们想，肯定是像他们一样从四面八方回来的一个人，想趁他们不注意的时候，走在一片夜里，他们在夜里找寻一些自己曾经丢失在夜里的东西。

无论怎样，他们都怀疑不到我的头上。

而我想说的是，我之所以在夜里翻来覆去地睡不着，真正的原因是那几天我突然住不惯自己的村子了，仿佛我才是一个真正出去很久，从四面八方回来的人。

拐过两道弯，走过三堵废弃的老墙，我站在天还没有大亮的夜里，累得不行。夜里的累来得比白天要快些，夜自身带着重量。我把手扶在老墙上，我需要一堵老墙支撑我的累。手刚放上去，老墙上的土就"稀里哗啦"地掉，我想一堵老墙也是在白天强撑着自己，一到晚上那股强撑劲儿过了，真的累和老就出来了。我把自己的手从一堵老墙上缩回来，我的手僵硬地垂在我的身体旁边，我突然觉得我的手在那一刻离我很远，一种近距离的远，莫名让我恐慌。

　　我不想让自己直直地站在天还没有大亮的夜里。直直地站着，我感觉自己正在夜里丢失自己。那种缓慢的丢失，那种你无法控制的丢失，那种知道自己在丢失自己的丢失，让人无奈和害怕。

　　我慢慢向有人住着的房子走。这几天，凹村所有的房子里都住着从四面八方回来的人。不会有一座空房子像以前一样空在夜里。我轻轻地走，生怕吵醒那些从四面八方回来的人。吵醒他们，就相当于吵醒了四面八方。当四面八方的声音响在天还没有大亮的夜里，凹村的夜又不是凹村的夜了，凹村的夜成了四面八方的夜。

　　令我没想到的是这一路走下来，每座房子里都有低低的说话声响在还没有大亮起来的天里。那些声音很小声，那些声音是故意不想让人听见的声音，但还是被我听见了。那些人不知道，我在凹村一个人待的时间太久了，一个人待得太久，眼力和听力都会特别好。

　　在还没有大亮的天里，那些人说着凹村的土话，讲着凹村陈旧的龙门阵，说到高兴时，他们还在没有大亮的天里偷偷地笑，那笑是凹村人一贯的笑法。即使我没看见他们的笑，我都知道他们笑的动作，嘴皮上翻，舌头顶着门牙，只有这样的动作才能发出凹村人一贯的笑声。

　　在夜里，凹村突然回到了很多年前的凹村。很多年前，凹村没有一个向外走出去的人，所有人都待在村子里，所有人都说自己死也不出去，即使死也要死在一座自己熟悉的村子里。

　　那是很多年以前的事了。

　　在还没有大亮的天里，那些回凹村来的人说话声和笑声都很谨慎。他们说几句，马上停下来，笑几声，马上就不笑了。他们竖着耳朵听外面的声音，他们怕外面有像我这样的人，听见他们说着凹村的土话，笑着凹村一贯的笑。自从他们从凹村走出去，又从四面八方走回来，他们想自己总该有点变化。如果一点变化没有，他们怕别人说自己在外面白待了那么几年或十几年。如果没有一点变化，这些年走出去，就像荒废了自己一样。他们不喜欢这种荒废自己的感觉。

其实只有他们自己知道，哪怕他们在外面生活几年还是十几年，外面永远是外面，外面永远活不进自己的骨头里。他们在外面生活，过着外面人的日子，身体看似融进了外面的世界，但外面的世界是否真的让他们融进，他们自己是否真的能融进外面的世界，只有他们在外面一次次碰壁，一次次受到嘲笑，一次次在夜里唉声叹气的时候，他们才最清楚。

他们在外面生活，只是选择了一种背着凹村在活。这种背着，有种逃不脱的宿命感。他们在外面一心想回来，他们住不惯别人的城市。他们早就在外面为回来做打算，他们一天天计划回来的日子，一次次告诉外面认识的人说，自己要回来了。他们在说自己要回来时，说得趾高气扬的，说得扬扬得意的，好像外面的世界还没有自己的村子大，外面还没有自己村子好。

但一旦定好了回来的日子，他们又开始担心。他们怕哪个先回来的人问自己为什么从外面回来了。他们不知道这个问的人是从外面回来的还是就一直没有离开过凹村。他们要想好问这种话该怎么回答别人。他们不能告诉别人自己在外面混不下去了才回来，也不能告诉别人自己融入不进外面才回来。他们要脸，都说人活着是为一张脸。

从外面回来的人都不约而同地想到一种办法，他们用外面的口音说话，说些四面八方的话，说些别人听不懂自己也听不懂的话给遇见的人听。他们在问话的人面前装。装久了，他们嘴巴就痒，嘴巴痒了也不能让别人知道自己的痒，他们就偷偷在夜里说凹村的土话，凹村的土话能治愈他们嘴巴痒的毛病。一家人凑在一起说，一个人偷偷地说，对着一堵老墙说，面对一片暗说。

我的脚步声很轻，那些从外面回来的人耳朵里装着很多嘈杂的声音，即使他们把要讲的话停在那里，要笑的声音空在那里，他们也听不见我的脚步声。他们在好一会儿之后，又接着上半句说，接着上半声笑。空了好一会儿的话和笑重新接上去，他们不知道自己的话和笑要多难听就有多难听。

我路过仁青家的窗户，他们家的窗户是往后开的。仁青家窗户里一点声音也没有。我奇怪，仁青平时是个把话说得欢的人，仁青却在这个没有大亮的天里，一点声音也没有。我偷偷把脖子伸得长长的往仁青家屋里看。床空空的，没有一个叫仁青的人睡在床上。我想仁青去哪里了，仁青是不是去了别家。可我清楚地记得，别人回来都是三五个人的回来，仁青回来的那天，我远远就看见了仁青的回来，他是自己一人回来的。仁青平时再是个把话说得欢的人，也不可能和那些三五个一起回来的人马上亲起来。

仁青那天回来，弓着背，背上背着一个蓝色的帆布包。仁青自己一个人走的时候，走得病恹恹的，我没理仁青。那几天凹村突然回来的人太多，我理不过那么多人。我埋着头假装在地里撒白菜种，眼睛低低地斜着看仁青，只有我自己知道，我斜着眼看仁青的时候，我浪费了那块地，浪费了手里的白菜种。等一个月后，我的那块地上长出的白菜苗一个地方密，一个地方可能一根也不会生长起来。地肯定要怪我，我要怪仁青，是从外面回来的仁青在我撒白菜种时分了我的心。

仁青看见了我。我斜着眼睛也知道仁青看见了我。仁青看见我，马上把身子走直了，我还看见他把一副黑黑的墨镜戴在了他无精打采的眼睛上。仁青向我走来，走得精精神神的，仁青用外来的口音喊我，我假装没听见，仁青还用外来的口音喊我，我直起腰杆看他，我假装不认识仁青。仁青给我说了很多话，我一句没听懂，我愣在地里，像根木头插在干巴巴的地里活不过来。仁青急，我看见他好几次要从张着的嘴里吐出凹村的土话，可话到嘴边又急忙咽了下去。仁青一脸通红，是刚才急急咽下去的话噎住了他。他摘下眼镜，我假装认出了仁青，仁青笑着看我，仁青的嘴皮往上翻了一下，舌头轻轻顶了一下门牙快快收了回去。仁青在笑外面世界的笑给我看。仁青认为我会很惊喜，是的，有一会儿我假装惊喜了一下，那是我看见仁青的嘴皮轻轻往上翻，舌头轻轻地顶了一下门牙的时候，我认为仁青会笑凹村人的笑给我看，他却突然改了。他突然改了，我也就突然改了，我脸上的笑马上就落了下来，我不想笑给仁青看。仁青还在我身边讲着话，我开始撒我的白菜种，我不能让仁青一直影响我种一块地，仁青前面已经把我的一块地坏了，不能接着坏下去。只是仁青不知道他坏过我的一块地。

仁青见我不理他，说了几句听不懂的外话精精神神地走了。他的那种精精神神是走给我看的。过了很久，我偷偷从背后看仁青，仁青又恢复了垂头丧气的样子，我知道那才是仁青真正想走出的样子。

　　在还没有大亮起来的天里，我看见了仁青。他一个人黑黑地坐在门槛上，面对着整个夜的孤独。夜把仁青的孤独染出了黑的颜色。仁青有一个又大又空的黑的孤独陪着他，仁青在这种孤独中独自走。仁青或许不知道他有这样一份很大的孤独，仁青只知道一个人的孤独是一个人的。

　　我没去打扰仁青，我轻手轻脚地从仁青家的后窗走回了家。在回家的路上，我问自己，仁青的孤独是不是自己的孤独？是不是所有突然回凹村来的人的孤独？是不是整个世界的孤独？

　　天快亮了，我刚躺在自己的床上，就听见外面到处是四面八方回来的人说着四面八方的话，笑着四面八方的笑，我想，这是凹村历来遇见过的最大的一次孤独。

（原载《清明》2021 年第 2 期）

都是因为我们穷（节选）

张暄

1. 蜂蜜水。姑姑嫁到了城里，但并不影响她继续做一个穷人。小时候，我们所有小孩子，都想当然地认为城里人比农村人富，甚至许多大人也这么认为。这是因为，他们总能带来一些我们没见过的东西，比如，姑姑回家省亲，给奶奶带回来一瓶蜂蜜。有一次，她给奶奶冲蜂蜜水的时候，我恰巧也在那儿。奶奶让她也给我冲一碗。姑姑把蜂蜜水冲好，并没有立即端给我喝，而是先问了一个问题："你妈妈背后说过奶奶的坏话没？"这个问题很好回答，我说"没"。她又问了另一个问题："如果有一天你妈妈和奶奶吵架，你帮谁？"这个问题的难度，不亚于后来的"你妈和你媳妇儿掉河里先救谁"这个跨世纪难题。我知道，如果我说"帮妈妈"，注定蜂蜜水喝不上了，只好说"帮奶奶"。蜂蜜水终于喝上了，但喝得很愧疚。过程中愧疚，事后想起来更愧疚。后来，我但凡做了没骨气的事反省自己的时候，总会意识到蜂蜜水是一个开端。

2. 鸡蛋。小时候，很长一段时间（具体多长时间也说不清），我每天要喝一颗生鸡蛋。可能由于这个原因，我后来面相还算滋润。大致情形是，我家鸡窝里那只母鸡咯咯咯一叫，我就知道它下蛋了。我会迅速把手伸进鸡窝里，摸出那颗余热犹在的鸡蛋，把鸡蛋随便在什么上面一磕，小心翼翼地剥去一小片蛋壳，抠出一个大小合适的洞来，仰起脖子，把蛋液倒进喉咙里。在那个物质金贵的年代，父母似乎也不以为意，我迄今仍记得他们满含笑意看我吞食鸡蛋的样子。应该是，中间换过好几只母鸡。因为一只母鸡的寿命，不会长过我吞食生鸡蛋的整个时间长度。何况，那时黄鼠狼经常光顾。我清楚记得，有一只母鸡被黄鼠狼咬死后，母亲看着可惜，她居然自己煺了毛用菜刀开膛破肚收拾干净后给我炖鸡肉吃。这个事情，曾一度在小范围内被小朋友们传为笑谈，搞得我很没有面子。他们笑话我的原因是，一只被黄鼠狼吸过血的母鸡应该被扔掉而不是吃掉。另外一只留在我记忆中的母鸡是，一次，一位我叫姑姑的远房亲戚，来我家告诉我母亲她儿子要办婚事，依据风俗，婚礼上要宰杀一只母鸡，她相中了我家羽毛油光闪亮的那只，便和母亲讨要，碍于面子，母亲虽然万般不舍却是不能不答应的。好在婚礼还早，她说过段时间来抱。等她走了后，母亲思虑再三，决定还是不能白白好过了那家亲戚，于是，等有一天收鸡的小贩来村里时，她把那只母鸡卖掉了。等那个亲戚再来，母亲说真不巧，鸡前几日被黄鼠狼咬死了，好可惜。她们一起惋惜，并咒骂了那只子虚乌有的黄鼠狼半天。在重新续上一只新母鸡并等待它一天天长大的那些日子，我自然是没有鸡蛋喝的。我现在想到的是，那个亲戚怎么能提出那么过分的要求，而她后来面对我母亲的回答时，她是不是也不相信那么巧就被黄鼠狼咬死了。

3. 红薯干。煮熟的红薯用线穿起来，吊在炉火上方慢慢让它失去水分，就成了红薯干。红薯干是小孩子最好的零食，好吃是一方面，关键是够硬，一小块能嚼好半天。一次我和广中玩，我衣兜里装了红薯干，一边玩，一边吃。广中和我要一块，我没给他。没给他也不影响我继续吃，并继续和他一起玩儿。我没给他，并不是不想给他，只是没把他的要当成一回事。谁手里有吃的东西，总会引得别人来要，大家都很饿，都很馋，要的人多了，也就不当成一回事了。就像我也经常和别人要东西吃，他们也未必给，给不给全看当时的心情和感觉。一块红薯干，吃到最后只剩一小块没多少味道的小尾巴，一般人通常会把它给扔掉。吃食金贵，但这个小尾巴并不金贵。我在扔一块小尾巴的时候，因为是抛起来扔的，不小心就扔到了广中的手里，他误以为是我给他的，迅速就把这可怜巴巴的一小块送进了嘴里。我一下子心痛并惭愧起来，赶紧从兜里掏出好几块给他。

4. 丸子汤（一）。我们村第一次唱戏，舞台在大队院，晚上是第一场，当天下午，应声而来的小吃摊就摆满了大队院。我妈给了我五毛钱，说是这几天唱戏的零花钱。肉丸子太好吃了，我伏不住馋虫，一会儿吃一碗，一会儿吃一碗，舞台上的幕布还没挂好，已经花掉了四毛钱。剩下的一毛钱，我忍了几忍，没胆量再花出去了。第二天上午，我和明明在村口玩，父亲从工厂回来了，他看见我们，就问明明：咱村唱戏你爸给了你多少零花钱？明明回答：一块。父亲啪地从身上掏出一块钱递给我，我拿着那一块钱，激动得目瞪口呆，半天说不出话来。后来我每每描述这件事情，总会说父亲"啪"地从身上掏出一块钱塞给我。事实上，无论是一块钱，还是父亲掏钱的动作，都不会发出"啪"的声音。但我觉得只有这个词语能描述当时的景象。

5. 丸子汤（二）。我初中住校，每周父亲会给我五毛零花钱。晚自习过后，我们会三五成群拥到离学校不远的镇中心广场，大多数情况只是出去消遣一下，也偶尔会吃一两毛钱的零食。广场边一溜吃食小摊，卖丸子的就有好几家。那时丸子的价格仍旧是一分钱一个。有钱的吃两毛钱，没钱的吃一毛钱。五分钱，他们也卖。那个时点，正是摊贩准备收摊的时间。应该是，有位同学偶然遇到这种情况：他要吃一毛钱的丸子，而那家摊贩锅里所剩丸子已经不多，也许看我们小孩子可怜，就说，剩余的一毛钱你包圆儿吧。这就给我们创造了一个吃丸子的新方式，每晚自习过后，我们会一堆人结伙到那边，其中关键是保证有一个身上有一毛钱，然后，每人瞄住一个摊贩，开始数他们锅里剩余的丸子。等哪家丸子剩余数不多时（当然肯定得超过十个），那个持一毛钱的家伙，会过去说"一毛钱把你的摊包了吧"，他们反正准备收摊，也会认可我们这种讨价方式。于是，付钱的吃丸子，不付钱的喝丸子汤。整整一锅汤，我们会喝个精光，那个香啊！有一次，我们一堆人中加入一个半吊子，他第一次参与这种活动，不大掌握要领。过去后，他直杵杵地对他盯的那家摊贩说，一毛钱把你的摊包了吧。而人家锅里还有大半锅丸子。结果，他得到的回答是：爬你妈×的！这个事情好一阵被我们传为笑谈。

6. 酸梅粉。我刚上初中的时候，父亲所在工厂的商店里售卖一种叫酸梅粉的小零食。白色粉末，装在一个火柴盒大小的透明塑料袋子里，附带一把挖耳勺大小的塑料勺子，一毛钱一袋，酸酸的，甜甜的，很好吃。因为勺子小，能够吃好久。关键是，一毛钱，恰巧是我们能够承受的不需太犹豫的价格。在工厂大院里跑来跑去和小朋友们玩耍的时候，总有几个小孩子手中捧着酸梅粉。记得有天工厂里唱戏，大院里坐满了大人，父亲也在其中。我捧着酸梅粉从父亲身边跑过去的时候，突然心血来潮，想让父亲尝尝酸梅粉的味道，就扭转身舀了一勺往父亲嘴里送。父亲先是瞪大了眼睛，稍微停滞了一下，然后满面欣喜地把那一丁点白色粉末舔了进去。我问好吃吗，父亲说好吃。我又要给他挖一勺，他摆手拒绝，我便蹦蹦跳跳追赶别的小朋友去了。后来我有了孩子，当孩子偶尔把零食分我零星或塞我口中的时候，我总是想起我喂父亲酸梅粉那个场景。也许这个事情父亲压根就不以为意，或者早已湮没于记忆之中，但我仍很高兴自己做过那么一件事——我代父亲体味到的那种酸酸甜甜，远超过酸梅粉本身的味道。

7. 刀削面。我大姨、大姨夫是双职工，居住在另一个城市。双职工在当年是个了不起的词语，事关富裕、优裕之类的，起码，吃穿不愁。父亲带我去大姨家走亲戚，那是我第一次坐火车。火车上有卖午餐的，大米盒饭，盒子是透明的，一块钱一份。父亲说，火车上的饭，又贵又不好吃。父亲的话，我只相信一半，只是贵，未必不好吃。或者说，看上去简直很好吃。在大姨家那天晚上，吃的是刀削面。大姨夫很神奇，他削削面，不用那种我后来才见识过的专用刀子，而是直接用菜刀，这样削成的削面，虽然不及饭店的细，但比饭店的筋道。那是我第一次吃刀削面，肉卤，肉丁密密麻麻的，太好吃了，我就不住地吃，吃到嗓子眼为止。我心满意足，不住地拍着滚圆的肚子说，撑死了，撑死了。大姨夫问父亲，你就没给孩子做过刀削面？父亲赧颜，说不会。等大姨、大姨夫收拾走碗筷进了厨房，父亲黑了脸低声训斥我：不嫌丢人，吃撑了不悄咪咪的，还炫耀！不是嗔怪，是货真价实的训斥，不在乎声音有多低。后来我才意识到，父亲训斥我，不单是我的教养问题，更重要的，是我的下作吃相，暴露了我家的贫穷，让父亲这个大男人在他一直就不服气且暗暗比拼的连襟面前丢了面子。我就后悔死了。

  8. 羊肉串。高中之前，我没见过羊肉串，更没吃过羊肉串。班里那些城里的同学，总有人会提起羊肉串，说如何如何好吃。一次回家，我在路边等公交，看到一个中年男人支了个那种最简易的烧烤架在卖羊肉串，我这才第一次见识了羊肉串是什么样子。瘦巴巴的几粒肉穿在一根铁丝上，电视机里非洲难民站成一排的模样。因为架子里木炭怎么也燎不旺，扇起来的炭灰把正在烤着的肉串搞得脏乎乎的。我怯怯地问羊肉串怎么卖，他说两毛钱一串。因为看上去那么瘦，我无师自通地认为，羊肉串大概不是能够只买一串的。经过初中多年实践训练，讨价还价已成为我买任何东西的习惯，便问，五毛钱三串卖不卖。他答应了，开始比刚才更卖力地扇火。事实上，进口后，我也没觉得怎么好吃，所以吃得潦草，想盛名之下其实难副，这么脏的东西到底有个啥吃头，倒也没吃出大人提起羊肉时惯常会提到的膻味。这个事情就这么过去了。过了一段时间，班里一位同学炫耀他昨晚吃羊肉串，说"可是吃爽了"。他的话也勾起了我炫耀的欲望，我便说某天某天我也"吃爽了"。他问，吃了几串？我说，三串（那一刻，我庆幸自己临机决断的聪明，没有像最初念头飘过时的那样：只买一串尝尝）。他鄙夷道，三串能吃爽？——不是一般的鄙夷，是很鄙夷。又过了很多年，我上了大学又参加了工作，一位朋友请我正儿八百吃烧烤，我才知道羊肉串是三五十串点、一二十串吃的（顺带知道了地道的羊肉串可以很胖），这才理解了那位同学的鄙夷。

（原载《美文》2021 年第 3 期）

骑自行车的人

指尖

在村里,一个人长大成人的标志,是通过一些特殊拥有物展示出来的,比如一身来自百货商场的成衣,比如一双皮鞋,比如一块手表,比如这辆自行车,它们像一条泾渭分明的分割线,将我缓慢而有力地推出少年的纯粹时光。后来想,也许这些成衣,手表和自行车,不过极具迷惑的虚假表相,就像肥皂水通过谷秸,被吹出的气泡。在诡谲而暧昧的暗处,无法触摸,也不能窥见的生命背面,我们既孱弱,又强大,既骇怕,又决绝,既英勇,又怯懦。

那时,我刚刚十六岁。远没有风驰电掣,也没有风正帆悬,在漫漫长路上,自行车像另一个笨拙的我,不停地冒着热汗,用力穿行在颠簸不平的公路上。偶尔,汽车带着一团巨大的尘烟驶过,骑行者我就得眯起双眼,屏住呼吸,跨下自行车,等待尘土缓慢散去,道路重现。

当我终于站到林场院子,面对灰头灰脸仿佛在尘土里滚过无数次的女孩,晓星轻轻地说了一句:"给你打好了水,快去洗洗吧。"似乎,那水是从她家院子那口井里提上来般,轻飘飘的,带着主人熟稔而笃定的语气。眼前的她,已经提前收拾好了自己,头发刚刚洗过,残留的水意湿答答洇在肩头,而花衣散发的洗衣膏味道,也暴露了她刚刚穿上它。

在其后的三年时间里,我和晓星,成为一间房屋,两张床,一把椅子,一个凳子,两只水盆的共同拥有者,我们呼吸着同样的空气,均分着火炉里源源不断散发出的热度。我们相视而笑,成为最好的联盟。

我卸下行囊,用树枝和石块抠掉轱辘里的泥和杂草,用水将自行车擦洗干净,推到空屋里。一块灰蒙蒙的塑料布,让它们瞬间变得暗淡无比。好在林场生活也为它提供了出镜机会:我们骑着自行车去供销社,在管村人热辣辣的目光中,隔着宽宽的水泥台,交易一些必需品。也会出现在保健站,但这种时候很少,年轻人是不生病的,即便生了病,不喝药也会扛过去。更多时候,我们沿着大坡滑行到管村的某户人家,在那里,有一些同龄女孩,她们站在街门口,仿佛一直在等待我们的莅临。有时,会有一杯白糖水提前等在她家桌子上,跟穿衣镜和盛满豆子的老花瓶沉默地注视着门外。她们的妈妈盘腿坐在炕上,老花镜上方的眼神慈爱而好奇,在将线头在唇间抿湿的那一刻,她会朝我们笑笑。

那杯白糖水要喝很长时间,比我们喝过的任何一次糖水都甜,喝完后,嘴唇黏黏的,一直到骑车回宿舍,那甜味还有残留。林场生活冗长而无聊,我们去管村的借口多跟女红有关,找绣花样,鞋样,或者请教毛衣针法,从未承认是想喝人家的糖水。晓星比我大两岁,似乎年龄自会教给人沉稳和从容,当我因无法绣好一只燕子的翅膀而苦恼时,晓星已经对针法稠密、颜色繁多的鸳鸯跃跃欲试了。

夏天,我被晓星邀请去她家,一个离管村只有五里地的村庄。似乎也未思忖,直接就答应了。人年纪轻时多莽撞,自以为是且不明事理,但并没有谁觉察或者反省过自己的幼稚。上午,我们掀开塑料布,从空屋里推出来的自行车重又焕发光彩,在棉纱的擦拭中,闪烁的笑容从我们脸上延展到它们身上。不久我们就骑出林场大门,沿着一条缓坡一路向北。周遭山腰是茂密的玉米地,齐刷刷,绿茫茫的,石头砌成的堰边,像一条条白线将它们分成条状。土路两边,有大小不一、参差不整的杨树。一些岔道口,出现被经年雨水冲刷过的土崖和深沟,沟里绿蒿葳蕤,带着一股阴森的气息。风在夏日因其稀缺而让人喜悦,我们蹬着自行车,艰难地爬行着,满脑子都是那些深沟传递来的危险信号。

驱散紧张最好的方式是说话,我跟晓星,不约而同提起初次骑自行车的情形,都是八九岁的样子,推着家里唯一那辆父母骑了好多年的自行车,在黄昏的街道上,将腿伸进自行车三角架里面,歪斜着身子,半圈半圈地蹬着车蹬。几个黄昏之后,作为家里的长女,自行车后衣架上,同时出现了妹妹们的身影,她们笑吟吟自豪的神情,仿佛某种无言的鼓励。我们在这种鼓励中,暗暗发誓一定要学会骑自行车。在其后,我们不停地练习跨梁动作,将脚尖蜷起来,将脚面收起来,快速跨过去。更多的时候,我们会发觉自己的右脚是多么多余的一个器官啊,它阻挡了自行车允准和接纳我们的好意,也阻挡了我们技艺的提升。当我们终于可以坐在车座上时,才发觉,面前的世界如此高大、空旷而坎坷不平。我们试着自如地掉转方向,左转,右转,不停跌倒,再不停爬起来。我们终于可以骑着自行车沿着河沟边行走,去往场院,去往街衢,去往人家。随着脚下完整的蹬车动作,转圈的幅度越转越大,我们制造出哗哗的大风,在耳边不停响起,又将我们的头发吹乱。妹妹在后面追着,气喘吁吁,小脸通红。风中,很快就传来她的央求,我们捏闸,试着慢下来,再慢下来,自行车仿佛就要停下了,倘若我们身子歪向一旁,肯定会带着自行车一起倒下的。

事实的确如此。

那个黄昏特别漂亮,满天布满瑰丽的云霞,神奇的是,那些彩色的光芒很快映在大地上,村庄变得通红,场院、饲养处、庙院,包括谷秸、柰子树、牲口和我们,都变得红彤彤的,天地间充满了一股喜气。一股强大而蛮横的力量让我毫不费力地跨上自行车,在高高的车座上,我看见了天空倒映在温河里,另一面天空虚假而真切地呈现。那一刻,天地已非原来的天地,而村庄更非旧有的村庄,包括骑车的我,也不是刚刚推车出门的那个我了。当妹妹喊我的时候,我高声说,"坐上来吧"。自行车并不停下,妹妹追着渐渐缓下来的自行车,然后双手拉住后衣架,用力跳上来。

她当然没有跳上来,"刺啦",刺耳的声音掠过我的耳膜,眼前的红霞瞬息暗淡下去，那股力量抽身而去，我突然变得异常无力，加上妹妹身后激烈的扭动和拉扯，我手里的车把，左右摇晃起来，根本来不及让自己沉静下来，我就向左一歪，又一声"刺啦"声掠过耳膜。

我被压在车梁中间，妹妹被压在后轱辘下面。当然，对于新手来说，这也是常事，我们并未泄气。只是，当我将身上的自行车推起，才看到，自己新裤子膝盖处，竟然拉了一个三角形的口子。转身看妹妹，她的裤腿被扯成两三个长条，风吹起它们，使她看起来像个逃兵。只有这一刻，我们才忧心忡忡，因为不知该如何走进家门，面对母亲。

"自行车是个奇怪的东西，仿佛它自身有某种特殊能力，无论我们倒向它的左侧还是右侧，每次都将被它死死地压住，承受它的重量和刺伤。"

晓星笑着点头，低头看看身下的自行车："好在，我们终于会骑了。我第一次骑车上路，遇见汽车时，那种慌张和惊惧，仿佛面对死亡。汽车的轰鸣声自远方响起时，视线里并没有汽车的影子，可是那时我就开始害怕了，我慌慌张张地试图下车，双脚就像被什么东西缠住了般，无论如何也下不来。就在这时，汽车在道路尽头出现了。经过挣扎，我终于跳下自行车，不管三七二十一，就蹦到排水渠里趴下了。汽车黑压压地朝自行车而来，我闭上眼，想象中，它被汽车压瘪，碎纷纷的样子，我的心里，有一种失去的疼痛。直到汽车过去很久，腾起的扬尘从半空中重新落到地上，我头上带着土和草，从排水渠爬上来，揉揉眼一看，自行车完完整整地躺在那里。"

晓星家住在山根下，站在她家院子里，能嗅到来自山林中的草木气息，湿润的，又是黏稠的，甜的，也是腥的。山腰处一块巨大的横石悬在院子上方。"其实，那石头离我家院子有段距离呢，有时眼睛也会骗人。"

那天晚上，我们坐在院子里，看见那块横出来的石头让夜空出现了缺口，仿佛星月也会从中流出来，跌入院子里，乃至我无数次低头观察脚下，有没有星星的尸体。停在檐下的自行车，影影绰绰有亮光，一闪一闪的，让人生疑。

那个冬天，我们学会了用毛线编织车座套、车梁套，花花绿绿的织物让自行车变得扑朔迷离。那时候，我们从未想过，未来会是什么样子的，但也没有做出将一生交付林场的准备，包括我们的父母，似乎只是在用林场时间来熬着我们长大成人。至于其他，也或许他们心里是有打算的，但从来不跟我们交流，只是每次当我骑车回场，母亲总是嘱咐，要尊敬师傅，不要一个人出门这种翻来覆去的话。似乎心里是有某种冲动的，但到底是想离开林场，还是想成就一个有理想抱负并对社会有用的自己，也不知道。邮差骑着摩托车轰轰隆隆地来，他卸下来自外面的报纸、杂志和信件便轰轰隆隆走了，很少停留。有次晓星坐着邮差的摩托车回了趟家，当然，当她回来的时候，没有摩托，也没有自行车，只能用双脚走完五里地。但她从此有了关于摩托车的亲身体验，一种跟自行车明显不同的速度让她常常向往。

当我们用钩针将毛线钩成自行车铃铛套，并将它严丝合缝地套上去的时候，是春天的事了。自行车因为这些新的装饰物，似乎也变得急切起来，乃至感觉它有自行出门的冲动。我们几个商量出一趟远门。目标是藏山。藏山属于县北苌池乡，每年四月，苌池都有庙会，作为苌池人，小司机极为骄傲，于是在他强烈要求下，我们设计了一条完美的环形路线。

从苌池到藏山，全是柏油公路，骑车在上面，感觉就像在水里走，绵绵的、柔柔的，速度却快。唯一让人生惧的，是汽车多，汽车一来，我们就自动列队，遁着最前面那个人的蹬行速度小心向前。汽车一走，我们就快速蹬几下，五个人排成一列。

把自行车停在了藏山护林员家院子里，五个人便开始登山了。那天我们去了水帘洞，上了梳洗楼，又爬到南天门，浏览了藏山全貌，下山时，天还早呢。回程却不顺利，这是一条完全不同于来时骑行的公路，而是一条曲折蜿蜒的乡村道路，颠簸崎岖，动不动就会遇见被雨水冲断的草桥，有些路来不及修理，凸凹不平，根本不能骑车。

奇怪的是，晓星突然骑不动了，一不留神，她就停下，推着车站在那里，愁眉苦脸的。小木匠的车架上正好绑着一根草绳，于是，就将草绳拴在晓星的车把上，由小司机和小木匠轮流来拽着她走。这样一来，速度就慢了，人也突然变得疲惫不堪。

直到天大晚我们才回到场里。在宿舍，才知道，原来这一路骑车，晓星臀部的一个大粉刺给磨破了。那个小小的车座,即便上面罩着毛线套子,依旧不能带来舒适感。晓星悻悻地说:"我将来一定要骑一辆摩托车,一辆有海绵座的摩托车,再不用吭哧吭哧汗流浃背蹬车了。"眼前倏忽出现她坐在摩托车上的样子,奇怪的是,她前面一直有个影子,能肯定的是,她的摩托车是由影子驾驶着的。

心里突然就涌出浓郁的忧伤。收音机里,一个柔和的男声正在唱:我们从夜从夜走到了晨,我们从冬从冬走到了春……

我们被自行车带到林场,并沦陷于此,这不是自行车的错,也不是摩托车的错。生命列车暂停行驶,是为了明日更长久、更宽阔、更快速地行进。这个道理,许多年后我才懂得。

晓星比我先从林场调走了。那次她是坐汽车走的。

她的自行车在场里放了好久,直到有一天她妹妹来,把它骑走了。

我最后一次骑车从林场大门出来,周围空荡荡的,所有吸附在身后的目光,都已消散,那一刻,我似乎成为一个与林场和师傅们再无瓜葛和关联的人。沿着大坡滑行到管村,那些曾经坐在门口的女孩都不见了,她们有的嫁人了,有的去城里打工了,还有的坐在炕上不停地绣花,等待媒人掀开自家的门帘。我只遇见那个刚刚学会走路的小孩,他扒着街门蹒跚地走出来。我朝他笑笑,拐上了公路。

(选自《散文》2021年第二期)

上河塘下的文脉

周荣池

运河堤被称为上河塘。上河塘也是运河堤近处区域的指代，是运河与城市接壤过渡的地方。它临近城市又远离城区，高高地张望着上河以东的城池以及平原。上河是悬河，河床高于城市的平面，最大落差有十多米，所以"上河"一称在地理上是实至名归的。汪曾祺在《我的家乡》中记录了这条古老的河流：

我的家乡高邮在京杭大运河的下面。我小时候常常到运河堤上去玩（我的家乡把运河堤叫"上河堆"或"上河埨"。"埨"字一般字典上没有，可能是家乡人造出来的字，音淌。"堆"当是"堤"的声转）。我读的小学的西面是一片菜园，穿过菜园就是河堤。……这段河堤有石级，因此地名"御码头"，康熙或乾隆曾在此泊舟登岸（据说御码头夏天没有蚊子）。运河是一条"悬河"，河底比东堤下的地面高，据说河堤和墙垛子一般高，站在河堤上，可以俯瞰堤下街道房屋。我们几个同学，可以指认哪一处的屋顶是谁家的。城外的孩子放风筝，风筝在我们脚下飘。城里人家养鸽子，鸽子飞过来，我们看到的是鸽子的背。几只野鸭子贴水飞向东，过了河堤，下面的人看见野鸭子飞得高高的。

汪曾祺说的"上河堆"或者"上河塪"便是运河沿线堤岸,也就是人们平素说的"上河塘"。

一

上河,是上游的河,上面的河,上天的河。

上河塘水土的质地与性格是独立而完整的。它们通过码头,在往来与虚实之间沟通。码头是河堤连接水路与现实的通道,它们是上河苍老而坚固的牙口,一口咬定了几千年顽固的光阴。我知道,运河一线三千多里有许多或大名鼎鼎或隐姓埋名的码头,有些还与历朝帝王颇有渊源。但不管有没有皇帝老子的脚步踩踏过,它们都是岁月里坚如磐石的事实。事实上,这些码头并不会因为皇帝的登临而改变作为码头的属性,倒是那些皇帝,因为似是而非的传说,被上河以及她的儿女们铭记。皇帝们的驻跸是对上河塘的临幸,更是河堤对现实的接纳与承载——如果没有河堤边的码头,皇帝的船只能南下北上,流水般地经过,无法在某块土地上展现他的天威。

上河塘的御码头,当然受过皇帝的恩荣。康熙皇帝六次南巡都曾在高邮停留,并在清水潭、南门大坝、南关外等地住宿。御码头是康熙第一次南巡在高邮停泊登岸处。《高邮州志》载,康熙"登岸亲行堤畔十余里,察其形势,召集生员耆老,问其致实之故,细与讲求"。他感慨颇多,留下《高邮湖见居民田庐多在水中,因询其故,恻然念之》等诗歌。皇帝的脚步走上了后来被"御"字圈阅的码头,上河塘成为皇帝从缥缈遥远的水上世界走向热闹现实的唯一通道。

康熙皇帝六下江南,每次都登临上河塘,乡人贾国维三次在场。贾家是望族,贾国维饱读诗书,他站在上河塘,期盼着龙舟的到来,好将一肚子学识和抱负倾诉给康熙皇帝,得到赏识。当然,他知道更重要的是祝颂,是要给一路舟车劳顿的皇帝说些讨喜的话,只有龙颜大悦,才能让才子肚里的诗气和才气变为现实里的喜气。康熙四十二年二月,康熙帝第四次南巡过高邮,身为举人的贾国维呈献《万寿无疆诗》《黄淮永奠赋》。仅从诗文的题目来看，大概率能得皇帝赏识。果然，引到龙舟上御试，作《河堤新柳》七律、《芳气有无中》五律两首——这才是展示腹中真正才情与诗意的时候。

因为之前有"万寿无疆"之类赞美的铺垫，这时候纯粹抒情的诗情画意就定然讨人欢喜了——从诗歌本身来看，贾国维是有真才实学的。于是康熙帝"褒嘉，旋命随驾入都。特颁白金二十两，为国维养亲之费"。后又将他召入宫中，作内廷馆阁纂修。皇帝褒奖的是他的才华和勤勉，也是表达自身的喜悦与满意，较之于之前同样是高邮人吴三桂的遭遇，贾国维得到最昂贵的赏赐——欣赏和信任，这是这位上河塘才子的机遇和荣幸。

康熙五十一年，他与状元王式丹等因事被革职。贾国维归休后，与兄弟朝夕相依，孝养老人，友爱备至。贾家以前有别墅、田地，他又开拓田地数亩，日夜教授子孙功课。他更留心淮扬水利，探本求源，察明究竟，百姓称之为"天官"。贾国维在码头受到皇帝的恩荣，也是在码头结束了显赫的人生。默默无言的码头是他人生篇章中的驿站，有始有终地连接着一生承前启后的命运轨迹。

这码头就是汪曾祺所写的"据说御码头夏天没有蚊子"的地方，一个如今被现实废弃不用的码头，即便是皇帝也不能让它再度光荣。后来新开的运河变道二十七公里，领首里下河平原江淮段的老运河变为明清运河故道，彻底成为被遗忘在荒烟蔓草中的漫长遗存。曾经繁荣的码头终于成为一个冷清的古代遗迹，像是告老还乡的功臣，虽然穿着当年皇帝赐给的黄马褂，但光荣与梦想已经随着时间老去。

二

我很小的时候，在自己的村庄里经常听到关于上河塘的名字和传说。彼时，母亲总是深情地说："上河塘放水了。"每年耕种的季节，上河都要通过干渠给广袤的平原放水。上河是土地和生活的源头、活水。母亲的深情大概是我自己体悟出来的，她是不会煽情的。她是上河人，嫁到下河来也并没有什么优越感，只是经常提起娘家上河的菜园。上河边上的高田也种庄稼，但更多的人家为城里人种菜——这里是城市的"菜篮子"。上河人和下河人不多的联系之一就是在冬天到下河来买芦苇，父亲也曾经撑船将野生的芦苇兜售到上河塘的菜园里去。他带母亲去，因为母亲熟悉那里。听说她小的时候经常到菜园里去，趁着夜色捡菜农丢下来的菜边皮，回来和为数不多的米煮粥喝。实在没有米的日子，外婆就让她一起去讨饭，她誓死也低不下头来，后来便成了嫁到下河的"老姑娘"。因为父母与上河塘下高田上人的接触，我由此知道一些诸如九里、腰圩这样古怪而陌生的地名。父亲也曾带回来一些城里的食物，还有一些似是而非的新见识，以及母亲嘴里一些神秘的传说。他们讲"露筋娘娘"的故事，说得神乎其神。这个地方在上河塘出城几十里之外的乡村邵伯。邵伯是上河塘边的古镇，特别有名气的是那里的眼科医生。人们说故事的时候总是先这样说："高邮到邵伯，六十六……""六十六"说的是路程，人们常带病人去看眼疾，也都知道那里有个没有见过真容的"露筋娘娘"。我也没有真去现实里寻找，好在书上有更清楚的传说。这个故事是这样的：

有姑嫂二人赶路，天黑了，只得在草丛中过夜。这一带蚊子极多，叮人很疼。小姑子实在受不了。附近有座小庙，小姑子到庙里投宿。嫂子坚决不去，遂被蚊虫咬死，身上的肉都被吃净，露出筋来。时人悯其贞节，为她立了祠。祠曰露筋祠，这地方从此也叫作露筋。

当然，这个故事所表达的价值观是过度卫道的，让人感到不适或不安。汪曾祺说到"露筋晓月"的故事心中不悦，他认为"这是无心肝的卫道之士胡编乱造出来的故事"，并认为"这是对故乡的侮辱"。他在《露筋晓月》里回忆道，一次，他坐小轮船从高邮到扬州，中途经过露筋。由于轮机发生故障，就在露筋抛锚修理。这时，"高邮湖上的蓝天渐渐变成橙黄，又渐渐变成深紫，暮色四合，令人感动"。可偏偏有人在这时大煞风景地谈起露筋的来历，他听了不悦，便"回到舱里，吃了两个夹了五香牛肉的烧饼，喝了一杯茶，把行李里带来的珠罗纱蚊帐挂好，躺了下来睡着了"。不久，见一只麻雀大小的蚊子盘旋于帐外，并将针嘴伸入帐内，正要叮他，却被他手疾眼快攥住了长嘴，用棉线绑住，压于枕下，那蚊子既进不来，又飞不走。于是，他和蚊子之间就有了一段意味深长的对话。

他问蚊子："你是世界上最可恨的东西，为什么要生出来？"蚊子说："我们是上帝创造的。""你们为什么要吸人的血？""这是上帝的意旨。""为什么咬人又疼又痒？""是叫人记住他们生下来就是有罪的！"

他听了很是生气，便伸出双手，想隔帐拍死蚊子，谁想压在枕下拴蚊子的线脱出，蚊子带着一截棉线飞走了。轮机修好后，一声汽笛，把他从梦中唤醒。这时，他靠着船的栏杆，只见"晓月朦胧，露华滋润，荷香细细，流水潺潺"……

汪曾祺写过秦邮八景，"露筋晓月"便是其中之一。但他梦中所记似乎也有些魔幻，他是用自己的善意去改变这个故乡传说给人们带来的不安。"露筋晓月"虽然自古就被认为是一县之胜景，但到底并非实景。"露筋"的故事和"晓月"的夜色都避实就虚，至少是需要一定想象力的。无奈的是，人们的想象似乎并不完全是美的取向，这自然与汪曾祺"人间送小温"的性情不一样，所以改变只能在他以乡情为名义的笔下深情地进行了。

上河的景致与传说古来多矣，所谓遵循传统的八景或十景只不过是一个便于记忆的噱头，也是古人组团推销地方文化遗产的朴素手段，所以优劣真假囊括其中算是情有可原。清顺治年间，吏部郎中孙宗彝曾著有"秦邮八景"诗八首，盖有"神尧仙山雪浪飞，晓月明灯玉女回。甓珠西湖邗沟柳，文台东门龙裘堆"之说，内含古八景：神山爽气，西湖雪浪，露筋晓月，耿庙神灯，玉女丹泉，甓社珠光，邗沟烟柳，文台古迹。这些大抵都在上河塘，汪曾祺也多有流连与书写。这位后来远居京城的游子明白，确实是大河里的过往和传说养育了岸上的想象与现实。

三

汪曾祺在文章中自述："我小时学刻图章，第一块刻的就是'珠湖人'，是一块肉红色的长方形图章。"1991年9月、10月间，汪曾祺应邀第三次返归故乡，一向笔墨上慷慨的先生为了书画酬唱，允乡人专门连夜为其治印"珠湖百姓"。珠湖便是高邮湖，因湖中常有珠光得名。宋代沈括《梦溪笔谈》有载：

> 嘉祐中，扬州有一珠甚大，天晦多见，初出于天长县陂泽中，后转入甓社湖，又后乃在新开湖中，凡十余年，居民行人常常见之。余友人书斋在湖上，一夜忽见其珠甚近，初微开其房，光自吻中出，如横一金线，俄顷忽张壳，其大如半席，壳中白光如银，珠大如拳，灿然不可正视，十余里间林木皆有影，如初日所照，远处但见天赤如野火，倏然远去，其行如飞，浮于波中，杳杳如日。古有明月之珠，此珠色不类月，荧荧有芒焰，殆类日光。崔伯易尝为《明珠赋》。伯易，高邮人，盖常见之。近岁不复出，不知所往，樊良镇正当珠往来处，行人至此，往往维船数宵以待观。名其亭为"玩珠"。

这段记载中的"友人"就是北宋时期高邮著名的文人孙觉。这一年秋闱，孙觉高中进士，人们觉得孙觉高中是因为看见了珠光而沾了祥瑞之气。其乘龙快婿黄庭坚为此特地赋诗《呈外舅孙莘老（二首）》：

> 甓社湖中有明月，
> 淮南草木借光辉。
> 故应剖蚌登王府，
> 不若行沙弄夕霏。

如果说贾国维给康熙皇帝献的是政治诗，万寿无疆的祝颂也未必不真诚，但他的这种诗情多少是势利的。当然，毛遂自荐勇气可嘉，讨人欢心的话也算讨喜，毕竟献诗的对象是龙舟上的皇帝，换作谁也不可能淡定地让机会随大河水流去。而作为孙觉的女婿，黄庭坚给老泰山写这么一首诗——我们也无从考证这首诗是他婚前所写，还是日后所为——但无论如何，这份取悦上人的诚心还是可喜的。况且，黄庭坚在诗中并没有表现出那种"万寿无疆"般的冲动和热烈，而是显得相当克制与体面，甚至都没有说老丈人当初遇见的珠光是什么神光与仙气，而是说成"甓社湖中有明月"。当然，接下来"淮南草木借光辉"就在看似平和的语气中表现出一种难掩的光辉，那是淮南的草木都要借光的闪耀，这比起沈括一板一眼的记载似乎更加模糊，但却更加美妙，这正是诗的绝妙之处。

不知道汪曾祺心里有没有这样的神光，但他也像那些士子们一样，带着这些故事从上河塘离开了故乡。从他诸多叙述离乡的文章里，看不出他从水路还是陆路离开这座城池，但可以肯定的是，无论如何，他一定是从上河塘出发的，这里是他生命和精神成长的起点。上河塘作为一条河边的古老道路，从始至终是这座小城南来北往与古往今来的通途。

游子的脚步无论走到哪里，脚上总沾着故乡道路上的泥土，心里总放不下上河塘那如幻境般的水天一色。这水天一色究竟是什么呢？文人、故事、传说，其中又有书生智慧、民间才情和世道仁义，这些构成了一个地方厚实的文脉与传统。这些看似虚实相生，甚至似是而非的存在，养育了一个地方的精神与气度。我们不需要舍近求远去问道，也不要洋为中用去嫁接，老家和过往之中就有这种用之不竭的精神财富。它们不故作高深，也不晦涩难懂，甚至只在水土草木之间流淌，无私而又无所求地养育着我们的前世、今生，以及未来。

汪曾祺离开几十年，后来回乡也不过三两趟，但在他水一样的文字里，你永远都能看到上河塘那唯美的秋水长天，这就是水土养育出来的文脉：

湖通常是平静的，透明的。这样一片大水，浩浩渺渺（湖上常常没有一只船），让人觉得有些荒凉，有些寂寞，有些神秘。

黄昏了。湖上的蓝天渐渐变成浅黄、橘黄，又渐渐变成紫色，很深很深的紫色。这种紫色使人深深感动。我永远忘不了这样的紫色的长天。

（原载《美文》2021年第2期）

凤凰琴

当一朵茉莉渡过沧海

潘向黎

2016年5月，和妹妹一起去冲绳度假。那里的海蓝得非常浓艳，植物绿得恣肆，到处开着艳山姜、珊瑚藤、扶桑、炮弹百合，妹妹这个园艺爱好者一直很兴奋。而我发现这里的食物很美味，而且和日本其他地方不同，比如居然有韭菜炒猪肉这样的非典型日本菜品。15世纪到19世纪的琉球国王宫首里城因为大量运用石砌和原木，有一种质朴浑厚的感觉，特别自然，如同地里长出来的一般。5月的冲绳已经热了，阳光很猛，遮阳帽、太阳镜、喝水一样不能少。进所有大殿都需要脱鞋子，出来又要穿鞋子，有点麻烦，但我们仍然在里面盘桓了一天。

很喜欢冲绳，但在冲绳，让我印象最深的，却不是景色，不是植物，不是食物，不是古迹，而是一件小事。到了宾馆，我照例要先喝茶。看到各种赠饮的袋泡茶里面，有一种以前在日本宾馆没见过的茶，平假名读出来是 sanpin 茶，发音很像"三品恰"。"恰"是日语"茶"的发音，但"三品"是什么？旁边小字片假名注明是"贾斯敏恰"，哦，茉莉花茶，果然原产地写的是中国。茉莉花茶，日本其他地方也有，一般都叫"贾斯敏恰"，"贾斯敏"是从英文过来的，jasmine，很好理解。这里为什么偏偏不叫"贾斯敏恰"？如果因为和中国渊源特别深，直接从中文"音读"过来，不应该和"茉莉花茶"接近的发音吗？茉莉花，怎么会是"三品"？这奇怪的"三品"是从哪里来的？

几天里在冲绳很多地方发现"三品茶"的身影，于是决定非弄清楚不可。终于，在首里城中心的一个茶室里，我无意中得到了答案。这个茶室是古代琉球国接待外国王子和使臣吃茶点的地方，颇为清雅，进去后大家坐在榻榻米上，讲解和奉茶的女服务员都穿着古代琉球宫廷侍者的服装，大致是大红纯色和服上罩一件白底蓝印花的长马甲，给我们这桌斟茶的时候，我用日语夸了一句"衣服真好看！"，女服务员马上含笑致谢，然后告诉我："虽然现在是我们穿着，但其实这是古代琉球宫廷男侍从的服装。"

那天的茶点套餐是没有选择的固定套餐，一个柿子红的漆盘上，一枚琉球传统图案的点心，一杯茉莉花茶。杯子是宫廷风的富丽图案，放在黑色的茶托上，我和妹妹忍着笑交换一个眼色：在中国，茉莉花茶极少得到这样的待遇。在慢慢品尝茶点的时候，我在桌子上的宣传册页上看到了一个对我正在喝的茶的说明："香片茶就是从中国传来的茉莉花茶，据说在六百多年前传到了琉球。在冲绳话里将'香片'讹传成了类似于'三品'的读音了。而香片是花茶的一种，主要在绿茶中混合茉莉，让花的香气转移到茶中。比起绿茶和乌龙茶，香片是冲绳最受欢迎的茶。"

原来如此！三品，是从"香片"来的。除了发音的讹传，还因为冲绳人不理解我们的"香片"已经包含了"茶"的意思，于是再加上了一个"茶"字，结果就弄出了一个连我这个学过日语的中国人都不好理解的"三品茶"了。

我平时是不喝花茶的，但那天细细地喝了，有一部分是因为入乡随俗，主要是因为一个疑问得到了解答而心情愉快。

一切都是有缘故的。疑问的正面是不明白、不理解，背后就是一个你不知道的缘故。那天，在首里城那间如今已经不复存在的茶室里，我意外明白了"三品"背后的缘故，恍然大悟之余，原来的"岂有此理"顿时被一种"原来如此"的会心所代替。那一刻，我觉得和很多年前的那些琉球人——原本远隔岁月而面目模糊的，突然心灵相通了，几分钟前还因无法理解生着闷气的，突然就有了默契，相视而笑了。

后来，2019年10月，首里城失火，正殿、北殿、南殿等主要建筑均被烧毁，世界文化遗产竟这样付之一炬，我们姐妹很是震惊和惋惜。但是，对我来说，那天在那间茶室里，那突然降临的愉悦瞬间依然在这个世界的某处闪着光，散发着香气，像夏天暗夜里的茉莉花。

度假只是度假，人总要回到日常里来。这些年，母亲是一个人住的。她一个人的日常安排得井井有条，窗明几净，每次回家，我都有些自叹不如。但是有一点，我一直受不了，就是她对节约用水的执念。

对，不是全面的节俭，仅仅是节约用水这一件事。母亲在其他方面都持有正常的消费理念，注意品质和适用，绝不会一味求便宜，也不会因为过于节俭而放弃应有的各种小享受。每当我看到许多人抱怨父母节俭到刻啬、不通情理的时候，我都会暗暗庆幸：还好，妈妈不是这样，妈妈的消费观还是颇为先进的。但是，不包括用水这件事。只要和水有关，妈妈就特别节约，而且几十年如一日。

她80年代去日本，看到日本有这样一款马桶：储水箱上方出水，可以先洗手，洗完手的水再进入储水箱，积攒起来就可以用来冲马桶。90年代家里装修，她心心念念买了两个这种马桶。虽然洗手不如正式的洗手盆方便，但确实比较环保，所以我没有反对。

但她坚持要在家里循环利用水。洗手、洗脸、洗澡的水要留起来，冬天热水器刚开始放水的几分钟水是凉的，她也要留起来。她会用各种容器把那些水装起来，做各种用途——给钟点工洗衣服、做清洁、拖地板，等等，最后还要用来冲马桶。浴室里因此总是放着各种盛水的容器，看上去像准备停水三天，或者像是家里到处在漏雨。我看了就皱眉头。而且地上难免会有水渍，需要不停地擦，以避免谁踩上去滑倒，我更是觉得心烦。

只要和水有关，母亲就特别在意，甚至有一些紧张。我劝了很多次，一点没用，于是生过几次气，心想：明明可以过得更方便更舒适，为什么母亲要和自己过不去？同时觉得亲生母女之间怎么如此难以沟通，令人沮丧。

后来有一天，聊天的时候，母亲又说起当年在福建莆田华亭中学当教师的日子（华亭那个地方，六七十年代叫"华亭公社"，现在是一个镇），当时华亭没有自来水，用水是要穿过整幢教师宿舍楼，走一段路，再走下长长一段石阶，再走一段路，到学校唯一的井去打水的。吊桶很大，当时母亲是二十几岁的、身材纤细的女孩子，用那样的大桶打水，对她来说是很费力气的。后来母亲怀上了我，仍然要去打水，如果井台边有其他同事，经常会帮她把水打上来。而母亲特别感念一位叫李焕文的前辈同事，只要看见我母亲端着洗衣盆往井台走，他常常也马上去洗衣服，好顺便帮她打水。这位李焕文老师现在已经九十多岁了，不知道他是否记得当年的这件事情，而我母亲实实在在地念叨了几十年。从她的念叨中，我听出了她的感动和感激，也听出了她当时独居异地、体弱又怀孕的艰难。

生下我以后，父母分居两地的问题还是得不到解决，所以母亲只能一个人带着我，继续在华亭艰苦而忙碌地生活。她是中学英文教师，还要带一个孩子，还要做全部的家务，包括每天去打井水，挑两桶回来。她挑不动整桶的，只能每一桶六七分满，然后走一段路，走上长长的台阶，再走上一段路，再穿过整幢教师宿舍楼，然后把来之不易的井水存在我们家的水缸里，供一天的使用。因为忙，她干活的流程和一般人完全不同，比如洗衣服，她没有时间把衣服拿到井台边一口气洗出来，她是这样做的：上课之前，先把衣服泡到水里，打上肥皂，然后去上课，课间操有二十分钟，回来搓干净，然后再去上课。等到下了课，再拿到井台那里过清。

这些话，我听了很多遍了。但是最近这一次，母亲轻轻地加了一句："当年，清水真是来之不易。因为有当年这样的经历，所以我对水特别珍惜，只用一遍就倒掉，我心里真的舍不得。我就是习惯了。"

我们聊天是在厅里，母亲这样说完，就转身进了卧室。我一个人在厅里，觉得醍醐灌顶的同时，心里的滋味有点复杂。是这样。原来如此。我怎么没想到呢？作为和她一起在那个没有自来水的地方生活了十二年的长女，最最理解她对清水的爱惜和节约用水的执念的，不应该是我吗？可是，如果没有她的解释，我居然也没有悟出这背后的缘故。

后来我特地打电话对母亲说：我理解你了，真的。

母亲这才对我说：我节约水，不是想省钱。我知道世界上还有许多地方是缺水的，我们不能因为付得起水费就任性。水龙头一开就有水用，我觉得已经很方便了，看到水还清清的就让它流掉，我确实会心疼。家里存着一些现成的水，倒来倒去，这样循环利用的时候，我心里很舒服很愉快。

一种方式，母亲觉得不安和心疼；另一种，母亲觉得很舒服很愉悦，她当然坚持后一种做法了。而我，知道了背后的缘故之后，终于也觉得她的做法不需要改变了。

不知道为什么，我想起了冲绳的三品茶。如果你知道六百年前那些茉莉花如何经历风波渡过沧海，最早喝到茉莉花茶的那批琉球人如何努力地学发"香片"这个发音，或许你就可以高高兴兴地接受手里的那杯茶，不论它被叫作茉莉花茶，还是香片，还是三品茶。

都市是一个陌生人的人海，大多数时候人们都匆匆擦肩而过，没有时间或者缺少动力来解释自己，没有兴趣或者缺少机会去了解别人，发现差异只会觉得奇怪、费解或不快，有时甚至觉得无理可喻而引发心理冲突和行为冲突。因为都市中的人，来自不同的地方，带着不同的口音和心事，经历了不同的旅途，以自己也未必认同的面目和身份，在此不期而遇。我们来寻找梦想和自由，却劈头撞上了差异和隔膜。

当一朵茉莉和我先后渡过大海，异乡重逢的时候，连我这个家乡人都不能马上认出她来；当一个亲生女儿都需要提醒才能理解母亲的一个生活习惯；可以推断，都市里的人，你、我、她、他，每一个路人甲乙丙丁，其实都是一朵朵孤独的茉莉，各自背负着自己的过去，各自辛苦地渡过了自己的沧海，相遇在繁华喧嚣又空旷微冷的时空中。

差异是多么自然而然、天经地义，并且应该得到超越了解的接纳和理解。

当一朵朵茉莉渡过了沧海，独来独往是一种活法，不必执手、相视而笑是另一种。

（原载《青年文学》2021 年第 4 期）

一条大河（节选）

习习

1

大学二年级寒假，我们几个同学相约到兰州以南的临洮县游玩。当地同学领我们去郊外一座有寺庙的大山，冰天雪地，我们骑自行车，你追我赶，头顶冒着热气。和我们一路并行的是一条瘦长的河，河结了冰，像一条白绸子。累了，到河上休息，一低头，惊呆了，冰面下凝结着厚厚的一模一样碎小的冰花。脸贴着冰面，我相信，有那么一刻，我和那一河小精灵有过一段静默的对视。这条小河，静谧地匍匐在冬天的荒野里，它忽然间宏大了起来。若干年后，在祁连山七一冰川，我惊异于山脚下雪白的冰川是由一根根小冰簇精密结构而成。再若干年后，在嘉峪关漠北，隔着荒漠，正对着明朝蒙古人进关的祁连山唯一一个豁口——卯来泉堡，堡子旁边，清澈的泉眼四周，轻轻盖着一层睫毛似的花瓣形冰花。

河水、冰川、大漠中的泉水，它们用特定条件下被冻结的奇异姿态，呈现时间凝滞的样貌，仿佛在纯真地对抗赫拉克利特的寓言。在青涩懵懂的年岁，那个世界著名的理论——人不能两次踏进同一条河流——对我来说，真的只是一片薄薄的理论。

我们爬上那座离县城二十多里地的黄土大山，寺院在山巅，风把寺塔檐角的铜铃摇得满山脆响，枯叶簌簌，大山散发着冬季特有的隐忍又深厚的气味。在枯叶中，当地同学教我认识了两种植物：王不留行、淫羊藿。我熟记它们，一半兴趣和我对文字的喜好有关，王不留行像高古的侠客，淫羊藿则有些小色情。恰好这位同学姓王，他父亲是乡里的郎中，一路上，我忍不住叫他"王不留行"，他则立刻用他父亲的方言浓郁的中药歌诀来对和我："王不留行穿山甲，乳房胀痛常常用。"我们便笑。

那条瘦长的冰河流到山下隐入了沟壑，在山上，我总要朝那条结满冰花的小河望过去。

我相信，铭刻于记忆的一些奇异，总是暗含隐喻。

后来知道，那条小河最终汇入洮河。果然，盛大的故事在后面，春天到了，洮河消融，河面上堆满晶莹剔透玛瑙般浑圆的冰珠，这就是被人们称为"洮河流珠"的盛景。在我看来，这满河的冰珠就是那些冰花的果实，它们簇拥着推搡着喧嚷着，带着一河生机，流向要抵达的地方。

认识事物的真相，需要时间。很多年后，我才真切意识到（其实地理课本早已灌输），那条曾经接纳了奇异冰花的洮河、世人唯独在它那里看见过玛瑙般流珠的洮河，它流啊流，流到最后，流入的正是我身边一条日夜流淌的大河——黄河。而且，作为黄河上游最大的一条支流，在时间上，洮河与黄河一样源远流长。

仿佛是在回溯，从时间之上的空间或是空间之上的时间。也许其中还暗合着人们都知晓的比喻，河最像时间，时间也最像流不到尽头的河。

如果继续往上回溯，回溯和上述密切相关且和古老的黄河密切相关的还有什么？

我后来去了位于临洮县的马家窑遗址。一片临着洮河的台地上，在青葱的玉米地埂边，一位酷爱马家窑彩陶的同行者给我讲述远古时期热气腾腾的制陶景象。那天前夜，下过一场大雨，雨水冲掉了坡地上的一层泥土，坡上露出很多新鲜的碎陶。定睛那些陶片，想象环绕着它的器形和上面的图画。一定和博物馆陈列的一样，先民用人类童年的线条，在陶器上绘出河流、河里游动的蛙、河水浇灌的田畦……马家窑彩陶，是黄河5000多年前历史文明的最确凿的实证。黄河从哪里流过？它一路接纳了哪些河流？先民依偎着他们的生命之河如何生息？这些我们无法目睹的事实，马家窑彩陶在静静表达着。

2

黄河西来，南山北山夹峙着穿城东流的河，城随河，蜿蜒成一根长带。矗立的大山和流淌的河流以这样动静结合的架构，构成了兰州的基底，也成为兰州所以在2000多年前成为固若金汤的军事要隘并渐渐繁衍成城市的缘由。

黄河是兰州存在的根本。

我的母亲，几辈人生活在和北山隔河相望的南山。南山是典型的黄土地貌，人们靠天吃饭。走在盘旋到村子的羊肠小道，一回头，总能看见城市的一角、一块儿和乡间颜色不一样的天空。但看不到黄河，它韬光养晦藏在看不见的低处。

我的父亲，祖辈生活在黄河北岸，那里虽临山不远，但在很久以前，平坦狭长的黄河谷地，农业已依河而生。父亲出生在一个叫十里店的地方，那里曾是古丝绸之路的一个驿站。河滩上枣树成林，父亲说，枣儿成熟时，摘下的红枣在河边堆成小山。爷爷不搞种植，他是个匠人，在林木繁茂的十里店做寿材营生。爷爷50多岁就离世了，留下奶奶在世上又活了40多年。爷爷走之前，给奶奶做了一口寿材，白森森的寿材端正地架在小院偏房的两条长椅上。坚硬的柏木，细腻丰饶的花纹。我们会从窗户缝长时间窥望，一个空空如也的棺材，就在奶奶出出进进的院落一角耐心地等着她，那时，想起一个必然的结局，难过得就要哭。

河北岸的大山是灰白枯瑟的石头山，是河边永久矗立的沉默的屏风。夏天，我们在河滩玩耍，手拉手，努力试探着往河里走，看到河对面的人影，就撕心裂肺地大喊："河北里的破山石！"母亲所在的南山，离河远，农人的生活因缺水尤为艰辛，吃的是地窖里储存的雨水，每每舀上一盆，要澄很久。早晨，共用一盆洗脸水，先是老人大人，后是我们孩子，到最后，脸盆上浮着一层油腻。我们用舅母自制的胰子洗脸洗手，滑腻腻的胰子竟是猪胰脏所做，我那时老想不通，用油腻洗脏污，竟能一清二白，只是水最后稠了，稠了也不能随意泼掉，要倒进杏树窝里给树喝。从兰州城的格局来看，隔着黄河，南山北山最门当户对。村里，办喜事的爆竹噼里啪啦一响，大致又是南北两山上的一对新人结合成了一家农户。我阿舅的大儿子，娶的就是个北山媳妇，黑脸大眼睛粗辫子，性情羞涩。反正说不清哪里，我觉得和南山的人就是有些不一样。

但南山上我的母亲和河北岸我的父亲联姻了，原因是他们成了新中国一个新的阶级——工人。军事重镇兰州一下子转身为新中国最重要的工业基地之一，那时候，城里工厂密布，长长的白围墙隔开一个个厂院，人们见面以师傅相称。我母亲是白气蒸腾的柔软的针织厂女工，我父亲则是圆木堆积、电锯嘶叫的木器厂的木工。下班后，母亲爱穿红高跟鞋跳交谊舞，父亲喜欢在大院里耍弄木头刀唱样板戏。

每年过年，我们全家要去高高的南山上给乡里的姥姥阿舅拜年，还要过到河对面，到十里店和奶奶叔叔们吃年饭。黄河上的桥，对我父亲母亲来说，有点儿像神话里的鹊桥。如果时间再往前推几十年，他们见一面还要坐羊皮筏子。

1909年8月19日（清宣统元年七月初四），黄河上游段，第一座横跨黄河的大桥竣工通行，这个桥被称为"天下黄河第一桥"，是一座铁桥，就建在兰州。铁桥的建造充满传奇，帝都以巨额投资罕见地眷顾了兰州这个边塞一隅，而且是在积贫积弱风雨如晦的慈禧时代；之外，建桥的所有材料来自遥远的德国，工程师是让兰州老百姓倍感新奇的外国人。大批钢材从德国运至天津后，经过火车、骆驼、骡马、人力，历时近两年，才完全运抵兰州。

黄河在兰州流淌得非常沉静持重，即便到盛夏，远远望去，河水陡涨，河面愈加开阔,但水流愈加滞重,甚至看不到一朵翻起的浪花。

  河的天性桀骜不驯,黄河,这条中国第二大河,在我看来,没有古人所言的"上善若水"的中庸。在兰州,一个巨大的悖论是,黄河穿城而过,但南北两山艰辛的人工绿化直到今天一代代未有中断,历史上甚至有过背冰上山的壮举。河低岸高,即便曾经水车林立,但大山始终焦渴。黄河不愿主动融入人们,在兰州,它制造难题,特殊的地理形势造就的兰州人的脾性,是缺水的脾性,干爽硬朗,更像黄土疙瘩,厚拙而包容。

3

  2019年9月,几个写作的人在饭桌上议起兰州名称的由来。一个小名叫"尕蛋"的兰州作家说起了小时候的事情。

  一二三四五六七
  马兰花开二十一
  二八二五六
  二八二五七
  二八二九三十一

  尕蛋说,这是她小时候,女孩子们跳皮筋时唱的歌谣。马兰是一种兰草,有些老人又叫它马莲。那时候河滩上、路边、山上,到处长着马兰,一大片一大片。马兰开花十分好看,望过去,一片马兰草,就是一片翩翩欲飞的紫蝴蝶。女人们割了马兰,把叶子用水泡韧后晾干,用简单的捻线工具就可以捻麻绳了。尕蛋还说,兰州的得名和黄河也直接相关。"洲"字按照古意,是水边之地,只是在兰州,虽然大河穿城,但自古缺水,又为了省俭,就少了三点水。尕蛋说这些,言之凿凿,仿佛一个考据专家,"州"的解释听上去多少有些演绎,但叫她说得确有其事。这算不算解读"兰州"的一个民间版本呢?

关于马兰，有史料可查。早在《楚辞》中，马兰已经出现，《楚辞·七谏》："蓬艾亲入御于床笫兮，马兰踸踔而日加。"《本草纲目》载，马兰入夏，高二三尺，开紫花。植物学家孔宪武，在西北师范学院、甘肃师范大学任教五十余载，经过长时间田野考察，他写了《兰州植物通志》一书（甘肃人民出版社1962年版），书中记载："马兰，多生于道旁、田边或河床，兰州附近甚普遍，叶内纤维强韧，可代绳以缚物……花期四月，美而香。"

兰州古称"金城"，和尕蛋一样，我们为何要执意于琢磨"兰州"这个名称的由来？于我而言，也许我想探寻兰州另一种气质的由来，它铮铮铁骨固若金汤中的柔婉细腻；我想探寻兰州作为军事要隘之外，之所以这样称呼它的日常意义。有时，我还会忆起在兰州博物馆看到的白衣寺塔的天宫宝刹里藏过的一个小荷包，荷包上，肃王妃刺绣了精美的兰草。

兰州人的脾性，是缺水的脾性，干爽硬朗，像黄土疙瘩。但朴质的黄土，一样能生出柔美的兰草。

4

2月末的一天，我的生日，我会登上黄河北岸的大山，在高处，静坐、眺望。心内安谧，视野开阔，那是我喜欢的时刻。我竭力调整角度，以便和那幅画的视角更为接近。

那幅画是一幅全景式的设色山水画，名叫《金城揽胜图》，成画时间大约在清朝同治和光绪年间。这位佚名画师选定的作画地点，正如我依照他的视角选定的地方，兰州城一览无余。这幅笔触细腻的纪实绘画凝固了旧时期兰州的样貌，它是我最早认识兰州城地理形势的一个完整的参照，也是我兴味盎然地比照古今变化的一个时间坐标。

有时候瞩目那幅画和瞩目面前山河，二者的景象会叠加，让我对时间产生一种恍惚。时间之河有多长？人真的不能两次踏进同一条河流？我的追溯和瞻望，仿佛正沉入时间中的空间抑或是空间中的时间。记得某天，我陪父亲，回到十里店，在河边，夕阳下，父亲白发皓首、身影苍老虚弱，但他身边的黄河还是他年少时的那条黄河，它一如往昔日日新鲜。

我想定，世代生活在兰州的人，他把目光凝聚到《金城揽胜图》，画面一定是活的。

隔河对望，我先看到画幅东边那一片璀璨的梨花，那里曾是我工作多年的地方。河都是个事件，它流淌出前因后果，狭长的阿干沟里流淌着阿干河，河水浇灌了河岸两侧的果园，果园盛产皮薄肉脆甘甜多汁的冬果梨。画面上，梨花云蒸霞蔚。我曾经工作过多年的一所学校，就在阿干沟畔，春天，教室窗外，梨花堆雪。画面上，还是春天，阿干河河水丰盈，河由南自北长长地流下来，在阿干沟沟口，因为阻挡了东西过往的行人，河上于是跨着那个建于唐朝的优美的握桥。阿干河在握桥下流过，汇入黄河。

我看《金城揽胜图》，时常心疼那些永久消失的古物，比如那精美别致的握桥，比如围绕着城池的厚实的城墙，还比如城池里林立的寺院和佛塔。作为先前的丝路重镇，佛教文化在兰州多么兴盛。可惜城池里地标似的最高耸入云的木塔也毁于一场大火，现在徒留一个孤单的巷名：木塔巷。鼓楼巷、金塔巷、箭道巷、骆驼巷，如果这些残存的地名也消失殆尽，附着于《金城揽胜图》上的历史将愈加稀少。

初春的兰州，风已经开始软了。望着山下的黄河南岸，一边比照《金城揽胜图》，我试图在图上勾画出每天上班经过的路线：小西湖—白马浪—黄河铁桥—西关—南关—五泉山。

可追溯到元朝的小西湖曾叫莲花荡，它紧邻黄河，莲花飘香，后来，明朝肃王想将家乡的西湖重现在这片水草丰美的地方，将莲花荡更名为小西湖。白马浪是黄河在兰州段的最湍急之处，因浪头形似白马而得名，与白马浪正对的正是曾经一夫当关万夫莫开的雄赳赳的金城锁钥金城关。年过百年的黄河铁桥以北，白塔山上矗立着建于明朝的俊秀的白塔。我还要路经曾经古城池的西关、南关，最后到达五泉山广场。五泉山是兰州南山上最灵秀湿润的一块宝地，传说霍去病西征，驻兵五泉山，在山上连甩马鞭五次，鞭过之处，涌出五眼清泉。我每天的路线，先沿河而行，然后向南，蛰入城中，继续南行，到达南山山脚。我所过之处，都绵延着深长的历史，这些历史，让我的日子有了根基。

可以上高山鸟瞰，又可以在河面上看大河长流的兰州人，心胸怎会促狭？

年少时，我对这条大河熟视无睹，年长了，我发现任何人、兰州的任何一处都与黄河有着难以割舍的关系。每天清晨，我朝滨河路走去，一眼看见在低处流淌的静谧的黄河，心内不由得感动。在兰州，每一天每一刻，吹过河面的风，吹过我，又吹向更远的地方。

（原载于《人民文学》2020 年第 12 期）

山中月令

周华诚

一月落雪。山中寂寂。

雪花压竹林,一片一片。一夜爆裂声,毛竹压坏不少。

雪花也有重量。雪花压在猕猴桃枝上,须除雪,不能听凭它压坏枝条。

这山中有小气候,气温不会太低。最低不过零下四五摄氏度,猕猴桃树能耐零下二十摄氏度大寒,现在出不了大问题。

山中清冷,三只鹰在高空盘旋,它们已是老朋友了。

在山中十年,人都以为老林在山中"修道"。十年前,老林到这人迹罕至的山中种猕猴桃,如世外隐居,也如人间修行。

老林大名林建勇,今年五十四岁。其人面貌敦厚、言语迟缓。一身青灰布衣,两脚黄泥裹裤。

他扛锄头拿柴刀,在丛林巨石之间钻进钻出,敲积雪,听山音。

三只鹰从高空见了他,恐怕也会认为他是"桃仙人"。

二月雪化。晨起,又钻进猕猴桃园看树。

每隔三天巡园一遍。全园有猕猴桃树一万六千棵,他要把每株树都看一遍。

主要看病虫害，他随身携带医用酒精、棉球、镊子、柴刀，若见枝上有病斑，就用酒精棉球处理。清除病菌，处理伤疤。

病菌弱小时好处理，防微杜渐。病菌大了，悔之晚矣。

他吃过亏。投下去一千多万元，造了一个猕猴桃果园，两万棵苗，到了三年后，快有好收成了，结果因为杀菌不到家，起了溃疡病，遭致毁园之灾。整个果园，猕猴桃树无一幸免。

他欲哭无泪。原来雄心勃勃，没想到如此艰辛。

怎么坚持下来的，他都淡忘了。

只记得是，在哪里跌倒，就要在哪里爬起来。

他把猕猴桃树全部砍完，等它们一点一点重新生长成林。

他现在走在猕猴桃园里，跟桃树可以交流了。要不要剪枝，枝条会不会累，缺不缺什么营养，他一望便知。

三月春风吹拂山间，涧水丰盈欢唱。

在园中开排水沟，给猕猴桃树施发芽肥。待母芽出来，又要疏芽。

园中春草萌发，万物生长，使人欣喜。

老林想起自己三十年前，在深圳背水泥的经历。他和工友一起，八个人，一天要背六车皮的水泥。总共四百八十吨，一人一天六十吨。一袋一袋水泥，靠肩膀扛出来。

那时候挣的钱，每个月八千块，真是拿命换来。

半个月下来，肩膀脖子，皮肤都烂开了。日复一日，皮肤扛不住水泥的侵蚀。

一年零四个月后，他带着攒下的钱，回到老家办了一家砖瓦厂。又过了些年，他进山种猕猴桃。

那样的苦都吃过了，还有什么扛不过去的？

四月，猕猴桃开花。

猕猴桃开花，前后一周，最长不过十天。

猕猴桃开花时，花很香，却无蜜，蜂子不喜欢去，这就需要人工授粉。

早上把花药提取出来，放在二十八摄氏度以下环境，过二十四小时花粉会自然爆出。要看好温度，如超过三十摄氏度，花粉活性会丧失。

再用机器喷粉，或是一朵朵花去传粉。

园子里，每二十株猕猴桃树里，便有一棵是雄树。雄树雌树，老林看叶看茎，也一眼可以分辨。仔细看，雌树的花朵，有一个初生的小猕猴桃，也就是在花朵中间，可见子房。

花开时，靠风传媒，花朵也能自然授粉。只是花粉很重，风吹不远，效果不佳。靠昆虫，效果也不佳。

猕猴桃花期短，园中有工人二三十人，都做授粉工作。这是最忙碌的时候。

因为花只等你三天。

猕猴桃的花，花瓣白色。第二天略微淡黄。第三天又黄。如果三天不授粉，第四天，花瓣就默默掉落。

花瓣白色的时候，授粉最好。

如到第三天授粉，畸形果就多。这就像人一样，状态最好的时候孕育，才会有高品质的结果。

如果授粉成功，花瓣黄得特别快。

猕猴桃开花的时候，老林就不做任何别的事了，只在一片花香弥漫之中传花授粉。他假装自己是一只蜜蜂。

五月中，要疏果。

猕猴桃没有生理落果现象，挂果太多，影响品质，产量也低。及时疏果，把那些畸形果、过密果淘汰掉。看看枝条。枝条旺的，多挂一些果。枝条弱的，就少留一些果子。

挂果，并把这些果子养大成熟，对果树来说，也不是一件容易事。

做这些活，没有多年的经验，办不到。

疏果之后，就要施肥。施膨果肥。把复合肥施在地表，离开根部七八十厘米的土地上。这时的营养要跟上。一棵树给半斤肥。大株的树就给一斤肥。

同时施叶面肥。一般如海藻、多糖、氨基酸，还有钙、镁等微量元素。有的可以同时施，有的宜分开施。

叶面肥很要紧，提高叶的光合作用。光靠根上吸收，也不是一回事。施了叶面肥，三天见效，第四天一看，叶子油绿绿的，光照下来，闪闪发亮。

这说明树很健康，精气神也旺。

肥料施在根部，一般要七天，树才会吸收到养分。

有了肥料，果子也长得旺。一个月里，果子迅速生长。今天看这么大，明天看就这么大了。见风就长，肉眼可见。

六月。

山地开沟排水。园里不能积水。南方的雨水季节，要特别当心猕猴桃受涝。

猕猴桃有几个特点：喜光怕晒，喜水怕淹，喜肥怕烧。

你就说吧，猕猴桃这么金贵呀，难伺候。

种什么都要对它的性格了解呀，跟人一样，彼此了解了，喜怒哀乐，冷暖都知，相处起来就不难。

七月，继续施肥。高钾复合肥，也是为了壮果。也要补充微量元素，硼磷钾锌铁钙镁，都要打上一遍。膨果期结束之后，施高钾肥三遍，这是为了集聚糖分。

这个月，施肥的工作量很大。

施肥过程中，要给果实套袋。这个工作量也巨大。老林的办法，是选择性套袋。不是每一个果实都要套袋。日头不直接晒到的，就不套，以减工。树叶能遮阴。

今年，老林套了五十万个袋。

明年估计要套六七十万个袋。

这事极费功夫，一个工人一天最多能套两千五百个袋。最多的时候，林子里有二十个工人在套袋。这项工作，前后持续半个月。

猕猴桃怕日灼。晒伤之后，果子的颜值不佳。本来里面是红心的，晒过之后，心就不红了。

这期间没得休息。还有夏剪——每年夏天都要修剪一次枝条，从五月底一直持续到八月，有空就剪。让枝叶疏朗，利于通风、采光。如闷头憋着，容易起病。

树跟人一样，它也喜欢阳光，喜欢新鲜空气。

干旱的年景里，也要时常浇灌，或用喷管喷淋。

草是不除的。草高的时候，人走进去，也找不着。这样自然生态好一些，也大大减少了农药的用量。

草茂盛起来，夏天能大大降低地表温度，也防止水土流失。虫子的食料充足，就不会上树吃果子。一般园子里有青虫、毛辣虫、金龟子，会吃青。

猕猴桃的叶子掉落地上，虫子们吃完叶子，就饱了，就不会上树去吃。你把虫子养懒了，它和人一样，坐着有饭吃，就不会站起来，更不会爬到远处去寻吃的了。

草多之后，明显的缺点，是费肥。草也吃肥，但是好在草没有长脚，到了秋天，草枯了，到了冬天，草就烂在地里。

这是用无机换有机，肥料本身，并没有流失。

七月时候，还要杀一次菌。从正月里猕猴桃树发芽开始，一共有六道杀菌。不同时候，杀不同的菌。

种猕猴桃真是复杂的事情。你都不相信有这么复杂和烦琐。一年到头，磨人啊。

这就到了八月。夏剪、灌溉，都在继续，杀菌、施壮果肥，没有完成的，也还要做。

为了来年花芽分化，提前打一次芸苔素。

到了八月底、九月初，沉甸甸的猕猴桃果挂满枝条，成熟期到了。

你去闻吧，满园子的甜蜜果香。

红心猕猴桃也有两种：黄肉红心、绿肉红心。

黄肉红心甜度高，有二十四个糖度。绿肉红心低两三个糖度。绿肉红心果形漂亮，长长的，好看。产量也更高，商品率好。老林喜欢绿肉红心。

九月采果。

采果须人工采摘。工人要修剪指甲，戴上手套。采摘时，大拇指往把子上一顶，把子就留在树上，果子到了手掌心。

老林不喜欢游客来胡乱采摘。有的人粗鲁，采摘时乱扯，就会损伤果树。果树留下伤痕，免疫力下降，溃疡病就会乘虚而入。

采果要持续二十来天。

猕猴桃从开花到果子成熟，要一百二十天以上。不像枇杷、杨梅，成熟起来有先有后，猕猴桃是一次成熟，一次全部采摘完毕。

三十斤一个筐子，边采边装，轻采轻放。选出小果、畸形果、破损果、虫咬果，让其他好果入库。采果当天，果子得进冷库。冷库温度零到四摄氏度。先在零下一摄氏度的空间，放置二十四小时，把果实体内的温度调下来。

果实也会呼吸，是活的。热度排出，再移库到零下四摄氏度，可以放四至六个月不坏。

六个月之后，果实的糖分就会分解，慢慢就不好吃了。

选出的差果，很快软掉，可以酿酒。

机器把果子碾碎，加进酒曲、白糖，放置缸内，低温发酵。

一缸能装一千五百斤。放置四十五天，这时候最有趣，缸内如煮粥一样，噗噗噗噗响个不停。

一日夜之后，缸内发酵的汁水就会往上扑。势同鼎沸。缸内也是滚烫的。同时酒香四溢，满屋子都是酒味。

不会喝酒的人，在这里待半天，出来会有酒后的微醺。

两日夜后，发酵转至平缓状态，此时可以搅拌，封口，静置四十五天。

十月。

也是最忙时候。

采了果，园子要秋剪、清园。剪去多余枝条，剪去挂果枝、病虫枝。剪下的枝，背出来，集中烧毁或是深埋。整个园地，做一次淋浴式喷洒石硫合剂，达到五个"波密度"。

秋剪结束，要杀菌。此时杀菌，有利于采果之后的伤口愈合。

再是割草，一年只割一次草，让草烂在地里，做有机肥。

采果后施肥，这时是施月子肥。一般是采果后十天左右。月子肥是有机肥。下大肥，好好慰劳一下果树，抓紧恢复树势，为来年的丰产打下基础。

秋天施肥最好。秋施是金，冬施是银。一年施肥，七成在秋施。

接下来，涂干。这是为了果树顺利过冬的措施。要把每根树干都涂白，防冻，也防病虫害。有时还要刮出病斑，涂白，剪修病枝。三个工序一起做。

此时，各项工作同时进行，秋剪，杀菌，割草，施肥，你说忙不忙？

老林在果园子，忙得团团转呢。

但此时老林是开心的，果子都已入库，又是一个丰年。

十一月，蒸酒喽。

蒸酒师傅技术过硬，蒸出来的猕猴桃酒，是五十二度，果香四溢啊。

老林很骄傲他的猕猴桃酒。几间简陋的房子，老林的栖身之处，仿佛成了一个酒窖。

老林入山的第十年，他把二十万斤猕猴桃酿成了酒。

果子酿成酒，猕猴桃的附加值就提高了。往年有的时候，猕猴桃果集中上市，价格卖不上去了。酿了酒，碰到果子价格低的行情，他就不怕，都拿来酿酒也行。

酒是放的时间越长，越珍贵。

放三年以上的酒，你一吃就知道了，好东西。

他又在山里找了一个地方，挖出一个大洞，冬暖夏凉，用来放酒。

这是十一月。酒香四溢的十一月。

十二月，山外来了朋友，坐下来烤火，喝一盏酒。

聊聊山里的事。聊聊几只鸡几只狗的事。再聊聊一条路的事。一条路走到头，是一片原始森林，那里有棵杉树王，两个人无法合围。

那是树神，山人路过，都要朝老树拜一拜。

老林说十年前，他只想着种猕猴桃可以种出一个自己的王国来，来到这片大山，这条深山峡谷，一头钻进来。他猜到了开头，没有猜到结果。

结果是什么？

结果是，十年后，他把自己种在了山里，成了人们口中的"桃仙人"。

碰杯。喝一口酒。

酒里都是猕猴桃的花香果香。

山色渐晚,老林指一指窗外渐渐幽暗起来的大山,说这里叫作"火把坞"。有人也叫"灰壁坞"。地质书上写的是"蝙蝠坞"。

我和老林碰杯。我觉得,还是叫"火把坞"有意思。

十二月末,山里快要落雪了。

(原载《散文》2021年第4期)

众生（节选）

安宁

一

这是初夏，黄昏悄无声息地抵达人间，万物在即将隐匿的光里，散发勃勃生机。

风穿过高楼，沿着城市繁忙的中央大道，流入纵横交错的街巷。最后，风被一株枝繁叶茂的山楂树牵绊，在簇新的草坪上流连忘返。一朵活泼的蒲公英，迎着清爽的晚风翩然起舞。夕阳正孤注一掷，将最后的生命投射在对面的高楼上。于是，一整面玻璃幕墙便燃烧起来，每个抬头仰望这座高楼的人，都会忍不住发出赞叹，为这近乎永恒的璀璨一刻。

我和中介小姜坐在小区中心花园的台阶上，着迷于那团熊熊燃烧的火。此刻，世间的一切都与我们无关。房子，车子，爱情，婚姻，欲望，生老病死，相比起巨大幕墙上折射出的星空般奇异迷人的世界，都无足轻重。黄昏漫过整个城市，汇聚成光芒四射的火焰，矗立在我们的上空，宛如神灵降临。

这光芒也照亮了人间的一切。高贵的小区越发骄傲，每一株静默的植物，都散发着朴素的诗意。人们如倦鸟归林，沐浴着晚霞陆续返回家园。一束光落在门卫粗糙的鼻翼上，原本卑微的看门人，在汽车卷起的灰尘中，瞬间有了人类的尊严。蔷薇从围墙上倾泻而下，怒放的花朵溅起金光点点。一群飞鸟穿过城市的上空，发出激越苍凉的鸣叫。

此刻，在这个广袤的星球上，万物平等，彼此相爱。穿了廉价黑色制服的房屋中介小姜，买不起高档小区却又沉迷其中的我，正与开了百万豪车出入的居民一起，共享这即将逝去的黄昏。晚风吹来蜀葵缥缈的香气，它们正在一门之隔的老旧小区里肆意生长。那里还有一排倚墙而坐的衰朽的老人，闭目晒着太阳；世人已将他们忘记，他们也似乎忘记了世人。在拔地而起的高楼大厦面前，这处只有两栋低矮楼房的"老破小"，散发出让人哀伤的寒酸之气。但阳光并未将这里遗忘，它们每日悄无声息地抵达，流经破损的门洞，褪色的墙壁，生锈的窗棂，老朽的古槐，也照亮在楼顶水泥夹缝中艰难求生的灌木——那是一只途经此处的鸟儿无意中留下的作品。偶尔，阳光也会照进漆黑的楼道。那里堆满了被人抛弃的锅碗瓢盆、废弃的家具家电，三十年的尘埃飘落下来，一切都破败腐烂，化为垃圾。就连形同虚设的防盗门里进出的人们，也一脸暮气，如同出入一座即将坍塌的坟墓。只有两栋楼房之间寂寞的空地上，一株沧桑的柳树，依然朝着黄昏中的大地，垂下万千活泼的枝条。

老人们天长地久地倚在墙根旁，讨论着水费、电费、维修、菜价、疾病以及死亡。他们的一生，如无意外，必将在这栋黯淡的民居中终结。铁栅栏隔开的花园甬道上，衣着体面的上班族正优雅地经过；白发苍苍的退休老教授们，也挺着高傲的脊背，目不斜视地走过。但老人们早已不再关心这些世俗的差异，世间所有的界限，都被打通，他们站在生与死的门槛上，平静地注视着每一天消逝的星辰。

此刻，我和中介小姜沐浴在风里，静享初夏静谧的黄昏。榆叶梅在我们身后悄无声息地伸展，侧柏笔直地插入高空，芍药在暮色中低头自顾芬芳，蜀葵粉红的花朵挤满瘦削的茎秆。草丛上跳跃着金子，麻雀呼啦啦飞来，低头轻啄一阵，又呼啦啦飞走。喜鹊在粗壮的白杨下踱来踱去，审视着这片寂静草地上所有微小的生命。那些白杨来自遥远的山野，它们深深地扎进泥土，枝干有多高，根基便有多深。最终，它们悄无声息地长出新的年轮，成为这片昂贵的土地上，引人注目的主人。

谁会买下这些年迈的房子呢？我和小姜像一对老朋友，真诚地为它们哀愁。或许，那人正在风尘仆仆抵达这里的路上，像黎明穿过漫长的黑夜。或许，他和我一样，经过铺满鲜花的草丛，瞥见相邻小区衣着光鲜的人们，忽然间生出自卑，遂熄灭心头火花，转身离去。或许，那个人永远都不会来。于是这些日日发出沙哑呼喊的房子，这些被主人迫不及待想要抛弃的房子，它们用剥落的墙体，努力支撑着生命的尊严。

最后一缕光线从高楼上消失的时候，我起身和小姜告别。这个黄昏，我们坐在城市黑白相接的地方，说了许多的话。进出高档小区的居民，没有谁会停下脚步，倾听我们与一个房子有关的忧愁。倚在隔壁小区墙根下休憩的老人们，更不会关心这些飘荡的烦恼。我们像汪洋中裹挟向前的泥沙，偶尔发出轻微的碰撞，随即消失在暗涌的波涛之中。

二

女孩牧歌像一只误闯入房间的蝴蝶，光脚踩着地板上的阳光，欢快地奔来跑去。

她嘴唇青紫，脸色苍白，跑几步便停下来大口大口地喘气，好像刚刚经历一场艰难跋涉。因为唐氏综合征，五岁的她只有三岁孩子的身高，五官则似永远不会绽放的花朵，皱皱巴巴地蜷缩在脸上。这张小脸看上去有些扭曲、丑陋，好像上天随手扯了一块软泥，漫不经心地捏出来，丢到了人间。每个见到她的人，都会忍不住担心，这张不讨人喜欢的脸，将来如何在漫长的人生中，躲过外人的好奇、轻视、鄙夷甚至排斥？

这样的担心，显然是多余的。先天的心脏病和肺部缺陷，让她在人间的期限即将结束。两天前，她的父母和奶奶带着她，从牧区乘坐火车，千里迢迢抵达我所居住的省城，准备接受北京专家的免费心脏手术。最终，他们排队等来的，是牧歌不仅不能手术，而且很快将离开这个世界的死亡宣判。五年来，时不时就生病住院的牧歌，给家庭带来沉重的负担，家里一次次卖牛卖羊，为她奔波治病。或许，他们坚持了太久，有些累了，所以医生的宣判，并没有给他们带来太多的悲伤，似乎这只是一次习以为常的诊治，在死亡抵达之前，牧歌依然是给全家带来快乐的天使。尽管，她长得不美，至今连一句话也不会说，又在上千个夜晚，因为喘息困难无法入睡，用尖锐的哭声折磨着全家每个人的神经。

此刻，这一切尘世的忧烦，在牧歌心里没有引起任何的波澜。她已被人生的第一次外出旅行，完全地吸引住了。世界在她这里，忽然打开奇特的画卷。一株来自塞外的瘦弱的小草，无意中闯入了大城市，见到琳琅满目的橱窗、熙熙攘攘的街道，她小小的心，被热烈的火焰瞬间点燃。她拖着疲惫的身体，用一颗破损的心脏，感受着这个城市席卷而来的力。她啊啊地喊叫着，说不出一个完整的词语，但她蜗牛一样蜷缩的耳朵，却可以听见任何奇妙的声响。

大人们一脸忧虑地注视着生命即将逝去的牧歌，她却将这样的关注，视为对自己莫大的鼓励，于是她绕着沙发、餐桌、书柜、玩具，猫一样灵巧地旋转、起舞、飞奔。不过片刻，她苍白的额头上便浮起一层细密的汗珠，阳光落在上面，仿佛落在白色的沙滩上，熠熠闪光。那光让她看上去有了一些生命的欢愉，人们便暂时忘了活着的烦恼，重新回到日常的轨道，絮絮叨叨地提及她能吃一碗米饭，喜欢喝营养快线，爱吃土豆，厌倦肉食。她不会说话，时常因无法表达内心所想而脾气暴躁，并将玩具扔得遍地都是。她也没有伙伴，见邻家孩子来玩，便心生恐惧，啊啊叫着逃走。她短暂的一生，永远不会与幼儿园结缘，却喜欢隔着铁门，看与她同龄的孩子们在秋千上荡来荡去。草原上吹来猎猎大风，她孱弱的身体犹如草叶，只微微晃动着吸入一些洁净的空气，便重新陷入了孤独。

正是春天，泥土蓬松湿软，植物根茎弥漫着草木的清香。鸟儿在窗外高大的榆树上啁啾鸣叫。天空蓝得耀眼，大片的云朵簇拥在窗前，朝着春光满园的人间好奇张望。一只小狗在风中发出欢畅的叫声，无数蛰伏在地表深处的小虫，慵懒地睁开眼睛，注视着新奇的世界。这是万物复苏的季节，生命从腐烂的躯壳中重生。一切旧的事物，都焕然一新。阳光遍洒街巷，将所有灰暗的角落一一照亮。

而牧歌，一朵尚未绽放的花朵，却要在这样的春光里枯萎了。只是此刻，死神还没有抵达，人们便愉快地欺骗自己，以为它永远都不会来。于是大人们继续说说笑笑，逗引着她，将所有能让她快乐的玩具，统统送到她的面前。她干枯的小脸，在亲人的关爱里泛起点点的红。这红如同春天落在嫩芽上的一抹光，照亮了小小的孩子，也照亮了人间的哀愁。

那一天到底何时会来呢？人们不愿去想，牧歌更不会关心，她还完全不懂生与死是怎样的一件事。她来自尘埃，在人间飘浮了短短的一程，又将重新化为尘埃，消失在浩瀚无垠的宇宙。或许，她会变成一颗闪亮的星星，只要思念她的人们抬头，就会在夜空中分辨出独属于她的微弱的星光。

那时，小小的牧歌将不再频繁地出入医院。她弱不禁风的身体上，也不会再布满针孔。她更无须一次次惊恐地打着手势，告诉家人，她不想打针，不想吃药，不想走进医院。她将疲惫又幸福地在星空中闪烁，就像天使注视着人间。

而此刻，她依然快乐，仿佛世间只有永恒的生。

三

因为人少，理发店便有些空旷。这空旷几乎吞没了我和小陈。

窗外的巷子也空荡荡的。这条街巷正与附近的小区一起，现出老去的斑驳。偶尔，会有人隔窗好奇地窥视一眼，那脸也是暮气沉沉的。就连吹进巷子的风，都步履蹒跚，摇摇晃晃。一切犹如长年累月工作的钟摆，变得缓慢迟钝。秋天掠过萧瑟的枝头，弯身钻进巷子。店铺的门虚掩着，一扇在阳光下打盹，一扇在冷风里张望。有时，它们也会发出吱嘎吱嘎的碰撞，轻声说一些什么。顾客们因此悄无声息地进进出出，不打扰两扇门的亲密私语。

一切都静悄悄的。小陈熟练地帮我做着头发，我则闭上眼睛，享受这个彻底放松的午后。我们彼此默契，谁都没有说话。千万根头发在耳鬓摩擦，发出窸窸窣窣细微的声响。电流化作幽冷的蛇，穿过三十年老旧的墙壁，咝咝吐着芯子。墙上的模特在日复一日的注视中，早已老去，昔日的风情万种化作此刻枝头摇摇欲坠的树叶，稍稍一碰便零落成泥。电视机里正在播放乏味冗长的爱情剧，小陈将声音消掉，只用他们晃动的影子来陪伴她。

小陈搬到批发市场的门店有多少年头，不仅我已忘记，连她自己也记不清了。相识十二年，她几乎成了我的御用发型师。从马路边隐匿的十几平方米的小门头房，到现在楼上楼下八十多平方米的宽敞店铺，我一路追随，成为她唯一忠诚的顾客。每隔三个月来做一次头发的频率，让我熟知她的每段情感经历，并痛恨每个血吸虫一样榨干她钱财的男人。

夏天的时候，我记得一个病恹恹的男人，一整个下午都躺在理发店的沙发上，有人进来，也不起身，似乎他是一只虚弱的小猫小狗，等着主人小陈端水送饭。那时小陈还很年轻，能吃苦耐劳，忙碌完一天，回到出租屋里还会给男人洗衣做饭。有四个姐姐宠溺的男人好吃懒做，不务正业，每天就眯眼瞅着门口一棵歪斜的柳树，琢磨着如何挣点快钱。小陈善良，从不强迫他去工作，就这样供佛一样供养着他，最终演绎成"农夫与蛇"的故事：在将小陈买的一块地皮偷换成自己名字后，他逃之夭夭。

我还记得秋天的大风里，常有一个虚胖的男人推门进来，饿坏的孩子一样蔫蔫地坐在沙发上，催小陈下班回去给他和他的爸爸做饭。那是一个做房产推销的男人，没有多少收入，又处处斤斤计较，不肯多花一分在小陈身上。就连在外面吃一顿早餐，都要跟小陈AA。一老一少两个男人贪恋小陈这免费保姆的好处，有些动了娶小陈进门的念头。于是他们着手装修房子。我来做头发，需要站在门口等上很久，才会见小陈风尘仆仆地从建材市场回来。她已经顾不上打理店铺了，老顾客被时常紧闭的门窗分了流，于是门庭冷落，生意萧条。直到最后，小陈将辛苦积攒的六万块钱全部投入婚房，却被父子俩清理垃圾一样扫地出门，并拒绝归还小陈支付的所有费用。

现在，秋天再次抵达我们身边。只是这次，是色彩斑斓、硕果累累的秋。

他正在北京办理辞职，他说很快就会回来，在省城找一份律师事务所的工作，这样就可以一直陪在我的身边，与我一起吃一日三餐，而不是每天网上为我叫外卖。我与他的家人一起过了除夕，他的妈妈很喜欢我，还给我发了红包。被骗子盗刷的信用卡，他几次说要代我还清，但我没让，我说等我们结婚了，我再帮他管理钱包。我们每天都打电话，聊到很晚，好像有永远说不完的话。我一直在想，或许，是我之前受苦太多，被人一次次欺骗，上天心软，于是给我送来一个温柔体贴的男人……

秋天的阳光慵懒迷人，把人晒得暖洋洋的。小陈坐在窗边，和我分享着这些琐碎又幸福的点滴，就像我是她在这个世上最好的姐妹。或许，她并不是在跟我聊天，而是跟坐在对面的命运倾诉。这一年，她四十三岁。二十岁，为了供哥哥读书，她从大学退学，决定留在这个城市里打拼。她一个人应付所有的一切，像男人一样处理店铺的水电维修，出入工商税务部门，跟一个个房东交涉。她从未与美好的爱情相遇，直到她打算放弃，孤独终老，命运忽然微笑着打开一扇门，将一个与她同龄的男人送到她的面前。

等你结婚的时候，一定记得告诉我啊，我要送一份精美的礼物为你们祝福。起身离去的时候，我很认真地叮嘱小陈。

窗外已是清寂的黄昏，橘黄的夕阳洒满整个小巷，仿佛金子撒满了天堂。我推开门，将自己融入这一天最后的暖。我没有回头去看挥手道别的小陈，我知道她的眼睛里，一定盛满了光，这穿过秋天抵达春天的光。

（原载《青年作家》2021年第9期）

屋顶上的艺术家

龚曙光

社里和周边的人，习惯叫她蔡老师，包括她的丈夫和儿子。而我，则一直称她蔡先生，或者蔡皋先生。

我与蔡先生交往，起因于她的儿子。

先生育有一双儿女，小的是男孩，叫睿子。睿字不算生僻，入名却不多见。正巧，当年儿子出生，我抱着字典翻了大半宿，挑挑拣拣列了一张纸，到头也圈了个睿字。那天翻阅花名册，看到肖睿子三个字，顿生一份亲近感，觉得我和他父母或许心有灵犀。

那是一次有关图书装帧的座谈会。集团老老少少的装帧家都在，年纪最小的是睿子，大约三十挨边。睿子看上去帅气且斯文，没有惯常美术青年的披肩长发。脸白皙，框了一副近视眼镜。见人说话脸会红，掩不住一份羞赧。发言调门不高，谈及专业，心中虽有底气，话却说得谦逊，听听便知是家有渊源的孩子。一打听，他的父亲是美术社的前任社长肖沛苍，母亲则是著名绘本画家蔡皋先生。

找来睿子的装帧作品，入眼便喜欢。简洁大气中透着灵性，有一种日本图书范，意蕴却又是中国式的典雅。或可定义为新中式，总之属雅正而灵气的一路。

睿子及其作品给我的印象，让我对他父母心生敬意。能把孩子教成这样，是件令人既折服又羡慕的事。睿子的姐姐，学的也是美术，后来到英国主修绘本，算是女承母业。作品在海内外也拿过不少奖，已在新生代中脱颖而出。这是一个名副其实的美术之家，一门两代四人，都在各自领域卓然成名，可见家风之纯良、家学之深厚。我请睿子转达对他父母的问候，相约专程拜访。

先生一直住在美术社，那是个优雅古朴的小院。据说肖社长在任修建时，建筑与庭院，由他带领社里的美术家自行设计，避免了一般事务所的匠气和怪诞。在喧嚣纷扰的闹市区，小院独拥了一份清雅。后来不少设计师跑来抄袭，不管花了多少钱，造出来总显得刻意做作，不似美术社浑然天成。我猜想，无论城里有多好的楼盘，先生应该都不会搬离这个院子。

客厅其实是个画室，除了大大的画案，便是高高低低的画架，墙上地上，满是已经完成或尚未完成的画作，既有肖社长的油画，也有蔡先生的水墨、水粉。杂乱虽是杂乱，雅致却也雅致，一副艺术的原生态。蔡先生见有客来，欢喜中显得慌张，紧致光润的脸上，羞怯出胭脂般的红晕，感觉是一个未出阁的大姑娘，见了突然造访的媒人。肖社长亦不擅待客，站在一旁搓手，看着老伴手足无措。

说到要看画，先生立马灵动欢跃起来，像个急于展示自己玩具的孩子，从各处搬来大大小小、新新旧旧的画作，令人眼花缭乱。先生的绘本画画幅小，都是绘本童书的原大。当年的制版技术，只能原大复制，画起来会难度更大。先生的绘本大黑大红，色彩对撞却和谐，极具视觉张力。先生似乎格外喜欢黑色，而黑色在其笔下不恐怖、不压抑、不消极，是一种独特的艺术光亮。在绘本中，这种风格和功力极少见。由此我意识到，先生的绘本画，不是一般意义上的美术启蒙，而是一种个性化的艺术创造、一种高贵的审美熏陶。先生所绘的《花木兰》《桃花源的故事》等，多取材于文学经典，她是以自己的人生，感受这些故事，而不是以少儿的眼光，去图解这些作品。童趣来自先生艺术感受的天然和本真，而不是对儿童视觉的俯就。先生的绘本在国际国内屡获大奖，她甚至出任过著名的博洛尼亚国际童书大奖的评委，可见其艺术成就已获得业界公认。如今中国所出的绘本，以引进品种居多，而先生的绘本，却持续向外输出，尤其为日韩出版人所追捧。相对在国际上的影响，先生在国内，反倒显得寂寞些。

先生拿出一个日记本，是她退休生活的日常记录，有文字，也有插画，自然随性至极，也精致典雅至极。先生的文字如同口语，没有丝毫的写作感，却又爽净雅洁。一地鸡毛的生活，在先生文中纯净得如同一泓清泉。我感觉，先生真是那种把人生过成了艺术，将艺术还原为人生，生活艺术彻底无界的人。先生的艺术灵感，全都来自生活中点点滴滴的欢喜。日记中那些百十字的文字，十数笔的钢笔画，像一个个音符，谱成了一曲如梵音、如天籁的人生乐章，你分辨不出是稚嫩是老到、是凡俗是高雅、是口语是书面、是智慧是笨拙，一切既成的观念和概念，都在这里混淆甚至消弭，留下的就是生活本身。这是一份巨大的意外发现和惊喜。我吩咐出版社与先生商量，尽快将日记出版，甚至建议由睿子牵头，组建一个工作室，专门策划出版先生的图书。

后来，先生的这部日记，被中信出版社挖走，出成了《一蔸雨水一蔸禾》一书。为此，我对出版社发了一次大火，并督促其组建团队，立马介入先生其他作品的出版。虽然这部作品被人夺爱，我依旧为其付梓刊行而高兴。在网络鸡汤文流行的当下，先生的这部书，具有正本清源的示范意义，它让人明白什么是生活有爱、生命有灵，什么是艺术无执念、文字无负累；让人明白生活和艺术其实都只有一个目的，那就是将自己活成一个自立、自主、自由的自然而然之人。

睿子给我送来《一蔸雨水一蔸禾》，并告知何时长沙首发，我自告奋勇出任首发式嘉宾，为先生的新书站台吆喝。那天同台的，还有何立伟和汪涵，都是先生文字和绘画的着迷者。现场的读者几乎爆棚，晚到的，只能在楼下倾听对谈和朗诵。就在那一刻，我领悟到无论时代看上去多么喧嚣浮躁，真的艺术，永远都会有自己的爱好者。当大多数人都扯着喉咙大呼小叫时，平缓低沉地自我倾诉，或许更能让人入耳入心。

先生出生在一个读书人家庭，父亲毕业于西南联大，学的虽是经济，却一身浪漫气质。晚年谈及自己一生最荣耀的事，竟是在雅礼读中学时，踢进了一个倒钩球。因为家世的影响，父亲的一生笃定命运多舛，加上生了六个女儿，生活的压力必定力不胜支，但他留给女儿的印象，却始终积极乐观。有时候，浪漫的人生态度，并不是对生活苦难的无睹或逃避，而是超越。在这一点上，父亲对女儿的影响应该深入了灵魂。从生活的点滴欢喜中，去感受人生的乐趣和生命的价值，坚信无娘鸡崽天照顾，一蔸禾苗必有一蔸雨水的浇灌，从而使其保守内心的平静和本真的浪漫。

第一师范毕业，先生被分去乡村教书近十年。那个时代的乡村生活，清苦艰难是可以想见的，但先生似乎并不在意，照样沉醉于乡间的自然风物，以及春播秋收的劳作欢欣，照样写生习画、阅读写作。先生并没有受过专业的美术教育，仅凭师范学校所学的那点美术常识，执拗地长年写生作画。20世纪80年代进入湖南少儿出版社，她的岗位是文字编辑，工作之余，坚持进行绘本创作，并因此一举成名，超越了许多专业的绘本画家。先生似乎从未想过把画画当职业，而是将其视为一种自己喜爱的生活。她觉得绘画中的任何色彩都鲜艳、都美丽，融为一体彼此映衬，和谐而美好，最适合表达她对生活的感受和认知。而绘画，正是这种生活的本身。

退休后，先生将屋顶的露台开辟出来，种上各种习见的花草和蔬菜，每天浇水施肥，把每一次劳作当作一次艺术创作，从劳动的收获中感受创作的欣悦。一颗花籽的萌芽，一对昆虫的恋爱，一群飞鸟的集会，都会给平淡无奇的日子带来惊喜。在先生眼中，屋顶那方小小的园圃，竟藏匿着自然的万千秘密，变幻着四季的万千姿态，催生着生活的万千欢喜，繁衍着艺术的万千可能。在这个既高居于烟火世俗之上，又不悬浮于高天流云之中，充满象征意味的空间里，生活是一种生命的艺术，艺术是一种人性的宗教，而记录这一切的文字和绘画，则成为生活态、艺术味、宗教感的完美凝结。

从先生这本薄薄的日记中，我明白了生活愈日常，便愈能获得艺术的悟得和宗教的欢喜。先生不为艺术创作苦思冥想，亦不为宗教修炼念经打坐，她只沉溺于每日买菜做饭、栽种收获、阅读画写之中，一切都平静平常，一切都随性随缘，一切都自然而然。生活本身是具有艺术性和宗教感的，我们不用舍近求远另作寻找。艺术和神性是生活的微笑，就像只要我们心中有欢喜，微笑就会在脸上自然而灿烂地绽放开来。

作为跨世纪、跨时代的女性作家，先生的文字，比杨绛先生多一份少女般的率性随意，比章诒和先生少一份斗士式的尖锐执拗。在我眼中，先生是一位年逾古稀的少女，一位没有目的的艺术家，一位随遇而安的修行者。

我的散文集《日子疯长》，由人民文学出版社出版时，装帧是请睿子设计的。书中的插画，睿子建议请蔡先生创作，思考再三，我到底没敢开口。先生毕竟年事已高，更重要的是，担心自己的作品入不了先生的眼，值不值得先生作画加持。我很害怕一旦开口，让先生拒之不忍、应之不愿。后来睿子还是请先生作了封面画，画的是一片蓬乱疯长的稻禾，其意与《日子疯长》的书名相配。这本书的装帧，获得了普遍的业内赞誉，其中包括先生所作的封面画。

先生的丈夫肖社长，是科班出身的画家，退休后专注于油画创作，在湖南声誉日隆。那年，先生的画展开幕，我一大早跑去道贺，夫妇俩一直陪我看展。看到人物肖像的那部分，肖社长提出为我作一幅肖像，让我安排两天时间，我当场婉言谢绝。一来我本草根，算不上什么人物，值不得请人作画造像，二来肖社长年高七十，我不忍浪费先生的时间和精力。画展后，先生还是让睿子送了一幅画来，画面是一派野蛮生长的蒲公英。那无边无际、迎风飞扬的白色花朵，一下将人带到了草木繁茂的辽阔原野。

朋友李修文的新作《致江东父老》，由湖南文艺出版社出版，我推荐睿子做装帧。修文看过睿子为我的《日子疯长》和《满世界》所做的设计，心里极喜欢。睿子提议由母亲作插画，大家都很赞同。先生交出的画稿，是一组组用焦墨满涂的变形人体，看上去如一尊尊现代主义雕塑的黑色投影，充溢着生命的苦难感和坚韧的抗争力。先生原本擅用黑色，这一回她将黑色用到了极致，最终让那些漆黑的人体光芒四射，令人不可逼视。修文看过，喜极几乎不可自已，专程从武汉跑来致谢，之后又写了一篇文章，表达对先生由衷的感激。修文的散文，始终关注社会底层，记录的全是在经济学意义上被剥夺、在社会学意义上被凌辱、在哲学意义上被异化的悲催人物，充满了人性的悲悯和善意。先生的插画，用最强烈的黑白对比，最具张力的形体扭曲，表达了这种悲悯和善意。很难想象，会有另外一位画家，能画得如此简洁而充满生命的爆发感。

疫情期间，我又读到一本由先生插画的新书，是钟叔河先生的《学其短》。钟先生编选了一些中国古代的精粹短文，作为少年儿童的国学读本，钟先生对每篇文字做了精短点评。这部书的插画难度极大，因为所选篇目，好些没有故事性和画面感，但先生却每幅画都抓住了文章的灵魂，画得生动而深刻。这是我所读到的各种国学读本中，编选篇目精当、评点文字精要、插画艺术精致的一个版本。我将这部书推荐给了编辑们，作为学习文章写作和编辑艺术的范本。湖南出版的两位大家，能在晚年有这样一次倾心合作，或许是一件不再的盛事。

前几天我去看先生，先生还是那副羞怯温婉的样子，笑起来很慈祥，却又显得年轻，从神情到举止，看不到多少老态。听睿子说，先生年初眼睛不聚焦，我便有些担心：一位画家，眼睛出毛病是件大事！我问及，先生倒显得轻描淡写：人老了，总会有些远视，重新配了副眼镜，没事啦！

先生照旧每天画画写作，打理楼顶的园子。睿子说母亲最近有些忙，有一套新书要赶在中秋前出来。我猜想或许是和中秋节相关的绘本，否则也用不着赶这个时点。我问起楼顶今年都种了些什么，先生一样一样细数。其实都是些习见的花草和蔬菜，先生眼中，却似乎都是奇花异卉，又似乎是一群活泼乖巧的孩子，先生的喜爱，丝毫无逊于自己的画作和文字。

今夏的天气，多雨而炎热；今岁的世界，多灾而动荡。但先生脸上的笑容，依然淡定而纯真。与她待在一起，便觉安妥和清净，仿佛世界一下还原了日常的样子，而我们当下所感受的水深火热、纷扰不宁，反倒是一种幻象。

应该是一种天性，先生喜爱艺术，却不执念于某种审美理念；先生热爱生活，却不执念于某种人生目标。随心随意将生活与艺术煮成一锅粥，这大抵就是先生自己的桃花源故事。先生的桃花源在屋顶，更在自己心里。那不是一个梦，而是随性随缘、不惊不诧的每一个日子。

先生说：生活是一万个值得！

其实人生就这样，你觉得值得便值得，你若觉得不值，也便真的不值得了。这事谁说了都不算，除非你自己。

（原载《出版人》杂志 2020 年 10 月）

沙漠中的芦苇部落

盛林（美国）

一

前年，我参加了一个摩托车队，20个骑手，包括美国人、澳大利亚人、英国人、瑞士人、伊朗人、德国人、中国人。20天骑行，行程6000公里，经历几十处危险路况，接受来自沙漠的种种挑战，炎热、干燥、颠簸、土匪、野兽……

同时，看到了美丽的景致，以及当地人的生活实况。

这篇文章，关于沙漠中的芦苇部落。

这天，我们贴着纳米比亚的奥卡万戈河骑行。

导游比利说，选择这条线路，为了看奥卡万戈河，也为了看芦苇部落。

我们出发了，今天的路还是搓板路，坑坑洼洼。我们的左手边，流淌着奥卡万戈河，河床蜿蜒，流水宁静，波光粼粼。

很快，我们看到了芦苇荡，芦苇苗条，芦花温柔，水中的倒影清清秀秀。

看到芦苇，就看到了芦苇部落。

芦苇部落紧贴在河边，部落与部落相连，连成一条长长的生命线，它们相依为命，让我想到了沙漠上的筑巢鸟。

金色的芦苇秆，编成一个圆圈，顶上盖几层芦苇叶，就是一间芦苇棚。

金色的芦苇秆，编成疏疏密密的墙，手拉手站好，就是芦苇墙。

芦苇棚和芦苇墙，不那么结实，身子轻飘飘，如同风中的鸟巢。

但它们能避阳光、能避风沙，也不用担心雨雪，因为这儿根本就没有雨雪。

重要的是，它们组建了部落。

有部落就有人家，有人家就有子孙后代，有后代就能血脉相承，如同根系发达的芦苇，前仆后继，扎在水里，向着太阳。

生命无常，但坚忍、坚强。

二

我们沿着芦苇部落骑行。

部落之外，总有像伞一样撑开的树，女人在树下纳凉、奶孩子，她们看到我们，马上挥手、致意，孩子们则大喊"要吃糖"。

我们一次次停下，送女人们纸巾、肥皂、牙刷，送孩子们糖果、饼干。

有一次，我们遇到一个集会，也在大树底下，聚集了上百个女人。

我们停下来，过去看热闹。

原来，女人们是在交换物品，裙子换衬衫，裤子换鞋子，毛巾换袜子。

交易最火爆的是儿童用品。

她们大多是年轻女子，身上挂着一个或两个婴儿。她们兴高采烈，仿佛是去参加派对。风一阵阵刮来，卷起层层沙，女人们毫不理会，甚至不遮挡一下怀里的婴儿。

也许，沙尘对她们来说，就像阳光和草木一般自然而然，没什么大不了。

有个女人注意到了我，她向我走来，提着一条花裤子，绿色、丛林图案。

我笑着摇头,我没东西可交换。

女人指指我的围脖。我把围脖拉到脸上,告诉她,围脖为我遮阳、挡沙,不能交换的。她看着我笑,笑我蒙着脸的样子。

我付给她40兰特,买下了裤子,当场试穿,穿在骑行服外。周围的女人都笑了,我看上去像条肥沃的菜青虫。

她们的笑声好听,像鸽子叫。当然,世上的女人都这样笑。

人和人完全一样,但笑声一样,快乐时的心情也一样。

三

我们几次走进了芦苇部落。

第一次进部落,因为我出鼻血。

可怜的鼻子,跟着我赴汤蹈火,微血管早就破损,每天都流带沙的血块。

鼻子、嘴巴的周围长了红斑,远看像朵花,近看像牛皮癣,恶心得要命。

今天骑到一小时,鼻子突然大出血,血柱喷出鼻孔,一直喷到了骑行服上。

看到那么多血,我用力拍打我的骑手。

我们下车的地方,有一堵芦苇墙,墙下有些阴影,菲里普扶我坐下。

他把纸巾卷起,一边一个,塞进我的鼻孔,我的脸上像长了一对象牙。

鼻血并没止住,菲里普一把捏住了我鼻子,差点把鼻子捏掉,他用这个方法为我断流截水。

"别紧张,流点鼻血能降温,你是热坏了。"菲里普安慰我。

我哭笑不得,什么谬论啊,流鼻血降温?真能降,也得流好几碗吧。

这时,从芦苇墙里出来一个女子,二十左右,抱着一个柔软的婴儿。

她招手,把我们领进了芦苇部落。

部落不大,只有五六个芦苇棚,中间有大树,树下坐着一群女人。

几条黄狗躺在沙上,下巴贴地,肚皮也贴地,看见我们根本懒得起来。

于是,我和黄狗躺在了一起,地是硬的,但挺凉爽,难怪大黄狗不愿动弹，我也不愿动了。

鼻血改变了线路，涌进了咽喉，我强迫自己咽下去，肥水不能外流。

几分钟后，我坐了起来，鼻孔上依然插着"象牙"，但血止住了。

我打量着树下的女人。

两个女子敞着怀，在给婴儿喂奶。一个老妇坐地上沉思，表情严肃。

其他人在剥猴面包树的果子，果子晒得金黄，手一拍就裂，掉出奶白色种子，像我们杭州的白莲。她们搓掉果皮，种子扔进了木盆，由专人捣鼓，咚咚咚，声音就像非洲鼓。

种子被捣成了果浆，看上去黏稠、油腻。

跑来了一群鸡，争抢人们扔掉的果壳、果皮，以及漏掉的白色种子。

"我家也养鸡。"我说。我很高兴，总算找到了合适的话题。

女人们抬头看我，没人说话。

菲里普打开手机，请她们看照片，鸡、鸭、鹅、孔雀、火鸡……菲里普播放了火鸡的视频，公火鸡载歌载舞，演出很成功。

女人们哧哧地笑了。

小孩子闻讯而来，有的五六岁，有的十来岁，眼巴巴看着我们。

我们马上翻口袋，掏出糖果、零钱，平均分给了孩子。

我们给了老妇几张兰特，她不干活，戴金属项圈，应该是部落的头领。

老妇接了钱，指指我脸，手指蘸了些猴面包树果浆，抹在了我脸上。菲里普也被抹了一把。感觉很舒服，有果浆的地方，清凉、油腻。

于是我们自己动手，给自己涂了个大花脸。女人们又笑了。

气氛变得轻松。

我们和她们一起干活，剥猴面包树的果子，把种子搓干净。

沙土上有个坑，围着石头、吊着瓦罐，是做饭的灶头，她们要做饭了。

她们往灶里塞芦苇段，点起火，芦苇熊熊燃烧起来。

她们往瓦罐放玉米粉、切碎的野菜、猴面包树果浆、水，材料就齐了。

水沸腾了，老妇站起身，以长者的姿态亲自操作，她用棍子不断搅拌，罐里的糊糊变厚、变稠，有了香气。

午餐做好了，芦苇也烧光了。

老妇打开一个瓶子，舀出一勺东西，郑重其事地浇在糊糊上面。我们凑上去看，是蚂蚁酱。

老妇邀请我们共进午餐，用菜叶当碗，糊糊盛到菜叶上，卷起来吃，像我们吃春卷。

"春卷"味道不错，有果浆的甜、玉米粉的香、野菜的清新之气。

还有荤腥味，来自蚂蚁酱。

蚂蚁酱腌得咸咸，像咸鱼酱。

我们只吃了一个卷儿，不敢消耗她们的午餐，特别是宝贵的蚂蚁酱。

离开时，女人们没说再见。但看得出来，她们希望我们多留一会。

四

第二次进芦苇部落，为了找厕所。

荒漠上骑行，我不担心厕所的事，处处是厕所，能随心所欲。

今天不同，路边有人，树下有人，河滩上有人，男人的事容易解决，女人就麻烦了，不敢乱来。

我们遇到了一个大部落，有几十个芦苇棚。我准备在这里找厕所。

部落外面，一群女孩在打珍珠粟，她们分工合作，有人打穗头，有人收粟米，有人揉粟米。揉珍珠粟的女孩，握着大号棍子，唱着号子歌。

粟米粉身碎骨，成了粉末。

几个女孩在围观，她们抱着孩子，衣着鲜艳，表情快乐。

我走向一个女孩，她看上去十七八岁，怀里抱着一岁左右的婴孩。

我向她问好，给了小孩糖果，然后提出了要求，请她带我上厕所。

女孩惊讶地看着我。我又说了一遍，怕她不懂英文，还动用了肢体语言。

她开口了，一口好英文。"我带你去。"她说，转身带我走向部落。

我回头看一眼菲里普，他紧张地盯着我，似乎怕我从此销声匿迹。

穿过芦苇墙，看到了一大群芦苇棚，空地上堆着金色的芦苇秆。

我告诉女孩,我叫林,中国人,来非洲骑摩托车,跨越卡拉哈里沙漠。

女孩笑笑,不想说话,我问一句,她才挤出一句。

她十九岁,有三个孩子,读过几年书,英文在学校学,生孩子后不再上学了,在家管孩子、做农活。

这个部落二十五户人家,一百多个人,都是亲戚,他们只和亲戚们住一起。

我问她结婚了吗,她摇摇头。我问她住哪儿,她指指一个棚子。

那个棚子两米多高、四平方米左右,一地黄沙,沙上堆着衣服、鞋子、瓶瓶罐罐,铺着一块花布,能睡一家人。

但是,这样的棚子怎么会有厕所呢!

女孩带我向后走,穿过芦苇墙,这儿有几棵树,树下堆着垃圾、粪便。

这就是厕所了。

我想马上逃跑。但还是过去了,鬼鬼祟祟,躲在了大树后面。

往回走时,我送了女孩 20 兰特,又给了她一些糖果,她有三个孩子呢。

回到菲里普身边,他问我厕所怎么样,我说还行,问题解决了。

大树下,少女们还在揉珍珠粟,我一身轻松,要求揉几下。她们给了我一根棍子,我只抢了几下,就觉得胳膊要断了。

五

第三次进芦苇部落,是因为肚子饿了,而且恰好闻到了烤肉香。

部落门口,挂着"BBQ"的牌子,烤肉香从里面悠悠往外飘。

老天爷啊,有烧烤啊!

我们走进去,看到了两个烧烤摊,做烧烤的是男人,我总算见到了男人。

第一个烧烤摊,炉上挂着肉团团,有卷卷的小尾巴,身体金黄色。

看到卷尾巴,我知道是什么了。我们没过去,不想面对卷尾巴。

第二个烧烤摊,炭上烤着小鱼,鱼身、鱼头分开烤,烤得黑乎乎的。

主人很消瘦,只有一只眼睛,身边有两个男孩、一个女孩。孩子们衣着不错，但都光着脚，腿上沾满了灰土。

地上有只水桶，漂着一些死鱼。

独眼男人朝我们笑，指指烤好的鱼身、鱼头，满怀希望地看着我们。

我问他多少钱，他伸出五个手指。

我买了一个鱼头，咬了一口，腥气得要命，一看，鱼鳃没有去除。难以下咽，我准备扔掉鱼头。

这时，三个小孩围上来，滚圆的眼睛盯住我，准确地说，盯住我的鱼头。

他们流着口水，似乎觉得奇怪，我为什么没把鱼头一口吞掉呢。

我把鱼头递过去，三个孩子便扭到一起，争抢鱼头。老爹一声吼。

老爹拿起木片，把鱼头切成了三份，一人一份，天下恢复了太平。

我们给了孩子们糖果、薯片，还给了独眼男子100兰特。

独眼男子很激动，向我们频频敬礼，还说了一番话，估计是表示感谢。

我们很敬重他，他是我们见到的唯一带着孩子讨生活的男人。

六

第四次停车，为了参观小学。

小学不在芦苇部落，但格局差不多，传达室是芦苇棚，教室是芦苇棚，可称为芦苇小学。

校园里处处是黄沙、枯草，没看到篮球架之类的东西，挺寒碜的。

不过，校门不寒碜。

校门建在路边，两扇对称的门墙，右墙画着国徽，国徽上有国旗、太阳、鹰、羚羊、钻石、沙漠。左墙也画着国徽，但内容改了，写着一些字，画着太阳、沙漠、粟米、书、钥匙。

书是翻开的，钥匙是金色的，都放在国徽的正当中。

这个庄重豪迈的校门，让我们对芦苇小学肃然起敬。

路边停着几辆摩托车，看样子，我们的队友已先进了学校。

我们走进了一个教室，看到了队友查理、比利、肖恩、丹，他们被孩子们围住了。

孩子们叽叽喳喳，像群小麻雀。

老师过来了，是个朴素的姑娘，她维持了纪律，让孩子们站成了一堆。

老师起了一个音，孩子们放声高唱，小手放在背后，嘴巴张得很大，脖子起了青筋，额头上全是抬头纹。

孩子们唱完，老师告诉我们，孩子们唱的是纳米比亚国歌，表示对客人的欢迎。老师说，他们才一年级，热爱学习，理想是周游世界。

老师说，谢谢你们来看我们。

我们摸出了所有糖果，但还是不够分，有几个孩子没拿到。

拿到糖果的孩子，把糖果咬成两半，分给了没有糖的同学。

他们集体吃糖，表情陶醉，仿佛世界上再没有比 Sweets 更好的东西了。

糖在嘴里融化，像快速融化的雪片，一下子就不见了。

于是，孩子们又站得笔直，为我们唱了一支《友谊地久天长》。

他们唱的不是英语，但没关系，旋律一样，我们跟着哼了起来。

哼着哼着，我们红了眼睛。

我们知道，他们来自芦苇部落，住在芦苇棚，靠吃玉米、珍珠粟、猴面包树的果子长大。

这些都是很贱的植物，不怕炎热，无须施肥，却喂大了沙漠的孩子。

孩子们就像沙漠上的布须曼草，风沙中挣扎、贫困中成长。

值得欣慰的是，他们已经走进了学校，开始接受知识的启蒙。

他们依然贫穷，但不再是一贫如洗。

他们依然弱小，但正在一天天强大。生命的崛起，全靠他们自己。

今天看了一天芦苇部落，到达宾馆后，面对豪华的房间，满脑子依然浮动着芦苇、芦苇墙、芦苇棚子，还有依靠芦苇过日子的女人、孩子。

准备休息时，突然听到吉他声，有人在弹唱。我突然想到了为我们唱歌的孩子。

赶紧打开电脑，找到一支歌——《纳米比亚，勇敢的大地》，纳米比亚国歌。

纳米比亚，勇敢的大地，
争取自由，我们取得胜利，
光荣归于流血的勇士，
我们奉献忠诚和心意。
团结在一起，
为纳米比亚，我们的大地。
高举起自由的旗，
祖国纳米比亚，我们热爱你。

（原载 2021 年 7 月《华文月刊》）

汉子,站成了各自的位置

张鸿

多年前,我行走至江西铅山的鹅湖书院,将我头脑中模糊的有关朱熹的点点滴滴,一步步地落到实处。

宋朝建炎四年(1130)农历九月十五日,朱熹出生于福建剑州尤溪县城水南郑义斋馆舍(今南溪书院)。13岁时其父身故前将朱熹托付给好友刘子羽,并请刘子羽的弟弟刘子翚教养。从尤溪往西北,穿过武夷山,就进入了江西境内,第一站就到了铅山。铅山石塘祝可久与朱熹的义父刘子羽、老师刘子翚是郎舅关系,于是,朱熹跟着老师常常行走于闽赣两地,束发之年,他在铅山的石塘读书,他的字号"元晦"是在石塘读书时老师刘子翚给取的,意为:树木的根深藏土中,春天枝叶就会越繁茂;人内涵越深厚,其精神越清爽,内心也越强大。中年后,朱熹觉得"元"太大,便谦虚地改为"仲晦"。后因守制时在母庐墓建了一间书房,又号"晦庵"。晚年,自称为"晦翁"。

朱子几十年的生涯,也任职过一些地方官,但主要精力是用于研究儒学,完成了儒学的复兴,成为孔子、孟子之后中国最伟大的思想家,是新儒学

（又称理学、道学）的集大成者。历史学家钱穆先生认为，在中国历史上，前古有孔子，近古有朱子，此两人，皆在中国学术思想史及中国文化史上发出莫大声光，留下莫大影响。在宋宁宗庆元初年（1195），南宋朝廷内部党同伐异的斗争不断升级，权相韩侂胄为了打击政敌，发动了反对道学的斗争，称道学为"伪学"，对朱熹等人进行打击，并逐渐演变为重大政治事件，史称"庆元党禁"，当然韩侂胄也是一个颇有争议的历史人物。66岁的朱熹被削去所有职务，回到了他的福建老家避难。回到老家的朱熹一刻也没有闲着，辗转闽赣两地，讲学会友。庆元三年，他经顺昌、南剑州、古田、寿宁，来到地处闽东的长溪县，就是现在的霞浦长溪。听闻老师来到长溪，同样因为"党禁"之祸避在老家的学生杨楫专程到长溪赤岸迎接老师到了福鼎潋村自己的家中，并在杨家祠堂设书院请朱熹讲学。杨氏在当地是一个大家族，朱熹在此安心度过了大半年时间。福鼎因为朱熹的到来，便有了两处风雅之所——石湖书院和一览轩。嘉庆《福鼎县志》云："自朱子流寓讲学以来，（福鼎）名儒辈出，民愿俗淳，忠孝节义史不绝书，理学文苑后先辉映，允称海滨邹鲁。"

再伟大的人也要有生活，就如苏轼，纯然是一个文学家、艺术家、生活家，而身为思想家、哲学家的朱子同样也是一个艺术美学家、生活美学家，在福鼎当然会留下生活的细节点滴让百姓铭记。

福鼎有一道经典老菜叫"澎海"，可不要想当然地以为这是一片海或是一个地名，这菜名相传就是朱熹命名。话说朱熹在福鼎避难期间，经常和杨楫、高松等穿梭于太姥山区的潋村、桐山及黄岐等地，夏日的一天，他来到了海边黄岐，由于道路崎岖不平，走起路来特别费劲。朱熹年事已高，再经一天奔波，已经筋疲力尽，虽然饥饿难耐，但是什么都吃不进去。此时弟子高松建议说："何不煮一碗鱼汤给先生充饥？"但由于正是台风季节，数日来海上风大浪高，未能出海作业，家中没有活鲜，仅剩下一小块黄鱼肉。女主人就用这一小块鱼肉，切成丁加上鸡蛋清、勾上芡煮了一碗羹汤。说来也怪，朱熹食用了这碗热气腾腾、看似海浪翻滚的鱼羹汤后心旷神怡。面对大海，一阵风来，他心潮像海浪一样澎湃，连续写下两个"澎湃"，而第三个却写成

"澎海"。"澎海"就成了这碗羹的名字。

几百年来，在福鼎，澎海这道羹不但被保留了下来，而且越来越讲究，除了可使用各种普通鱼类外，还有较为贵重的鱼翅、鱼唇、海参、螃蟹肉、干贝等。澎海成为福鼎的一道经典美食，凡是婚宴、寿宴、乔迁酒等各类宴席上都要上澎海，而且往往是第一道。正如福鼎人对太姥山、对白茶的感激一样，澎海凝聚了对朱子的纪念与感怀。

我们想想，朱熹在遭受迫害之时，于天姥山下，海边的一个小村子，端着一碗想尽办法才煮好的鱼羹，他内心是一种什么样的情感，为何心潮澎湃，也许，我们就能理解这所有一切了。

澎海究竟是不是朱子所命名，不重要，重要的是福鼎人的真诚与朴实、宽怀与感恩，这是美好人性的根本。这不光令几百年前的朱子心潮澎湃，也让如今的我们心怀感念。

从地理位置来看，太姥山北望雁荡，西眺武夷山，三者成鼎足之势，但雁荡、武夷地处通衢，声名远扬，而太姥僻居海隅，知之者鲜。历史是后人写就的，太姥山的传奇也自然如此，说是尧时老母种兰于山中，逢道士而羽化仙去，到汉武帝时，派遣了侍中东方朔到各地授封天下名山，太母山被封为天下三十六名山之首，并正式改名为太姥山。闽人称太姥、武夷为双绝，浙人视太姥、雁荡为昆仲。那我们就信之。

大自然的造化，云雾、奇石、山洞、变幻的光线给太姥山增添了无尽的隐秘，"随人意所识，万象在胸中"。有关太姥山的传说数不胜数，崖壁上刻着的"萨公岭"三个字引起了我的兴趣，这内里一定有故事。我喜欢人中有景、景中有人的现实存在。

蜿蜒而上的萨公岭长约1500米，是上山的必行之路。萨公即中国近代海军之开创者萨镇冰，福州人。1929年，他70岁时游览太姥山，感觉上山之路陡险崎岖，行人行走不方便也不安全，便募捐经费，倡修这条石级步游道。之后，他也没有再来过。为了纪念他，从此，这一段宽为一人通行的曲折小路，就成为民国诗人卓剑舟笔下的"雁影白横天际路，日光红涌海门潮"了。

说到萨公镇冰先生，故事就要一直往前回溯。清末时乱世，清军不惜重金置办的"新武器"——海军，船炮是"师夷长技以制夷"，第一批海军人才也是送到海外培养出来的。出生于1859年的萨镇冰就是首批海军留学生之一，他出身于著名的福州萨氏家族。萨氏家族是中国的一个名门望族，来自遥远的西域，元代史籍将他们当作色目人，根据色目人的源流，不少学者将萨氏当作回族，但萨氏在元代已经蒙古化。

光绪六年（1880），萨镇冰从英国学成归国，在"澄庆"舰担任了一年的大副后就到李鸿章在天津创办的北洋水师学堂担任教习，他刻苦、严格、自律，坚守不贪财的立场，他曾说："人家做船主，都打金镯子送太太戴，我的金镯子是戴在我的船上。"

可惜，清朝的海军强国梦经过甲午海战一役就破碎了，就连好不容易培养出来的一干将领也不得"善终"，朝廷把福建籍的海军将领全部革职遣返。很快，随着西方列强一次次展示何为船坚炮利，清朝终于还是认识到没有海军是万万不行的，于是在戊戌变法之后开始重振海军。萨镇冰被复职起用，被委任为筹备海军大臣和海军提督。

雄心犹在的萨镇冰决定利用自己的所学大展拳脚好好整治海军，对所辖海军进行大刀阔斧的改革，建立起统一的指挥系统，统一官制、旗式、军服、号令，还两度游历欧洲，订购新舰。这是中国近代第一次用比较完整和科学的方式组建和管理海军，大大提高了海军在清朝军队中的地位。

世事的发展由不得萨镇冰控制。1911年10月10日武昌起义爆发，时任海军提督的萨镇冰奉旨前去布防。起义军民作战勇敢、不怕牺牲以及百姓积极配合的场面，极大地震撼了他，他说：自从当兵以来，没有见过如此壮烈的场面，可见大清朝廷已经失去民心很久了！此后，曾是萨镇冰学生的革命军总督黎元洪给他写了三封信策反，虽然萨镇冰在回信中以共和政体不适合中国国情为借口推脱了，但是明确表示了不忍心见到同胞相残，不愿与革命军为敌。是忠于朝廷还是体恤百姓？他在挣扎，很快萨镇冰做出了独自弃舰出走的决定，出走之前他用灯语示知停泊的各军舰："我去矣，以后军事，尔等各船艇好自为之。"紧接着，他的麾下宣布起义。

萨镇冰的弃舰出走以及他所辖海军的起义对清王朝的打击是一记重锤，这对中国历史的走向也产生了不容忽略的影响。很快，旧王朝结束，新的时代开始。民国时期，萨镇冰出任过海军临时总司令、海军总长以及福建省省长等职。1949年，蒋介石邀请他逃往台湾，91岁高龄的萨老拒绝了，他留在了大陆走上和中国共产党合作的道路。

美景看在眼里，故事记在心上。这一条小路，与萨镇冰人生所走的路是一致的，虽为曲径但实为通幽，温和、亲民，才是萨公为人处世之原则。

福建人、著名诗人汤养宗在他的有关太姥山的诗中所写："天下最有硬度的汉子们，在苍穹下/站成了各自的位置，像在服从/一次集体的命/又毫无知觉地/放弃了作为肉身的念头，一场哗变之后/变成一种陡峭，成为白云的遗言。"这是天姥山巍峨的山石的写照，也是闽地代有人杰的写照。

（原载《海外文摘》2021年第8期）

一只寻找树的鸟（节选）

周齐林

1

我在一棵树上看见故乡的影子。

年幼时，晚霞满天的黄天，我看见一棵棵在老家牛角屏山上生活了大半辈子的树被连根拔起，随后被工人小心翼翼地抬上马路边停靠着的大卡车上。在疾驰的汽车里，树被载往遥远的大城市。我和伙伴们经常在树上掏鸟蛋、捉迷藏、荡秋千，一棵树给我们的童年带来许多快乐的时光。看着被搬走的树迅速消失在风中，我感到悲伤，仿佛丢失了一个好朋友。

树被连根拔起的过程中，一些断裂的小树根掉落在树坑里，一些泥土依旧黏附在树根上。树被运走后，只留下一个深深的树坑，黄昏时分，一直栖息在树上的鸟在半空中盘旋着，发出阵阵悲鸣。几天后，这些来自老家的树带着故乡的泥土被移植在异乡城市的马路两旁，经受着台风的侵袭和烈日的暴晒。

每个人都是一棵树。一棵没有鸟栖息的树是不完整的。

迁徙和出走慢慢成为当下社会的一种常态。在贫瘠的山村，疾病和贫穷迫使着他们背井离乡。一根根背井离乡的树，被一股无形的力量移植到城市的森林里。在风雨和刀具的侵袭与砍伐下，有的被连根拔起，横躺在冰凉的水泥地上，有的伤痕累累。他们每一天都过得小心翼翼，兢兢业业地工作，不敢像在故乡一样肆意地施展拳脚，只能在那一丁点有限的土壤里试探着深扎下去。他们试图扎进城市的钢筋泥土里，生根发芽，开花结果。故乡的父辈们背井离乡离开生活大半辈子的村庄，他们紧闭窗户，闩好大门，把圈养的鸡鸭拿到墟上卖掉，把菜园子里一地绿油油的蔬菜托付给亲戚或者邻居，把柜子最里端的存折怀揣在身。种种迹象表明这是一场谋划已久的远行。仿佛，他们已经做好了不再回来的准备，做好了抛弃家园的决定。我所在的这个准一线城市，身边的同事和朋友大都把远在乡下种了一辈子地的父母接到了自己的身边，父辈们发挥着生命的余热，细心地照顾着孙子孙女。在这个密密麻麻住着三万多人的小区，黄昏时分，我看见一个推着孩子的老人散步回来的路上，偶然听见熟悉的乡音方言，忽然驻足下来，兴奋地主动上前问候，仿佛见到了久别的亲人一般，面露惊喜。无法抹去的乡音，时刻提醒着生命的源头和来处。

迁徙早已变得没有国界。跨国的迁徙才是真正意义上的移植，它将一个原生家庭的撕裂推向了极致。

2

身边的那些朋友就是这样一个特殊的群体，他们的儿女都在国外定居或者生活。

朋友辉的父母远在美国打工。辉的父母去美国，是缘于他的妹妹。

辉的妹妹是做外贸的，十多年前嫁给了一个比她大十多岁的美国人。围在这个美国人身边的女孩子很多，但这个美国人是个明白人，选择了处处为他着想的妹妹结婚。妹夫是美国亚利桑那州人，在东莞长安开一个贸易公司。

2008年，受金融危机的影响，订单锐减，他妹夫在长安开设的小型家具厂倒闭了。三个月后，他妹妹和妹夫离开了东莞长安，回到了美国亚利桑那州乡村的一个农庄里，并生育了三个可爱漂亮的小孩。

辉的父母在长安靠摆摊卖菜为生。春夏秋冬，每天凌晨三点起来踩着三轮车去批发市场批发新鲜的蔬菜瓜果，然后再拉到租住的小菜市场卖。寒冬时分，风裹着丝丝寒意呼啸着四处游弋，刮在脸上，仿佛刀割一般。辉他父亲弓着背，骑着三轮车，在风雨里穿行着。辉在一个文化公司做策划主管。他老婆只有小学学历，在长安一个老乡的餐馆里做服务员。卖了三年菜下来，他父亲的头发白了很多，脸色发黄，颧骨凸出，瘦削的身体在寒风的吹拂下显得愈加单薄。辉在昏黄的灯光下细细端详他父亲的模样，一阵酸楚在心底涌荡开来。他说服了父母亲放下手中卖菜的营生，自己省吃俭用每个月会给父母一千块钱生活费。

后来他妹妹打电话跟他说希望父母去美国帮忙给她带一下孩子，一个人带三个孩子确实辛苦。"爸妈过来这边到时还可以在附近的中餐馆做服务员，一个月有1500美金，挣一点养老的钱吧。"妹妹打来的这个越洋电话最后只简化成这一句话，像一根细小的针，不时戳中他心底最柔软的地方。

他把妹妹的想法转告给父母。没想到他母亲很快就同意了："那边工资高，去那里挣点钱养老吧，这样也可以减轻你们的负担。"他父亲一直沉默着。辉他母亲不识字，他父亲是旧时代的老高中生，平常爱看点报纸，肚子里还有点墨水。为了适应美国的生活，辉给他父亲买了一本美国生存录的常用词汇。昏黄的灯光下，辉的父亲拿着书本默默地背诵着。他念得很吃力，好不容易记下一个单词，第二天又忘记了。

虽然准备得很充分，但辉陪着他母亲去了五次美国驻广州的总领事馆面试都没通过，他母亲一面试就紧张得说不出话来，额头直冒汗。一直到第六次，才面试成功，拿到了去往美国的签证。

出发前两天，辉拿着笔苦口婆心地在一张纸上面画下这次奔赴美国的路线图。模糊的灯光下，他父亲耐心地听着。这一幕如此熟悉，仿佛多年前刚考上大学时，临出发的前一晚，他父亲拿着笔在昏黄的灯光下给他画下去学校报到的路线图。转眼间，命运的角色就进行了互换。父母亲须首先从广州白云机场坐飞机到上海浦东机场，然后再从上海浦东机场坐到洛杉矶机场，到了洛杉矶机场后，须在国外转机前往凤凰城机场。他妹妹和妹夫会在凤凰城机场接他们。

深夜，喧嚣的城市寂静无声，马路上泛着灰黄的光。我帮忙提着行李，陪着辉把他父母送到白云机场时已是凌晨三点。辉的父母显得一脸茫然。这对于从未出过国又不懂英文的他们而言，险象环生。看着父母渐渐远去的身影，辉双手合一，默默祈祷。

人生的众多第一次像拦路虎一样集聚在一起，阻隔在他们面前，等待着年迈的他们迈过去。这是他们第一次出国，第一次坐国际航班，第一次在国外转机。语言的障碍让他们对接下来的旅途充满畏惧感。

在洛杉矶机场，在一个年轻留学生的指引下，他们顺利走到了前往凤凰城的登机口。

终于顺利登机，他们兴奋中感到一丝疲惫。一觉醒来，飞机盘旋在凤凰城的上空，脚下灯火辉煌，飞机准备降落了。空乘递给他们一张单子，入境前要填写入境申报单，满屏的英文让他们如坠雾里，他们硬着头皮请求一旁的留学生帮忙。留学生问他们有没有携带违禁药品、枪支弹药等，他们像拨浪鼓一样使劲地摇头。他们看见眼前这个年轻的留学生大笔一挥，在右边的一栏勾上了 NO 字。

提取完行李，在出关口的检查通道，他们的行李箱被翻了个底朝天。里面携带的笋干、老干妈和腊鱼都被翻了出来，发出鱼腥的味道。那人怒气冲冲地看着他们，指着入境申报单上的 NO，又指了指翻出来的腊鱼和笋干。辉的父亲迟疑了许久，终于反应过来，原来是自己没有如实申报携带的东西。他迅速说出一声 Sorry，自己都感到十分惊讶。工作人员的态度立刻变得温和，他重新签了字，几分钟后，他们终于出了机场。在机场的出口，多年未见的女儿和女婿兴奋地朝他们招手。人高马大的女婿一把从他们手中接过沉重的行李。

凤凰城是一个在废墟上建立起来的城市，紧邻沙漠，是美国亚利桑那州的首府，常年气候干燥，每年的平均气温是 38 摄氏度。到了七八月，水汽伴随着季风吹来，弥漫在凤凰城的空气里，使得整个城市异常闷热。次日，当辉得知父母亲和妹妹安全会合时，悬着的心终于放了下来。透过微信视频的镜头，他看见父母亲脸上挂着一丝初到异国他乡的兴奋和不安。

辉他父亲性格内敛，每日感觉如坐针毡。他父亲烟瘾很大，在长安做卖菜生意时，每天要抽两包烟。性格孤僻的人只能与烟为伴。到了美国，他的妹妹和妹夫、三个小孩以及妹妹的公公婆婆一家子住在一个庄园里，他们都不抽烟，也不允许抽烟。语言的障碍，使他的父亲变得更加孤僻，终日不知道跟谁说话。打开电视机，却不知道里面在说什么。每次实在忍不住了，想抽烟，他就躲到一个无人的角落偷偷抽上几口。

到美国没多久，他一直担心的事情还是发生了。命运的狙击手早已潜伏在暗处，准备伺机而动。父亲仿佛在劫难逃。2018 年 5 月，辉突然接到他妹妹的电话。他妹妹说他父亲昨晚深夜突然咳血，呼吸困难，叫救护车送到医院，现在正在做一系列的检查。病理化验结果需要一周后才能出来。他的心一下子提到了嗓子眼。他想起他父亲烟瘾这么大，一天最厉害的时候要抽两包，一定是肺出了问题。"肺癌"两个字不停地在他脑海里闪现着，他已经做好了最坏的打算。

远隔重洋的父母加深了辉的担忧。命运没有一下子把他推到悬崖边，给了他喘息的机会。一周后，病理分析报告出来了，他父亲被查出患有比较严重的尘肺病。虽然没有生命危险，但一旦继续恶化下去就十分危险。他想起他父亲在福建的石雕厂工作了近二十年，打磨石头时没有任何防护工具，坚硬的石头被打磨成粉，石粉弥漫在空气中，随风上下浮荡着，也随着空气吸入到他父亲的肺里。尘肺病无疑是在福建工作的那段时间染上的。

"我爸妈一到美国，我妹妹就给他们买了医疗保险，不然一系列的检查费用下来需要十几万，我哪里承受得住。"辉从裤兜里摸出两根烟，递给我一根，而后自己迅速点燃，贪婪地吸了几口。他紧握烟的右手微微颤抖着。

与辉的父亲不一样，康伯和他的老伴都是高中英语老师，他的儿子留学澳大利亚后早已在那边定居下来。退休后他还养成了喜欢运动的习惯，每天绕着小区附近快走一万步，一圈下来，身体大汗淋漓。运动完再回家洗个热水澡，身体十分舒服。康伯是我朋友辉的房东。辉在长安租住的那套86平方米的房子就是康伯的。作为本地人，康伯有两套房子，一套给自己住，另外一套本来是给儿子当婚房用的。儿子定居国外后一直没有回来，他就把这套房子出租了出去。

康伯的退休生活很丰富。上午和一帮老朋友在附近的酒店喝早茶，下午跟一帮棋友下棋，晚上快走完后看看报纸和电视。周末就跟一帮老友去附近的水库钓鱼。日子过得充实而快乐。

去澳大利亚前，康伯让辉帮忙每个月打扫下房子。和老伴初到澳大利亚的那段时间，康伯陷入巨大的精神空虚里。一种无形的力量一下子把他抛到时间的荒野里。每天和老伴做完家务，只能眼巴巴地等着儿子回家。

为了打发时间，他又把运动的爱好捡了起来。他儿子住的庄园很大，他绕着园子走一圈，而后又在附近的公园快走。他戴着耳机，听着从国内下载过来的怀旧音乐，虽然人在异域，但仿佛又回到了国内的时光。

除了运动，他还和老伴把儿子房间后面的那一亩多的空地开辟成菜园子，种了青菜、土豆、番茄和豆角。这些蔬菜的种子都是他托国内的亲戚快递过来。他和老伴每天辛勤地给菜地浇水施肥，看着菜园里的蔬菜在异乡的土壤里生根发芽，开花结果，心底涌荡起一股异样的成就感。

榕树有两种根，一种是原根，一种是气根，原根像性器一般深扎在大地的土壤里，而悬挂在半空的气根是通过光合作用吸收养分，多数气根直达地面，试图扎入土壤之中。

远在异域的康伯夫妇就像气根一般，他们十分努力地适应着国外的生活。后来他的老伴查出肠癌，老伴不想死在异国他乡，病情稳定后，他就带着老伴回到了长安。一年后老伴去世，140平的房子就剩下他一个人，他又来到了澳大利亚儿子身边。

有一种叫北极燕鸥的鸟，每年秋季展开双翅，飞到寒冷的南极过冬。春天来临后，又重新飞回到北极繁殖。北极燕鸥，轻盈的体态，给予了它强大的续航能力。每一年，它要飞行四万公里。漫长的飞行之路，充满着未知的危险，隐匿在暗处的猎人举着猎枪，砰的一声巨响，它们从高空坠落而下，葬身海底。

康伯每年要往返澳大利亚两次，飞行达两万多公里。康伯感觉自己就像一只落单的北极燕鸥。相比于北极燕鸥轻盈的身姿，康伯已人到暮年。每年清明节去墓地祭奠完自己的老伴，他就背上行李踏上前往澳大利亚的飞机，年终老伴祭日的那天，他又从澳大利亚飞回北京，一直在长安偌大的房子里独自待到清明节之后。

去年，在经历一场小手术后，康伯带着他儿子一家一起回到长安，把两套房子的产权人都写成了儿子的名字。对于康伯而言，财富于他已是一种负担，他更需要的是亲情的温暖。与康伯相比，身处打工底层的辉一家，亲情和经济的双重重压，加剧着他们这个家庭的撕裂。

康伯说，等孙子再长大一些，上初中了，他就准备回国，那是他的根。"哪一天你走不动了，怎么办？"面对我的问题，康伯一下子陷入沉默中。"到时就进养老院吧，我不想老死在国外。"康伯说着说着，眼睛湿润了。

3

辉被查出尘肺病的父亲出院后，静养了一个多月，在他母亲的陪同下，从美国回到了长安。

辉的父亲归来的那一天中午，辉设宴在家里招待亲朋好友，为父母亲接风洗尘。在他家里，我见到了他瘦弱内向的父亲。我频频给他父亲敬酒，说着祝福的话，他父亲微笑着看着我，显得内敛害羞，有些不知所措。吃完饭，他父亲独自坐在院落里休息，午后温暖的阳光洒落在他的白发上。望着他父亲瘦削的背影，我就会想起我千里之外的父亲。

在家陪伴了他父亲半个月后，他不识字的母亲又独自一人回到了美国。父亲的疾病加剧了他母亲的挣钱欲望。他难以想象他不识字的母亲从上海浦东机场飞到洛杉矶机场后，是如何独自一人在机场找到去往凤凰城机场的登机口的。他每次询问他母亲在洛杉矶转机的细节，她总是笑呵呵地说没啥，不懂就问了，反正有一张嘴。

父亲回到长安后，整天闷在家里足不出户，仿佛一只被锁在笼子里的鸟。父亲在他面前说话变得小心翼翼，钱也花得很省，他一眼就看穿了父亲的心思。父亲是一个自尊心很强而又十分敏感的人，这几十年他都是这个家庭的顶梁柱。几天后，辉通过朋友给他在镇政府找了一个保安的工作。上班的第一天，父亲是兴奋的，在镇政府当保安，相对轻松一点。在他的帮助下，父亲终于把几十年的烟瘾戒了。保安是两班倒的工作，白班跟夜班。父亲年纪大了，身体又染疾，上不了夜班。为了不让父亲上夜班，他给物业经理送了几条好烟和几瓶好酒，让他帮忙照顾。

一次他去看望父亲，看着父亲在烈日下执勤站岗的样子，他禁不住内心一阵酸楚。回去的路上，他狠狠地扇了自己一巴掌。他暗暗紧握拳头，咬紧牙根，发誓一定要把父母亲的晚年生活安顿好。发第一个月工资的那一天，父亲2500的工资，自己留了500，剩余的2000都给了他。

日子仿佛又回到了固有的平淡而又安稳的日子。生命的河流看似平静，却暗流涌动。他父亲在政府做了两年保安后，由于政府与物业单方面解除合同，父亲一下子失业了。

父亲失业后不到一个月，他妻子有一天忽然感到浑身无力，乳房胀痛，食欲骤降，半个月暴瘦了十多斤。去医院检查，却查出早期乳腺癌。辉在嘈杂的医院里打电话给我，哽咽着问我怎么办。这突如其来的消息仿佛晴空霹雳，顿时让我们不知所措。从医院回来后，看着他们夫妻俩面色苍白沉默不语的样子，在他父亲的一再追问下，他如实告诉了他父亲。他父亲一屁股坐在院落的板凳上，长久地沉默着。

半个月后，在他父亲的一再坚持下，他父亲又独自一人踏上了飞往美国的行程。

"我去那边餐馆做服务员，挣点钱。爸在这里只能增加你的负担。"父亲的话一直在他的脑海里盘旋着，挥之不去。

（原载《北京文学》2021年第1期）

琵琶泓

这是美妙的沧海桑田的故事

徐刚

[中国故事]

当瀛东村的事迹传开,人们看到的是后来的风光,而陆文忠心里最难忘的是拓荒的经历,是土地的来之不易,是守护家园的流血流汗。

这是离开我们为时不久的沧海桑田的故事,这个故事的最美妙处,是这一片可以俯瞰江海交汇的土地,没有成为高楼林立的商业楼宇。这里不缺现代化的气息,但在水面、农田、草木之间,为自然包围,它仍然是乡村。村庄是生生不息的思想和精神的发源地,这里的宁静,连接着古朴与荒野,也走向未来和亘久。

欲醉不能

崇明岛的最东端有一个年轻的村子——瀛东村。那是20世纪80年代中期,在长江口江海交汇处滩涂地上,农人围垦所得的2.67平方公里土地上,新建的村落。滩涂地非瞬息之作,因着长江挟带的泥沙被东海浪潮顶托,流速减缓，渐沉渐积，四时不息，日积月累，新沙新地，层垒叠加而成。其上有芦苇荒草，有野生贝类等小动物，围圩垦拓后，便是可以耕种的土地，所谓沧海桑田是也。围垦者是陈家镇农民六人，领头的是支部书记陆文忠。那垦拓处就是大浪淘沙的发生地。长江挟带的泥沙，沉淤在海边，寒来暑往不知几度春秋后，成为滩涂，可以说它是新地，但要让这新地成为农田，就要有人的介入，要付出农人的血汗。1400年来，崇明岛人就是在垦拓、坍塌、再垦拓的往复循环中，前仆后继，成就了今天崇明岛1413平方公里的疆域土地。陆文忠是垦拓者的后人，血液里涌动着一种渴望：拓荒造地，农人有了地就有了财富，"劳动是财富之父，土地是财富之母"。17世纪英国人威廉·配第的话，崇明的农人不曾听说过，却一直在实践中。不一样的是，就连土地也是劳动之果。自1400年前崇明岛成陆，便只有荒野滩涂，那是地吗？是，但只是原始的、不时被江潮海浪淹没的芦荡丛生的滩涂、盐碱地，需要筑堤垦拓，引江水，排盐碱，生田始成熟地。陆文忠赶上了好时候：他率领农民拓荒时，正值中国进入了改革开放时期；他们拼搏9个寒冬，终于在潮来一片水茫茫、潮去空余芦苇荡的滩涂上，创建了农业、养殖、旅游并举的社会主义新农村——瀛东村。在这之后崇明的垦拓渐渐停止，崇明岛要成为生态岛，东滩荒野已是联合国关注的湿地重点保护区。现在的瀛东村又站在了生态保护的第一线。

如果是凌晨，站在瀛东村的大堤上，看太阳从大海中沐浴而出，火红鲜亮，却没有水滴，只有海浪的推送，和推送之后的依依惜别，涛声依旧。俄顷，太阳升高，光芒照耀海边，如遇退潮，会有一层细沙铺就的极细腻、极光滑的新地出现，有细小的芦苇出生，有细小的生物爬行其上。如果你想看望它们，你就得屏息静气，否则它们会迅即钻进一个个小洞，隐身蛰伏。但在这时隐时现的新地上，留下了它们生命之初浅显而又明晰的印迹。回望大堤内，别墅相接，另有专为腿脚不便的老人盖的砖瓦平房。鱼塘和农田比邻，湖光与绿杨相拥，阳光洒落其间，成为金色斑点，跳跃在水面上。有游鱼偶尔跃出水面，旋即落水，那金色斑点便融化在粼粼水波纹中，以同心圆的方式渐次扩大……这一切如诗如画的情景，足以陶醉远方归来的游子，但一次又一次造访陆文忠、瀛东村，我欲醉不能，何故？

血汗新地

　　因为我知道瀛东村的历史，以及陆文忠身上独特的魅力，他的语言、他的胸襟。他说他是个种田人，全国劳动模范也是种田人。他是带着一伙农民从垦拓开始，真正走向共同富裕的种田人。他说一家富不算富，一人穷便是一村穷。他有天生的东滩农民的领袖气质，他第一个倡议问东海要土地。1985年初冬，北风凛冽，陆文忠带着6个农民进驻滩涂地。他们的全部家当是6根扁担、6副泥筐、6把铁锹、1卷草绳、1缸咸菜，和拼凑而得的200元资金。先是刘芦苇，搭"环洞舍"。"环洞舍"是崇明岛先民最早的住舍，在芦荡中先辟出一块地，铺上一层干芦苇又铺柴草，再在四周以芦苇环绕、攒顶，"环洞舍"建成。舍外不远处再以泥坯砖块搭灶，农人称为"行灶"、泥涂灶，可生火做饭。菜呢？咸菜是也。严寒风烈，滩涂地已冻结，挖泥挑泥筑堤，冬日的芦根像尖刀一样在滩地兀立，它不仅是掘泥的障碍，而且扎脚，陆文忠一不留意便扎到了右脚脚底，鲜血直流。草草包扎，把受伤的脚塞进沾满烂泥的鞋，掘泥不止。7个农人，在寒风中锹挖肩担250多个日日夜夜，筑成一道堤岸，首战获得600亩土地。1987年3月，陆文忠他们一鼓作气，又围垦而得2000亩土地。堤岸在加长，土地在增加，崇明东滩只有放牧人和牛群的荒野，正在成为新的家园之地。这一消息不胫而走，轰动海上，1994年岁末，在当时崇明县政府的支持下，陆文忠率瀛东人又开始了第三次围垦，再获1400多亩土地。

　　那些年，或者在更久的农耕文明的漫长岁月里，土地是农民的心肝宝贝，崇明尤甚。当瀛东村的事迹传开，人们看到的是后来的风光，而陆文忠心里最难忘的是拓荒的经历，是土地的来之不易，是守护家园的流血流汗。第三次围垦大堤行将合龙，已经一天一夜没有合过眼的陆文忠，骑摩托车驶向工地时，中途翻车。他顾不上胸部的刺痛，在现场指挥，又扛起200多斤重的泥包冲向合龙口。大堤合龙，陆文忠被抬进医院，检查结果：右肋第三根肋骨骨折。村民告诉我：硬骨头都是断骨头炼出来的。大堤合龙了，大堤的安全关乎一村人的生命财产。陆文忠不时在大堤上巡查，他在飞车堵截几个不明身份的闯入者时，又一次摔倒，锁骨、颅底等 8 处骨折。1997 年夏，第 11 号台风袭击而来，护卫瀛东村的大堤被风浪击垮了半条。陆文忠带头，村民蜂拥而至，抱来了家里所有的棉被，奔赴缺口处。青壮劳力由陆文忠领头四人一组，在摄氏三十七八度的高温下，扛起 800 斤重的钢筋水泥楼板，从大堤下，一块一块扛到大堤上，填缺口筑护坡。

缺口堵住了，堤防安全了，陆文忠他们汗也流尽了。只有在这时候，坐在大堤上气喘吁吁的农人，才想起抽一支烟，一摸口袋，空空如也，烟在风波浪里游。或者，烟盒尚在，却皆已湿透。此刻，陆文忠也稍得宽余了吗？是，又不尽然。

安居回想

他在回想这些年走过的路，琢磨一个话题。从筑岸造地到建村，从"环洞舍"到家家有新房，从单一种地到多种经营……这条路，是不尽平坦的路；这个话题，是近乎哲学的话题：守护家园。他对我说过："徐老师，我喜欢你书里写的那个外国人说的话，辛勤劳碌，诗意地安居。"陆文忠又说："安居，首先是安全、安稳。加固、巡防大堤是第一位的。"瀛东村是陈家镇离东海最近的村，它的大堤是当时最外围的大堤，实际上也是崇明岛在海陆边缘，直面风浪的一处屏障。陆文忠在涛声中长大，又在滩涂上垦得土地，他是这样理解人与自然的："自然给你一切，自然又可以轻易摧毁一切。就像我们的大堤要是垮了，海水涌进来，又是白茫茫大波浪。崇明人不怕苦不怕累，最怕海难。老祖宗留下古训：火烧一半，海坍精光。"陆文忠格外重视堤岸的安全，并自己带头巡防，风雨无阻，四季皆然。堤岸稳固，便要造房子，有居始能安。于是建农户住宅区，一家一别墅。楼上楼下，电灯电话。岁月倏忽而过，又有老人腿脚不良于行，上下楼不胜其力，便专为他们造平房，颐养天年。安居不是一蹴而就的，崇明冬天苦寒，瀛东村又位于江海前沿，海风强劲且腐蚀力强。从 2018 年开始，村里为所有村民住房进行了保温改造，包括房顶、墙面和门窗。

安居已得，怎样让农民富起来？瀛东村的一个特点，崇明全岛少有：地多人少。陆文忠和村支部议决：多种经营"三业"并举。养殖业其一，利用滩涂资源，开挖鱼塘，岸边植柳，柳下种花。崇明兴起农家乐时，瀛东村开办渔家乐，鲜味远扬。生态种植业其二，占地 601 亩的耕地上，种植各种蔬菜瓜果，除去外销，自足有余。旅游业其三，与崇明生态岛建设相呼应，乡村旅游在保持东滩乡土味的同时，转型升级为集休闲、餐饮、会务、住宿为一体的生态度假村。2018 年，瀛东村与旅游投资公司合作，投资 1.2 亿元升级改造，统一管理。游人已很难分辨出这是浩渺水景还是水产养殖。南湖北湖畅通后，是 1000 亩的水面。"至若春和景明，波澜不惊，上下天光，一碧万顷；沙鸥翔集，锦鳞游泳，岸芷汀兰，郁郁青青……"在湖畔柳下，看着这盈盈的水，稍远处一只停泊的孤舟，对岸无边的绿色，我有困惑：此岳阳楼乎？此瀛东湖也。2020 年，瀛东村在籍人口 243 人，95 户，农民人均年收入 38000 元。

宁静致远

2020 年夏天，我回乡小住，再访瀛东村，却没有惊动陆文忠。为何？我希望独自感觉这一片新地、这一个新村；还有，30 多年后，我还能觅得荒野的气息吗？

遥想 1994 年春，我时隔十年后回崇明，瀛东村初创，陆文忠邀我到东滩走一趟。那时小路泥泞，芦根尚存，我们是在滩涂地上一个大草棚里见面的，握手，彼此都能感受到温度和一种心情：在东滩荒野，我在寻找他，他在等着我。我俩相对而坐，喝茶。大草棚西侧有个做饭的小草棚，正在熬鱼汤，陆文忠说是一锅杂鱼，鱼香荡荡，"中午请你吃鱼，东滩鱼"。然后闲谈，就是说家常话，闲谈富有情趣。我说老家在崇明岛西北角，文忠说："我要不请你来，你就少了一角。"他为这泥泞小路抱歉，我说我就是在田埂小路上走出去的。我们俩年龄相仿，虽说一个在岛的西北角，一个在东南角，却有相似的童年：拾芦柴，割羊草，捉小鱼，玩泥团。他说："玩泥团时，浑不知泥土来之不易，筑堤围垦后才懂得。"陆文忠告诉我："你写崇明的文章，总是离不开芦苇和土地，还有长江，这种乡土情怀，用我们种田人的话说，就是牵丝攀藤。"他又补充道，"比如黄瓜、丝瓜、扁豆，它们长在泥土里，却牵挂很远。""或者在很远处牵挂着。"

我们在滩涂上漫步。现在一切都平静了。隐隐地，大堤外有江风海韵传来，那是天籁之声；有小片的芦苇群落，长出了绿色的新叶，海风吹过时，那芦叶便互相推挤，推挤出一只小鸟直飞云霄，在天上转了几圈，又滑翔而归。我们为飞鸟所吸引，目光追着它上天，盘旋，飞落，归隐。陆文忠说："它知道一切。"然后，他指着脚下的滩涂地，"这里要掘出一个湖来，这片芦苇就在湖岸水边。"又指着西侧一片荒滩，"那边是一大片耕地，种农家菜，种花。"那一刻，我在滩涂上四顾，忽然想起一个词语：荒野。梭罗说："只有在荒野中，才能保护这个世界。"荒野带给我们的是荒地、荒草、无边的宁静，荒野是大地的一部分。享受荒野的宁静，同时，也享受荒野主人规划这片荒地时的自信和梦想，是何等惬意！这荒野上会有湖，有水波粼粼，还有菜与花，离滩涂不远处是农人的安居之地……但，它还是荒野吗？它还有宁静吗？

去年再访瀛东村，感慨良多。大草棚不见了，滩涂已成为大湖，大鱼小鱼在湖水中悠然自得。村里多了一处读书室，书架上排列着科普和农耕技术书籍，也有时下的畅销书，还可以喝咖啡。崇明土布的制作现场，几个妇人在静静地做针线，柜子里有展出的成品，那些土布衣帽、男女围巾，琳琅满目。乡愁顿生：我是穿着土布长大的，儿时，母亲的纺车声、布机声，是我的摇篮曲……据说，游客最钟爱的是各式大包小包，式样新颖，土布裁剪。它们是娴静的存在，淡泊、优雅、端庄，散发着乡土气息。从布料到成品，全是手工制作，岁月在其中吐露着日光和月光，让人想起海德格尔所说的："这种显现在作品中的光亮就是美，美是真理显现的一种方式。"我又走向湖滨，遥望着那一丛已经繁荣的芦苇与大片岸柳，水面泛着阳光，都是光亮的美呵，她显现的真理应该是：劳动，土地，财富。人因着大自然的恩赐，而有土地，但人必须在土地上辛勤劳作。不仅如此，人在有了土地后，除去获得财富，还必须再现大自然的风景，人永远也离不开自然的滋润。"水鸫的宁静与歌声，是弥足珍贵的，因为它安抚着心灵；果园、阳光及归来的牛群，是弥足珍贵的，因为它们温暖着情感。"（梅布尔·赖特语）我在湖畔遥望对岸芦苇丛时，偶遇一只小鸟站立在芦叶上，时有鸣声如问我：客从何处来？

这是离开我们为时不久的沧海桑田的故事，这个故事的最美妙处，是这一片可以俯瞰江海交汇的土地，没有成为高楼林立的商业楼宇。游客或有不解，陆文忠说过，"为了留一处乡村家园"。这里不缺现代化的气息，但在水面、农田、草木之间，为自然包围，它仍然是乡村。村民们依然过着日出而作、日落而息的生活，各有分工，各司其职。与江海为邻，远离城镇的喧嚣，他们"种下去的是自然果实，长出来的是精神果实"，村庄是生生不息的思想和精神的发源地，这里的宁静，连接着古朴与荒野，也走向未来和亘久。眼前的沧桑巨变离不开陆文忠——村民呼之为老书记——和他的农民弟兄。如今他们已经退隐，退隐在瀛东村的绿色家园中。朋友招呼我该走了，与岸柳芦苇挥手再见时，蓦然回首，何其幸运呵：那倒映水中的人影，正与天光云影共徘徊。

（原载《光明日报》2021 年 3 月 7 日）

我在高原之上的临潭（节选）

北乔

我们在长廊里说话，一个孩子从院子外跑进去，朝众人笑了笑，有些害羞，好像还有些陌生之中的害怕。这是一个女孩，年龄不到十岁，后来知道她刚上三年级。就坐在长廊一角的一张小桌子做起作业，一点也不受我们的干扰。我这才注意，桌子上有几本旧书，是被翻旧的。在和孩子父母聊天中得知，这孩子特别喜欢看书。我掏出二百块钱给孩子，并对大人说，这钱一定要给她买书，只买书，买她爱看的书。看着孩子，我想起我的童年。这是在甘肃省甘南藏族自治州临潭县卓洛乡的一户人家，此时，我到高原已经一年多的时间。走村入户，和乡亲们聊聊家常，是我所喜欢的。这让我消除了许多的陌生感，更让我对这块土地有了感情。每每到这样的人家，我的心里都有隐隐的痛。乡亲们的日子过得还有些难，孩子们的童年有太多与当年的我相似。但我回避不了，不是不能回避，而是我不愿回避。多来，痛是痛，但会勾动我内心的柔软，加强我来临潭的意义，坚定我在临潭的信心。

到高原之上的临潭，是我始料不及的。我不善规划人生，喜欢顺其自然。那好吧，迎面而来的，都是人生应有的一部分。我说服自己的理由很简单，别人可以上高原，我也可以；无数的父老乡亲能在高原上生活一辈子，我去两年，不该认为是难事。过了心理关，其他都是小事。人就是这样，最难战胜的是自己，最容易战胜的其实也是自己。

我清楚心态的力量，凡事往好处想，内心将会充满阳光。是的，一束光就可以穿透黑暗。我开始寻找和捡拾来临潭的种种益处，营养我稍有虚弱的心绪。我在农村长大，18岁参军后，再也没有体验过乡村生活。到临潭好啊。临潭有16个乡镇114个行政村，虽然平均海拔2825米，虽然属于藏族聚居区，其中还有3个乡镇是回族乡镇，但这里有我源于生命里熟悉的乡村生活。

临潭，古称洮州。明洪武年间，大批江淮军士和家属来到此地，从而保留了绝版的江淮遗风。作为江苏人的我，感到格外亲切，在这远方的远方，呼吸浩荡了600年的故乡风。别人是他乡遇故知，我是在他乡看到了故乡的身影。临潭，不是他乡，也不是我的第几故乡，而是我故乡的一部分。这里的乡村生活，与我童年和少年时期的乡村生活，有着太多的相似。下乡走村入户时，我特别爱和乡亲们聊聊天，遇上小孩子，总忍不住要摸一摸，仿佛是在亲近童年的我。

对于下乡，我确实有些矛盾。临潭山大沟深，许多山路通行条件很差，坐在车里，我总觉得大山是位放风筝的人，弯弯曲曲的山路是那根线，我与车子是在空中晃荡的风筝。数小时的路程，海拔不断变化，我从不晕车，可跟不上海拔起起伏伏的身体，总是受不了，头痛、恶心、反胃，成为经常之事。这也好办，摇下车窗，拿起手机，拍拍一路的风光。这也算是意想不到的收获。临潭人自豪临潭是离内地最近的雪域高原，个性化的旅游资源相当丰富。然而，外界对此并不了解。许多朋友和读者看到我的图文，总以为我在西藏。我说，临潭，甘南，真的都是旅游胜地。有许多景色和地貌，具有独特性和唯一性。满山的格桑花、悠闲的牦牛、调皮的高原羊，能让我们感受到大自然的亲和与神秘。下乡途中，我见过鹿、野兔，看过百姓挖冬虫夏草。时常遇到过路的牛羊，它们不紧不慢的样子，真的很可爱。临潭的冶力关，既是行政上的冶力关镇，又是更广范围的冶力关大景区，这里的地质风貌纷繁，景点众多，有"山水冶力关，生态大观园"之美誉。而临潭的牛头城、洮州卫以及遍及全县的土城墙、烽燧、城堡等，从岁月的深处走来，写满历史的沧桑。转一转，旅行一番，是顶好的去处。至于长期生活，那还是相当艰苦的。

作为国家级深度贫困县的临潭，自然条件恶劣，严重缺乏经济发展的必要条件。脱贫是国家之重举，也是百姓们过上幸福生活的必由之路。临潭没有脱贫的百姓还很多，可他们乐观的光芒照亮了我的心魂。在羊永镇的一个村子里，一位60多岁的老人，妻子和两个儿子早在10多年前就相继去世，他拉扯孙子10多年，现在20岁的孙子在夏河县打工。我去的时候是傍晚，夜色已经开始漫开来。通向村庄的路还算不错，从大路进入村子，就很难走了。同行的村干部不时提醒我注意脚下的坑和土块，路两边的土墙和草垛，有一种说不出的悲凉。挺大的院子，显得特别空旷，因为收拾得干净，反而更像荒原。老人不爱说话，与老屋一样沉默。令我诧异的是，屋子里特别整洁，超乎我想象地整洁。墙面和屋顶糊着的报纸和油皮纸已经泛黄，一如老人满脸的沧桑。没有灰尘，没有蜘蛛网，柜子后面、门的上沿等处，用手一摸，干净得不可思议。老人抽水烟、喝盖碗茶，身体上的衣服虽旧而板正，竟然把困苦的日子磨出了光泽。老人说，苦都熬过去了，现在孙子打工挣钱了，政府也很关心自己，日子越过越好了。我不敢与老人直视，他眼神里的从容和向往，让我温暖，又让我心痛。在此之前，我曾到过冶力关镇一户人家。爷爷腿有残疾，只能靠双手挪行。我去的时候，他在屋外的廊道里，身后是一间暗如黑夜的屋子。我和他聊了几句，想进屋里看看，刚到门口，从里面蹿出一个小小的黑影。定神一瞧，一个四五岁的男孩，后来知道是爷爷的孙子。这孩子浑身的衣服破旧，油腻腻，深黄色的污垢愣是涂出个大花脸。一个小脏孩子，比小时候号称"泥猴子"的我还脏。孩子不说话，在我身边来来回回跑跑蹦蹦，一会儿拿起小土块当作玩具玩得很专注很开心，一会儿又倚着爷爷静静地站着。孩子的无忧无虑，孩子的活泼，那清澈的眼神，让我顿时生出许多羞愧。

我来临潭挂职帮扶，协管文化、扶贫和交通等工作。因为是协管，所以接触的工作面反而大。而中国作协这样的单位，也不可能像一些单位那样有资金和产业项目等资源。虽然扶贫工作要力戒直接送钱送物，但钱物总是让人喜欢的。没有硬通货，这是我履行挂职工作的短板。我只能发挥作协的文化优势和文学强势，多在加大人文关怀和锻造人文精神上寻找突破口，多做文章。这其实与扶贫先要"扶志扶智"是相通的。因为长期积攒下的生活习惯和封闭性的思维，许多群众对扶贫政策的理解比较浅，有时因为过于自我，面对众多的惠农政策，反而心生不满。有的贫困户"等、靠、要"的思想确实有些严重。这时候，干部主动热情地贴上去做工作，就显得尤为重要。而许多干部为贫困户送政策送资助送技术，好事做很多了，偏偏没落个好，既委屈又不同程度地怨群众。在一个村子，我遇上一家贫困户的男主人，帮扶干部送钱物，他嫌少，帮助谋划致富之路，他要么说学不会，要么说干了没多大意思。那天，我和他聊了很久，替他舒展了一些心结。我沾的好处是，有些家乡口音，群众一听就知道我是外地人，我再随意一些，他们就认为我不是本地干部，说话就随意多了，聊着聊着，愿意说心里话，我站在他们的角度说的一些，他们也愿意听听。我的感受是，干部真要学会用农民的语言和农民说话，要多站在农民的角度去看世界想问题。很多时候，沟通、交流，真诚比技巧更重要。

三年来，我走访了临潭县全部16个乡镇，足迹遍布全部141个村（含自然村）和330户贫困家庭，累计下乡达450多天570余次。坚持"职务挂职，工作态度不挂职"的原则，通过走访群众、召开会议和座谈交流等方法，指导乡村干部广泛宣传"扶贫先扶志，扶贫先扶智"的理念。注重发挥自身在多个岗位锻炼经历和具有部队基层实践经验及文化理论优势，同时边工作边学习，虚心向当地干部群众请教。由于挂职这一特殊性，经常会和各行业督查组、检查组下乡进村。我力争做到在具体行业性工作中不说外行话，提出贴近实际又具专业性的工作意见和建议。面对农民群众，我也能发挥自己曾生活在农村、了解农村的优势，同贫困户交谈或做思想工作时，能用农民的语言交流，善于聊家常事，从而达到把大道理讲实的目的。在下乡入村时，我从不在乡镇做过多停留，而是多走村入户，到田间地头，和农民在一起。通过同他们聊身边的人和事，开导并说服他们，听取他们的意愿和诉求，帮助梳理急需解决的困难和问题，为其出谋划策、制订脱贫计划，不断激发贫困户脱贫致富的斗志和热情，树立起脱贫奔小康的信心和志气。这些做法得到了县委、县政府和各职能单位以及广大干部群众的好评，认为中国作协派出的挂职干部帮扶总能帮到点子上。

我清楚地认识到，扶贫工作，有的需要短时间见效，有的则需要我们有些耐心，从视野、自信心等方面润泽，慢慢地收获。

在一个仅有12名学生1名老师的村小学，面对我的到来，孩子们很紧张，躲得远远的，目光里有胆怯也有好奇。我尝试回到我的童年与他们说话，还是不管用。我不再强求式地与他们交流，而是和他们一起推铁环、跳绳。玩了一会儿，孩子们都围着我，先是相互间开玩笑，争着向我说同伴的糗事。再后来，我感觉他们把我当成他们中的一员了。我问什么，他们都抢着回答。每到一个学校，和孩子们在一起，我都问我自己，当年我在村里上学时，我希望见到什么、听到什么。我总是相信，对孩子而言，为他们打开一扇窗，在他们心里植下向上、美好的种子，看似没有实质性的资助，其实对他们成长的影响是巨大的。

到临潭挂职，艰苦自然是免不了的。

醒来，无须看表，此时凌晨四点左右。窗外夜色淡然，房间漆黑，我像是被这浓浓的黑挤醒了一样。头脑介于清醒与混沌之间，躺着，无一丝睡意，倘若坐起来看书，不消几分钟，困得不行，再躺下，精神又足了。有关资料说，这是"高原性失眠"。据说凌晨四点左右，氧气最淡薄。没有在理论上进行考证，但身体告诉我，自来到高原，这个时候的睡眠最脆弱。没有特别的感觉，就是睡不着。晚间入睡，也是一件困难的事。一夜下来，真正睡着的也就三四个小时。我历来以"躺倒就能睡着，没有闹钟不醒"为自豪，现在高原没收了我为数不多的自豪之一。我知道，这是看不见的海拔在骚扰我。

我刚到临潭时，还是很好入睡的，早上也需要闹钟才能醒。那时下乡，尽管一路上海拔不断变化，最高时达3300米，最低时2200米，我没有任何不适。但一年下来，难入睡易醒来，成为常态。再在海拔不断变化的路上坐两三个小时的车，明显有反应，头晕反胃。这不是晕车，而是轻微的高原反应。

后来我才发现，所谓到高原一段时间就能适应，更多的是心理而非身体。既来之则安之，别人能待得住，我也可以。至于身体上，对高原的敏感下降了，高原反应仍悄然存在。最大的适应来自某些习惯的改变，换种说法，就是臣服于高原。最明显的莫过于不再总想着运动，走路慢了，爬楼慢了，真正过上了"慢生活"。就连感冒好的步伐也出奇地慢，少则两三周，多则个把月。我这一年中，至少都有一次感冒会延续一个多月的时间。最长的一次，竟然两个月的时间里，感冒的症状总是如影随形。人常说高处不胜寒，现在要加一句，高处不胜快。

我有一年的时间以办公室为住处，办公室里只有一张床，没有卫生间等基本的生活设施。没关系，这不需要经受上下班的劳顿。在楼道的洗漱间洗衣服，不用5分钟，手就冻僵了。没关系，我就想当年我当兵时与此一样的洗衣服情形。晚上因在高原而久久睡不着时，没关系，这是多了看书写作的时间。挂职3年实际在岗时间超过950天。有人说，我在岗时间超过许多挂职干部和任职干部，其实我也是有私心的。我母亲肺癌晚期，除了春节回去看望，其他时间我不敢回。一旦假期用完了，如若她老人家有个三长两短，我没有时间回去的。事实也是这样，母亲于去年7月去世，我来回用了一个月的时间。

我确实认为，在临潭挂职，是我人生中极为艰苦的岁月。可是，与临潭的干部群众相比，我的这些艰苦又微不足道。这是真心话。别的不说，就是县上的县级干部，每天除了开会，就是下乡和在下乡的路上。白天的工作太多，许多会都是在晚上开的，动不动就开到一两点，甚至三点多。我曾开玩笑地说，临潭的百姓真是大开眼界，他们见到县委书记、县长，是常事，就是州委书记和州长，许多村民也见到过许多回。在我看来，在临潭经常性地下乡，是在与生命相搏。一天里，以2800米海拔为中心点，低到2200米，高到3200多米，短时间里如此频繁地海拔不断变化，身体需要付出更多的机能进行调整，外在的高原反应常有，潜在的损伤一定也不少。临潭的干部们，就这样一天又一天、一年又一年。

临潭的县镇（乡）村三级干部天天在扶贫第一线，付出了比我多的辛劳，受了比我多的委屈，挨了比我多的批评。我的挂职是短期的，而他们还将长期这样工作下去，他们中的许多人，将会把一生交给临潭，交给高原。

来到临潭，来到高原，我才发现，高原一直在我身体里，一直在期待我打开。这是工作需要，也是我生命的机缘。

现在，高原与我，互为对方。真好！

（原载《青年文学》2021年第4期）

太姥山

王剑冰

一

无论多少传说，这座山都与一位女子有关。传说中我最喜欢的，是那位让人感到亲切的劳动者。人们叫她蓝姑，她在山上种蓝，还种白茶。蓝的果可以吃，叶子可染布，白茶能治病健体。这简直像一首诗。后来人们将这位给尘世带来吉祥的女子称为太姥。

黎明时分，一声鸟叫，引燃了山顶众鸟欢鸣。想象太姥在世，会在这鸟鸣中开始种她的茶和蓝。茶与蓝一片片地铺展，催开了寺院里的钟声。

海浪涌起，烘托出一抹玫瑰烟霞。烟霞腾挪，渐渐变得浑厚，太阳的金轮从浑厚中隆隆而出。大地顿时一派澄明，满山的浓郁涂了一层葱翠。葱翠中看到与中原不一样的桐花，这里那里，像是丽人出浴，雪亮的芬芳，融化了天际。

海鸥是我见到的第一批游客，它们从海上飞来，自在地在葱翠间撒网。

这时回头，太姥山像一尊佛，披拂了红黄的袈裟。

二

对于大海而言，太姥山是一个独特的存在。多少年前，它从大海的母腹中轰然而出。当它耸立云天的一刻，海听到了接天连地的脉动。那么，也可以这样说，那些嵯峨的山石，即是凝结的海的浪花。浪花纯净圆润，每一朵都透着坚实与浪漫。

石与石之间的缝隙，被雨滴敲开。太多的鸟鸣灌进去，灌满再溢出来，满山谷流淌。一块大石差点惊落万丈深渊，晃动了两下，又被风扶住。风肯定是太姥自家养的，携着芳香只在山里转，笑笑闹闹把每一个角落都转遍。

山洞是要居住仙人的吗？一个个洞穴，哈出一团团雾气，雾气变成云朵，随山瀑流向很远。

岩上钻出来一棵小芽，岩以自己的湿润供养它。很多这样的小芽歪斜着、挺立着，与山岩共同诠释友好与信念。

前面是一线天，峡缝很长，人们却喜欢与自己叫板。女孩从峡缝攀到上边，刚打开一把青花伞，就被透明的雨线覆盖。再细看，竟然是云隙间射出的一柱光。

千峰万壑，总会有黄瓦红墙隐在其中，香烟缭绕着木鱼的清响。往往这时会变得步履轻盈、气韵宽展。

还会突现一湖水，像是太姥山的瞳孔，闪着幽蓝的晶明。这时有人大呼小叫，湖把那些叫喊滤了一遍，连声带水甩到很远。

山石也会捧着小潭的清涟，人们叫作天水。天水似一个个茶盏，茶盏时而飘进几许叶片，那是野生白茶。仙境中的茶林，是白茶宗源。茶林一忽儿于云上，一忽儿于云下，采摘的时候，会连云气也带回来。

有姑娘在潭边煮茶，穿着麻衫的俏丽身影，让人想到那位太姥。在这里喝茶，与在下边的感觉不一样。高山上就着天水，挨着茶林，品的是自在与天然。

一路攀登，有人说看到了金龟爬壁、银鼠跳崖。可我看到了一个世俗世界：农妇在弯腰提水。孩童在赤裸洗浴。牛卸了耕耘的农具，扭身望着夕阳。一个麦场不大，石磙却不小。一只蛤蟆，看到我竟毫无顾忌，仰头大叫，只是叫声听不见。有人害羞了,红着脸背转身去,像第一次出来赶集的村姑。那是些乡嫂吧,聚在一起,也不管姿态雅不雅,摇头晃脑,伸腰拉胯,肯定上演着什么好戏。还有穿长衫的绅士,挺胸凸肚,高谈阔论。远远的单单的可是老子?在那里思想,又像送别刚刚问道的谁。

这片区域,几乎聚集了所有个性独具的顽石,它们放浪形骸,亦仙亦幻,构成太姥山的洒脱从容、磅礴大气。

我感知到太姥山的自然与亲切,它连同大海,带给这个世界更多的深沉与浩瀚。实可谓"毓秀海天三千韵,钟灵仙境九万重"。难怪汉帝封其为"天下名山第一",唐宗又赐"仙都圣境无双",多少文人墨客为之慨叹。一位当地人说得好,它既是一部自然经典,又是一册人文巨著。

三

夕阳落去,大地沉睡,广宇安详。有些故事还在延续。

换一个角度,就看到了爱情的影像。那山石,怎不是一个人冲着一个人跑去?还有,一位在弯腰,要拉起下边的一位。还有,两个人依在一起,头顶正过流星雨。

在这里,或明白什么叫山海奇缘,什么叫一生一世。太姥做证,一切都成了永恒。

这时再看月,月只剩了半弯,正收割着丛丛云气,直到现出一片净土。转过山弯,那月已是一枚篦梳,别在女子的发髻上。女子背对我,身腰舒展,正享着那番清雅。

太姥山,一座低调的山,它不浮躁、不虚飘,充满了沉宁的内涵。真的是饱经沧桑的老母,什么都悟空。你来了,同她坐在一起,不消说什么话,就会陷入她的深刻。

你也会变得明白起来、纯净起来。你甚至也想变作一块石,在这里打坐,看云起云落,任潮退潮涌。

[原载 2021 年 7 月《人民日报》(海外版)]

在陶令冢前折腰

野荠

今年的母亲节,我应邀去了陶渊明的故乡柴桑,这是我愿过的节日,也是我愿去的地域。我愿听的故事是陶渊明的曾祖父的母亲,责令在县政府工作的儿子把一条腌鱼还给鱼主。"侃少为浔阳县吏,尝监鱼梁,以一封鲊遗母。湛还鲊,以书责侃曰:'尔为吏,以官物遗我,非唯不能益我,乃以增吾忧矣。'"陶侃的母亲湛氏能够写信教子,说明这个母亲是有文化的,但有文化的母亲古今不止湛氏一人,其中也会有儿子收人贿赂的点赞者:"吾儿孝矣,味道好极了!钱可市鱼,不若钱也。"建议收礼就收脑白金。未来的大将军陶侃是湛妈妈的好儿子,遵命还鱼于客,并将此教诲融入血液,遗之后裔,以至于在红五代彭泽县令陶渊明的身体内部,依然有着不把五斗白米变成五斗黄金的清正遗风。试想县令虽小,而今也是个正处或副厅级,鱼可渔,权钱酒色皆可渔,有志者须奋斗半生乃至于一辈子,三千年弃之若敝屣者,可谓前无古人,后也只有一个名叫陈行甲的巴东来者。

陶令身后,故乡颇多,仅此可见后世之人以他为荣,情愿追认自己祖上为诗人的芳邻。这让我想起清乾隆年间,一个名叫秦大士的状元看了同宗秦桧之墓，慨然撰联一副："人从宋后羞名桧，我到坟前愧姓秦。"大家知道，区区县令比宰相的级别要低很多，尤其还是曾任，泱泱华夏却有五片土地为争夺陶渊明的祖籍差点打破了头，这就再次证明，人类正确的价值观可以不受官衔的撼动。五片土地是浔阳九江、楚城鹿子坂、庐山南麓粟里、南康城西玉京山、宜丰秀溪。此外另有安福、彭泽、都昌、当涂等处，还有一处竟从江西迁到了安徽黟县，取陶诗"开荒南野际，守拙归园田"中三字，名守拙园。其实那是他的第二个儿子陶俟的第二十九代孙陶庚的第四次迁居之地，实在是远乎哉，远到哪里去也。

  我是认定了柴桑为陶令故乡，方才受邀而去，其根据是《晋书》卷六十六《陶侃传》载："陶侃字士行，本鄱阳人也。吴平，徙家庐江之浔阳。"吴之鄱阳郡，晋之浔阳县，均为今之柴桑，遵母命而还腌鱼的陶县吏不仅是本县的干部，并且籍贯就在本县。《宋书·陶潜传》亦载："陶潜字渊明，或云渊明字元亮，浔阳柴桑人也。"大将军陶侃与大诗人陶潜，这曾祖孙二人同载史册，再上溯陶侃的父亲陶丹又是东吴的扬武将军，娶妻豫章新淦的湛氏，封柴桑侯。还有，陶诗的代表作"采菊东篱下，悠然见南山"里的南山，正是柴桑面南的庐山。有了这一系列确凿的文字，我没有理由立异标新，语惊四座，乘坐高铁到他第三十代孙子那里去寻访他一千六百年前芒鞋踏过的脚印，然后写一篇颠覆历史的奇文，名曰《陶里新考》，以专家之名与人抬杠。

  下榻依庐山而建的依庐酒店，忽然又想，假令当年有这么多的房地产老板挂靠在这位饿得起不了床的诗人身上，见他"偃卧清馁有日矣"，每顿只送一碗白米粥来，腌鱼之类从免，他也不会抱怨自己只知道吃的五个儿子了："……虽有五男儿，总不好纸笔。阿舒已二八，懒惰故无匹。阿宣行志学，而不爱文术。雍端年十三，不识六与七。通子垂九龄，但觅梨与栗……"这五个儿子分别为前妻所生的陶俨，续弦所生的陶俟、陶份、陶佚、陶佟，懒得抽筋的次子应是后人迁徙安徽的饿二代陶俟，而被饿死的另两个儿子，则是双胞胎陶份和陶佚。胎里先天不足，生下来又营养欠佳，身子骨儿本来就不结实，三年灾害时期，两命呜呼。不过我并不认为陶家五子个个懒蠢至此，诗人是最会夸张的种类，饿得虚火上升，拿自己不受人权保护的骨肉撒气，后世的古诗词专家捡个棒槌就当了针，还有人考证是他合欢前饮酒所致，至少我不相信他每次都喝酒。

我曾对人戏说自己六去江西，与乾隆三下江南对仗，似可写成一副楹联，半边贴于皇宫殿柱，半边糊在一个旷野山廒的茅草棚上。以时间先后为序，我是去了新余、南昌、万年、弋阳、抚州、柴桑。第五次取道上了庐山，途经九江，连宋公明哥哥题反诗"他年若得报冤仇，血染浔阳江口"而英勇被捕的浔阳楼都上去坐了一会儿，却没寻觅那五株柳树的遗根，想来真是一件天理不容的事。今夏第六次去，下定决心要去找到，却听穿晋人服饰的讲解女说，此物早已没入水底。带我看了他的坟冢，也并非真实的葬身之所，而是某年秋天山洪暴发，大浪从上游卷来一块断碑，被一位热爱文学兼通考古的县令识出碑上的残文，一口咬定是陶令生平，遂派民夫"嗨唷嗨唷"地抬上岸来，砌于邻水之丘，立青石牌坊一座，门楣上刻"清风高节"四字，以示此地为天择的墓园。

国人不敢在坟前照相，我却想起早年看过鲁迅一张旧照，与一群不怕鬼的青年各自占领一个坟头，题字为"我站在坟当中"。这个讨厌很多人的人恰是欢喜陶渊明的，眼睛也毒，最先看出田园诗人静穆以外的生猛："陶潜正因为并非是浑身静穆，所以他伟大。"我便向鲁迅同志学习，与陶冢合影一帧，题字为"我站在坟前面"。早年我读过先生一首《挽歌》："亲戚或余悲，他人亦已歌，死去何所道，托体同山阿。"翻译成白话诗是：啊，亲人们哭过以后或能想起，外人们唱罢哀歌就会忘记，人死了有什么大不了的，把尸体和山陵埋在一起。当时我还以国人的思维，觉得少了一点对逝者的同情与尊重，后来方知，这首诗是他绝命前的自挽。再听一次，方觉他才是无产阶级的革命诗人，相比此前被伍子胥鞭尸的楚平王、以后被孙殿英刨出来裸身示众的慈禧老太太，他那与青山同在的超然与洒脱，又是多么聪明而有尊严呵。

冢上生春草，前俯碧池，红影鱼动，后依翠竹，绿梢风摇。池上曲栏回廊，天边朝云暮霞，清风徐来，拂柳如梳。《五柳先生传》的飘逸晋书，端端溜溜地铭刻在纪念堂前一面青碑之上。话说某年的植树节，这位乐观浪漫主义诗人忍着饿腹，让五个儿子一人去捡一根柳枝回来，栽在自家门前，那真叫是无心插柳，翌年孟春竟自活了，继而成荫，他便生造出一个五柳先生。后人明明知道传主即先生本人，却偏偏要学他两个不识数的双生子，复制时全然不依五柳之数，今有游人沿岸走去，一棵棵清点那长发飘飘的柳树，啊呀呀，何止是五棵，五十五棵都怕是打不住。

唯有我最懂得家乡人民的鬼心眼子，他们是想这里再出十个五柳先生。

五柳先生早已归去，这里却有他的诗魂常来，荷一杆长柄的挖锄，跺跺泥履，掸掸尘衫，轻轻拈下几瓣落在头上的野菊花，俯身背手，对着池水低吟一首抑扬的五言。先生生前《归园田居》以及杂诗种种，大抵便是这样吟出来的。而那篇不朽的《归去来兮辞》，则必须端坐在归来的屋子里，窗含竹林，门泊池荷，宽带挽袖，磨砚洗笔。凭良心说，当年他在没有车马之喧的人境结下的庐，比后来杜子美的茅屋要牢实多了，至少是青瓦盖成的顶子，麻石与黄泥垒就的四壁，无秋风所破之忧，也无淫雨所浸之虞，东篱有菊，开门见山。半夜里做了个梦，竟至于把自己笑醒了，梦见一个尘世之外的美妙去处，喜泪与欢涎打湿了竹枕，悄然下榻，点亮青灯，以武陵渔人为托，一字字记下梦中所得，题名《桃花源记》。那是人间三月的粉红，灼灼夭夭，卿卿我我，没有柴桑郡市侩督邮的目中无人，自种米棉，足食丰衣，无须向乡里小儿折下半个腰身。

人说陶令的偶像是他的曾祖父大将军，原本他不是要做诗人，他是要杀人的。这是他从诗中自泄的机密，大约也在酒后。他崇拜精卫和刑天："精卫衔微木，将以填沧海；刑天舞干戚，猛志固常在。"又夸奖夸父："神力既殊妙，倾河焉足有！余迹寄邓林，功竟在身后。"更是把刺杀暴君没有成功的荆轲赞叹得无以复加："君子死知己，提剑出燕京。素骥鸣广陌，慷慨送我行。雄发指危冠，猛气冲长缨。"他与后世的李白有诸多相似处，那位"十五好剑术，三十学文章，长不满七尺而心雄万夫"的狂人，"脱身白刃里，杀人红尘中""十步杀一人，千里不留行"，这心事也曾在他年少的心中一闪。晋安帝隆安四年，"猛志逸四海，骞翮思远翥"的陶渊明独身去往荆州，投奔都督八州军事的后将军兼荆、江二州刺史桓玄，满以为此人会效其名将父亲桓温，志在北伐中原，恢复故土，却发现其野心只不过对内窃取王权，遂以母丧为由请辞归家。翌年建武将军、下邳太守刘裕起兵讨桓，他的祖先遗下的血性又复发了，此时已人到中年，仍敢冒险为刘将军秘传桓玄挟持安帝到江陵的军事情报，并欣然作《诗经》体："四十无闻，斯不足畏，脂我名车，策我名骥。千里虽遥，孰敢不至！"

原来他也想与曾祖父一样做大将军，并非一意要去首阳山上采薇，做不食周粟的伯夷、叔齐。他在诗中羡慕不已的长沮、桀溺、荷翁等隐士一族，乃是他报国梦破的灰心丧气，如鲁迅说："除论客所佩服的'悠然见南山'之外，也还有'……猛志固常在'之类的金刚怒目式。"如今想来，某个时代的血统论并非没有一点道理，没有一点道理的是不该将红血诬为黑血，用冷血浇灭热血，以惨绝人寰的坏血一统天下。陶氏家族的忠勇血性一脉相承，出过陶丹、陶侃两代武将之后，上苍换个花色，又让他家出了陶茂、陶敏两代文官，唯恐在陶渊明这一代上和平演变，便特意安插一个勇武的外戚进来。外祖父孟嘉可是赫赫有名的征西大将军，且比他的曾祖父陶侃更兼文韬，正是从小长在这位文武双全的前辈身边，他修得了儒家的"猛志逸四海"，也濡染了道家的"性本爱丘山"。他爱丘山的自然，于是有了将军兼名士的外祖父的任意与率性："行不苟合，年无夸矜，未尝有喜愠之容。好酣酒，逾多不乱；至于忘怀得意，旁若无人。"

苏轼说陶诗"质而绮，癯而实腴，自曹、刘、谢、李、杜诸人皆莫及之"；朱自清说"中国诗人影响最大的是陶渊明、杜甫、苏轼三家，东坡在三四之间"；鲁迅说他是"中国文学史上的头等人物"。然而这些，说的都不过是文学，是艺术，是风格，是才华，没有一个人说进了他的骨髓，全天下唯有把自己扔进昆明湖"义无再辱"的王国维，才真正说到了他之所以是"头等人物"的根子上："若无文学之天才，其人格自足千古。故无高尚伟大之人格，而有高尚伟大之文学者，殆未之有也。"当然，王国维还是将四子并列："三代以下诗人，无过屈子、渊明、子美、子瞻者。"

我本楚人，最怜屈子对楚国的哀吟；我本百姓，最敬杜工部对百姓的忧思；我本天真赤子，最羡东坡先生对世间万物的超凡脱俗。但这统统都不能替代我最爱陶渊明的清洁和高傲。他的清洁是真的，他的高傲也是真的，乌纱一扔，银锄一扛，与只在嘴巴说"安得摧眉折腰事权贵"，身子却去给最大权贵的娘娘写"云想衣裳花想容"的李白们的清高，"嘶啦"一下子区分了开来。至于也称田园派诗人的代表，牵着玉真公主的裙带走近天子的王右丞，从诗朋的床底下钻将出来向玄宗献诗的孟夫子，那就更是两码事了。

  站在田埂上观刈麦，望着菜园子悯农的田园诗人，与年成不好儿子被饿死的田园诗人，是田里和园外的两种诗人。因此如限我天下诗人独爱一人，我爱渊明。渊明若在，这篇文章的标题庶几他会与我商榷：辞兮，何称陶令？

（原载《三峡晚报》2021年5月26日）

日照苏轼

周闻道

作为眉山人,我一直以乡人苏轼内心的宽广为楷模。但我也一直没有解开一个谜:命运多舛的苏轼,如此性格是怎么修得的?要知道,在写"大江东去,浪淘尽,千古风流人物"的时候,正是苏轼因"乌台诗案"而被贬谪黄州之际;而在吟诵"明月几时有,把酒问青天"时,则是苏轼因与当权的王安石等人政见不合,自求"备员偏州"以"脱网罗之患"之时。而且,他的受挫要么是莫须有的罪名,要么是因直率磊落不善伪装所致。

这次到日照,我终于找到了答案。

那就是日照苏轼。

这里的"日照",不仅是一个地理名词,不仅是那个位于黄海之滨、山东半岛东南侧,与日本、韩国隔海相望的现代都市。它还是一个主谓词组,一种阳光的出发与指向姿势。既然有近朱者赤、近墨者黑的说法,那么,为什么就没有近日者光明宽广?当想到这一点的时候,我开始还是有点心虚,担心是不是望文生义,玩弄文字游戏;如果陷入一种文人墨客式的俗气,岂不成了笑柄?可是,当我进一步了解日照的地理人文历史,了解了苏轼在日照所经历的一切之后，我变得笃定而充满底气。

我把目光聚焦于苏轼的日照时光，聚集于他的到达与离去，指向宋神宗熙宁七年至熙宁九年。我发现，正是在此时，苏轼完成了他人生旅途上重要的跨越之旅，成就了他的立身立命。

是的，苏轼在日照的时光，正是他人生旅途上的重要跨越。他39岁进入密州和日照时，还处于人生"三十而立"的末端。苏轼志存高远，我想，那当是他当立未然的时候；或者说即便已有建树，他也一定不甚满足，不应有刀枪入库马放南山的思想。而他41岁离开这里的时候，正是不惑之年的开始。这里的不惑更接近于哲学上的逆命题——人往往就是这样，对世间之事懂得越是多，就越畏惧于还有许多不懂；越是明白，越感到还有许多的迷惑；涉世越深，越是觉得世事之深。难能可贵之处在于，苏轼于日照，是带着当立未如愿的遗憾而来，带着不惑的笃定，或者说笃定的宽广磊落离开的。不能不感谢日照。是日照，成就了苏轼的宽广秉性。不只是诗文，更重要的是独立的人格精神。

因为航班的原因，那天赴日照，凌晨四点就出发。出发时，天下着蒙蒙细雨，有点凉飕飕的倒春寒意。加上天黑，让本来就阴郁少晴的成都平原，更拥有了一种阴郁的压抑。我相信，在这样的天气里待久了，再明亮的心情也会变得潮湿。可当我在飞机上打个小盹醒来，舷窗外已是朗日高照、澄澈透明。团团朵朵的云，似莲花，带着仙气，飘浮于空中。机翼下，山水静好，空旷阔远，时而奇山怪石，铁骨铮铮，尽显阳刚之气；时而海天一色，苍穹如壳。即便渺小的我，也有哈姆雷特的果壳之王的感觉。

原来，已经到了日照的天空。

在写这个小文时我就在想，也许飞机上看到的山，就是苏轼曾经登临吟诵过的九仙山。我甚至怀疑，九仙的传说中除了八仙过海中的"八仙"，另外那个仙也许就是苏轼。因为按照诺思洛普·弗莱的原型批评理论，任何神话传说的背后都有它的现实原型。"九仙"不过是日照人对为民降恶造福之神的想象，它属一切造福日照的圣明之人。那海就是苏轼当年面朝过的黄海，或者说就是那天我们在多岛海景区海上碑公园和海滨情侣长廊看到的海。在阳光下穿行是如此令人怡然自得。不是想象，而是我的亲身体验。阳光艳而不烈、媚而不俗，日照之处，尽是柔软的温暖。虽然我心中并无什么块垒，但当我来到日照，攀缘于苏轼当年攀缘过的山，面朝苏轼当年面朝过的海，听着当年苏轼听过的传说的时候，心门还是悠悠地被打开了，一种开阔怡然的感觉弥漫于身心。世间皆友好，仿佛从来就没有遇到过什么过不去的人和事，包括那些曾经对自己尖刻的、敌意的、告密的、刁难的、伤害的等，都是一种逆光，是我的老师。他们让我对这个世界看得更深更透更远，我当感谢。当想到这些的时候，我改变了对这个世俗世界的看法，内心变得更加宽广、强大而淡定。

到日照了，才理解了天台山河上公丈人所题"云自天出天然奇石天下无，日照台前台后胜景台上有"的独妙及自然地理含义；理解了古莒国的太阳崇拜，直至解放之初，祭日活动仍在莒地流行；理解了这里在古时为什么曾经有那么多带"阳"的地名，诸如城阳、南武阳、开阳、阳都、安阳等；这里的先民为什么早在5000多年前，就掌握了用日出判断四时的技巧，并将这种原始历法用于发展农业和航海；日照为什么被称为亚洲最早的城市。我怀疑，日照的命名里，是否包含着某种隐喻。

我不是环境决定论者，但我相信唯物主义，相信环境可以影响人、改造人、毁掉或者成就人；相信日照于心，心当澄明。比如，当你来到黄海之滨的奇趣海洋世界，内看海洋奇缘，外眺辽阔海天，再想不通的事都会豁然开朗，再大的块垒都会消解。我甚至想到，"五莲"的命名，都与大海有关。要知道，在佛教中莲花不仅是四吉、八宝、九征之一，还代表佛教的诞生。相信莲花能反映修行的程度，诚心向佛，西方七宝池便可莲开一朵；若能精进，花则渐盛，倘或退惰，其花萎落。一切有为法如梦幻泡影，圣人求心不求佛，海生五莲，其实生的是一种内心的宽广。又如攀九仙山以仰奇石，登五莲峰以观沧海，立黄海湾以抚古今，都是一种无边无际的浩瀚宽广。当看到海烟舒卷、流云肆意、山岚隐约，再心地狭窄的人，也不管积怨有多深多久，都会被这种浩瀚宽广所融化。即便不能像苏轼那样"左牵黄，右擎苍，锦帽貂裘，千骑卷平冈"，也可以选择一个秋日的午后，约上三五挚友，抛开一切杂碎烦恼，把酒临风，凭海观潮，以诗遣性。

于是，我相信，生性豪放的苏轼，在人生的重要转折关头，选择了日照，与其说是一种机缘巧合，不如说是天道人愿。

可是，在苏轼到来前，朗朗阳光，并没有给日照带来政通人和、安居乐业。恰恰相反，摆在他面前的日照，"蝗灾肆虐，盗贼渐炽，饥年频仍，民多弃子"，举目之处，皆是惨不忍睹。

苏轼震惊了，难道这就是日照的开明治理？

苏轼的震惊不是没有道理。饱读诗书的他，当然知道日照的治理历史，随便拾起一块历史碎片，都会令人肃然起敬。他想起了这里的史前文明。早在龙山文化时期，国家还没有形成，这里北部的聚落权贵们，不管是出于权力的本能，还是为提高民望，总之，已知道为其成员提供精神与实际行动上的保护，或参与他们的欢庆，亲密往来，米酒交箸，宴欢同饮。他想起了战国时期齐威王在这里实施的政治经济改革，不仅使封建集权加强，还使经济、文化、军事等的发展达到鼎盛。还有大禹的忧民救水，赴大越、上茅山、大会计，爵有德、封有功；越王勾践为国复兴的卧薪尝胆，称臣于吴，寄人篱下，卑身待士，施必及下；及权势者梁鸿的坚守初心，六谢不娶，拒绝绢绸，亲近布衣……

苏轼明白，为政之道，最灿烂的阳光，莫过于德政。

苏轼到密州到日照后，并没有因为心怀不满而疏于政事，而是"勤于吏职""视官事如家事"，"凡百劳心"而"朝衙达午，夕坐过酉"。他询问灾情，鼓励百姓下田灭蝗除卵，还亲自下田灭蝗。苏轼用诗，记录了他所率领和参与的这场治蝗之战取得的积极效果："县前已窖八千斛，率以一升宽一亩。更看蚕妇过初眠……"苏轼在诗的自注中说："蚕一眠，则蝗不复生矣。"面对盗贼横行，百姓不堪其苦，苏轼专门向朝廷写了《论河北京东盗贼状》，对盗贼产生的深刻社会根源，做了精辟深刻的分析，认为天灾人祸互为因果；对治理之策提出了积极建议，指出治盗必须治本，并与治事、治吏相结合，挖掉盗贼产生之根，才能真正做到止盗。苏轼还冒着危险冲在治盗第一线，"磨刀入谷追穷寇"。

为了解救弃儿，苏轼带头节衣缩食，盘量劝诱米，将其剩数百石别储之，专以收养弃儿。他认为，养者与儿，皆有父母之爱，遂不失所，"所活亦数千人"。以致时过十年的元丰八年（1085），苏轼知登州途经密州时，那些曾被收养的弃儿及其养父母，都闻讯赶往州衙，叩谢苏轼当年的救命之恩，场景感天动地。

在苏轼的治理之下，日照回归了阳光之治。苏轼在为民中创造了朗日，在政通人和中求得欣慰，以德政唤醒日照阳光，在治理中成就了日照；又以这里的阳光之治，驱除了心中的失落与忧郁，加固了内心的宽广之本。日照，也在昌明中成就了苏轼。

从此，苏轼不再有恨。

是的，"不应有恨"，是苏轼一生笃定的处世姿势。记得 2015 年在眉山举行的"穿越千年，对话东坡"在场对话中，在谈到林语堂的《苏东坡传》中的苏轼，宦海沉浮之中也曾有过怨恨时，著名评论家谢有顺断然指出，不，那不是真正的苏轼。书里面的恨是作者加的。是作者看到苏轼受到的那些冤屈，难禁愤愤不平，把自己的情绪带到了书中。苏轼从来没有恨过。

非常有幸，今天，我也从眉山来到了日照。行走于日照山海之间，遥想苏轼当年，怎禁得撷一缕阳光，揣进怀里……

我相信，日照于政于人，一定有某种神示。

（原载《文学报》2021 年 5 月 7 日）

锦州的南山

杨海蒂

在中国,"南山"多得数不清,有几座格外著名:《诗经》中的终南山(节彼南山,维石岩岩),《史记》中的祁连山(留岁余,还,并南山,欲从羌中归,复为匈奴所得),陶渊明笔下的庐山(采菊东篱下,悠然见南山),苏轼向往的南屏山(卧闻禅老入南山,净扫清风五百间),南宋学者胡宏敬仰的衡山(甘为稼圃南山下,长谢周公与孔丘)……最著名的当属"寿比南山",可见"南山"在国人心目中的地位。

位于渤海北岸、辽西走廊东端的锦州也有一座南山,何以得名无从考证,似乎就因为它坐落于城南。这座历史悠久的"城中山",最早叫松山,因为松树满山遍野,据说是商代箕子给取的名。商纣王残暴无道,宠信狐妖妲己,挖掉一个亲叔父比干的心脏,另一个亲叔父箕子"亡命辽东,后到朝鲜",周武王兴兵伐纣,纣王兵败商朝灭亡,箕子大义将治国要略传授给周武王,却不肯出山为官。三十四年前,南山出土商代"青铜戈",经国家科学院专家鉴定,此戈并非作战兵器,而是珍稀的国宝"权杖"——商王朝最高权力的象征,它证得箕子的确履及南山。顺便一提,孔子高度评价箕子,柳宗元亲撰

《箕子碑》颂其功绩。

说来惭愧,直到置身于锦州,我才算弄明白:古时候广义上的辽东,包括东北三省、俄罗斯远东地区以及朝鲜半岛大同江以北;现如今狭义上的辽西,特指辽西走廊,即从锦州到山海关之间的狭长地带,在冷兵器时代,它不只是兵家必争之地,它可是兵家死战之地。

锦州是国家历史文化名城,西汉朝廷在此设置了历史上第一个县级行政建制——徒河县。辽代是锦州历史上的高光时期,辽太祖耶律阿保机"以汉俘建锦州",锦州之名始于此时。盛产锦绣的锦州逐步成为辽东的中心,而今辖区内依然屹立的皇家建筑、佛道寺庙等人文盛景,大多建于辽代,它们是历史的遗存,也是文明的密码,使我真切地体察到古人那湮渺久远的足迹。

"锦绣之州"扬名遐迩,历代统治者对辽东觊觎又忌惮,隋炀帝诗句"我梦江都好,征辽亦偶然"就与征讨辽东有关。不过,古时候想从江南到东北,那可是艰难困苦加险阻,好不容易到达辽东,官兵眼前是茫茫一片大"辽泽"——"南北千余里,东西二百里",该是何等绝望。

秋气肃杀,寒风在南山松林间飒飒作响,好在有和暖的阳光照拂大地。我们坐在高高的土堆上面,听文化学者、渤海大学教授刘鹤岩先生讲前朝旧事。

锦州是辽西走廊的重要节点,南山是守卫锦州的巨大屏障,曾几何时,多少风云人物在此挥戈驰骋,多少英雄豪杰在此鏖战沙场。南山在清代叫罕王殿山,这得从清太祖努尔哈赤说起。相传,努尔哈赤为探听明军实力,投身于辽东总兵李成梁帐下,后来被李追杀,连夜出逃到锦州南山,睡在山顶巨石上,化身青蛇方得脱险。遥想当年,努尔哈赤的军队锐不可当,飞扬的铁蹄和喋血的宝剑,把往日耀武扬威的将领吓得魂飞魄散,仅为六品官员的袁崇焕挺身出列勇撑危局。凭着袁崇焕的神勇与担当,硬是将努尔哈赤挡在山海关外整整二十一年!

每到历史紧要关头,总会有人不计世俗得失"国而忘家,公而忘私":岳飞"抬望眼,仰天长啸,壮怀激烈",文天祥"人生自古谁无死,留取丹心照汗青",于谦"粉身碎骨浑不怕,要留清白在人间",袁崇焕"策杖只因图雪耻,横戈原不为封侯"……有他们的存在,国家才有前途,因他们的奉献,民族才有希望。

袁崇焕，这个一提起就让我心如刀绞的悲剧英雄，锦州的城防工事是他派人修建的，载入史册的"宁锦之战"是由他坐镇指挥的。努尔哈赤去世后，继承汗位的皇太极率大军围攻宁远、锦州，在袁崇焕的部署下，名将赵率教在松山—锦州—大凌河一带严阵以待，皇太极屡战屡败，明朝取得"宁锦大捷"。

然而，历史自有它的安排，明朝注定要灭亡。兵部尚书孙承宗是"辽东三杰"之一，是"锦州八景"勘定者（其间巡视过松山），最要紧也最要命的，他是袁崇焕的老师。在明朝，师生关系就是政治关系，忠臣孙承宗与宦官魏忠贤的博弈，导致两大阵营的政治搏杀，光风霁月之心怎敌鬼蜮伎俩，奸臣得道小人得势，阉党逢君之恶，崇祯忠奸不辨，袁崇焕大难临头。行刑台上，即将遭凌迟的袁崇焕遗言铮铮："一生事业总成空，半世功名在梦中。死后不愁无勇将，忠魂依旧守辽东。"

赤胆忠心，惊天地泣鬼神！

袁崇焕与岳飞、文天祥、于谦并列为名垂青史的英雄，后来，康有为饱含深情为袁崇焕庙题写对联："其身世系中夏存亡，千秋享庙，死重泰山，当时乃蒙大难；闻鼙鼓思东辽将帅，一夫当关，隐居敌国，何处更得先生。"谙熟历史的康有为学生梁启超，对袁崇焕尤为推崇敬仰："若夫以一身之言动、进退、生死，关系国家之安、民族之隆替者，于古未始有之，有之，则袁督师其人也！"

又一阵朔风吹来，松涛阵阵，如诉如泣。我看见风儿掠过，我听见这片土地叹息，生命挽歌苦涩沉重，我的心灵漫无依泊。

南山等待着见证千古兴亡，明、清还有精彩大戏要在南山上演。松锦大战，明、清各投入十多万人马，最后战场就在松山一带。皇太极驻跸松山，亲自指挥亲自部署，松山城被清军攻陷，蓟辽总督洪承畴被俘。据清朝官方正史记载，起初表现得很硬骨头的洪承畴，终于为皇太极的规劝感化，加之以袁崇焕为"鉴"，最终"识时务"而归降清朝。野史可不是这么说的，民间传说洪承畴不敌美人计，拜倒在皇太极的庄妃（即后来的孝庄皇后）石榴裙下，一旦百炼钢化为绕指柔，江山便可以不要了，何况这江山还不是自己的。此说法不仅在文艺作品中多有体现，甚至连著名清史专家都认为真实可信。松锦之役奠定了清军入关的基础，具有历史转折意义。

说到清兵入关，国人第一反应就是吴三桂"冲冠一怒为红颜"。一代战神袁崇焕蒙受千古奇冤，洪承畴吴三桂叛明降清，明朝焉能不亡？袁崇焕被一刀刀凌迟时的哀号，奏响了大明王朝的丧钟，崇祯皇帝上吊结束了生命，中国历史结束了一个朝代。清代著名诗人吴梅村，以洪承畴兵败松山为题材写下诗词《松山哀》，又以吴三桂与陈圆圆为题材创作了《圆圆曲》。康熙、雍正、乾隆、嘉庆、道光等清朝皇帝，只要前往盛京祭祖，必定驻足锦州、登罕王殿山。他们留下了几十首关于锦州和南山的诗词，也就康熙大帝的《锦州道上》还算过得去。

岁月暗淡了刀光剑影，南山远去了鼓角争鸣。当历史推进到20世纪，锦州再次展现出英雄城的风采。九一八事变爆发，全中国第一支抗日义勇军在锦州诞生，锦州成为中华人民共和国国歌《义勇军进行曲》的发祥地；1948年，国共三大战役拉开序幕，首战辽沈战役的主战场就在锦州，南山也迎来了历史辉煌。解放军占领南山阵地后，革命洪流摧枯拉朽，解放军从一个胜利走向另一个胜利，中华人民共和国的第一缕曙光在锦州的南山升起。

南山全称为"南山生态运动公园"，是锦州市民的休闲中心，虽然古战场遗迹犹存，金戈铁马已为轻歌曼舞取代。

俄罗斯作家阿·托尔斯泰在他的《苦难的历程》中写道："岁月会消失，战争会停息，革命也会沉寂下去。"是的，革命不就是为了让人民过上和平、安宁、幸福的生活吗？

（原载《民族文学》2021年第2期）

麻辣朝天（节选）

郑骁锋

轻微刺痛，如同蚁行，肌肉渐次失去痛觉，从指尖开始遍及全身，伴有眩晕、视物模糊、意识不清，直至抽搐、昏迷。

这是中药乌头中毒的症状。

连我自己都没有料到，在重庆出高铁站时，竟然会想起乌头。

毕竟在我学中药的时候，重庆还没有从四川中分出来，而教科书上说，最好的乌头都出在四川，以致被称为"川乌"。

当然，最重要的，还是乌头的那些中毒反应，其实用一个字就可以概括：麻。

事实上，麻并不是一种味道。

作为味觉的麻，其实是动物神经的一种应激性警戒，以轻微刺痛之类的不舒适感，来提示大脑有害物质正在入侵。感觉越麻，危害越大。正如乌头，绝大多数毒性中药材，如半夏、南星、附子、细辛，口尝都有强烈的麻感。传统炮制时，更是以这种麻感是否消失，来判断火候。

中国的传统五味，也没有收入麻。

应该说，麻并不是一种讨喜的口感，甚至意味着某种程度的危险。然而，在四川，这个不祥的"麻"字，不仅被高调引入厨房，还盖过甘苦酸辛咸等所有根正苗红的味道，成为川菜最出挑的特色。

我也是为这个"麻"字而来。

谁的重庆之行，能少得了一顿原汁原味的麻辣火锅呢？

然而，我在重庆，最先感受到麻的，居然是腿。

不只麻，还有酸痛。我从来没在一座城市中走过这么多台阶、爬过这么多坡。

出租车、公交、地铁、轻轨、轮渡、索道，水陆空齐全。重庆的交通方式大概是世界上最完备的，这也反证了这座城市地形的复杂。

在这样的城市，步行同样是巨大的挑战。加之我来重庆正是八月，烈日当头，面对一个个望不到头的上坡，气喘如牛，汗出如浆，那一刻真的生无可恋。

但也正是这个时候，我意识到，虽然长期被合并为一个"川"，但现在的重庆市与四川省，文化质地其实有着明显区别。

至少在生存环境上，这两个地区的核心城市——成都与重庆，便截然不同。

重庆自然是山城，而且是山城中的山城：别的山城大多只是建在山间平地上，重庆却是由整座山剜剔雕镂而成。山就是城，城就是山。

成都所在则是一处广袤的平原，土肥水美，自古号称天府之国。

毫无疑问，农耕时代，成都远比重庆更容易生存。

历史上，重庆更多是作为军事寨堡存在。建城三千年间，打过包括蒙古大军、张献忠在内的很多恶战，抗战时，还被国民政府当作陪都。

相比成都的舒展平和，重庆显然紧绷而激烈。这两座城市的迥异气质，也反映在各自的象征植物上：成都的市花是芙蓉，雍容艳丽；而重庆的市树则选择了黄桷，理由是这种桑科乔木生命力极其顽强，即使在悬崖峭壁上也能活下来。

心情势必会影响胃口。虽然都喜好麻辣，但成都与重庆，饮食习惯存在着不小的分歧。相比成都，重庆菜显然粗糙许多，特别是火锅，有人曾用"小桥流水"与"大江东去"来分别比喻两地风格。成都人涮锅，原料精工细作，一小碟一小碟分门别类，重庆人却大开大合，无论牛肉猪肉都是大张切片，白菜直接用手撕，鳝鱼甚至都不洗，连着血水就倒进锅里。

传统成都火锅，用的大都是茶籽油；而重庆火锅，用的却是纯牛油——

他们甚至还用老油！也就是回收吃剩的火锅油，澄清滤净后，给下一桌食客重新食用，如此反复。很多老重庆就好这一口，说油不老不香，连工商都头疼。

我一直认为，在川菜系统内部，火锅就像闯入羊圈的野猪。但若将川系两大火锅放在一起，成都相比重庆，却又是秀才遇到兵了。

中国文化中，最完美的饮食与中医一样，都推崇一个"和"字。在此意义上，麻与辣都被视作过于亢躁，甚至霸道。

何况锅底还始终坐着火。

就像传统五味将麻排除在外，在名门正派眼中，火锅这种走纯阳路线的饮食方式，实在用力太猛，同样也不应该摆上台面。

乾嘉时期的大美食家袁枚，就是一位坚定的火锅反对者。他在《随园食单》中，专门写了一条"戒火锅"，说火锅是极其可恶的，除了围炉喧哗吃相不雅，还根本不尊重食材，"各菜之味，有一定火候，宜文宜武，宜撤宜添，瞬息难差"，它却统统一锅炖了，其味之混账可想而知。

应该说明，袁枚是杭州人，他反对的，其实是江南以砂罐炖煮的暖锅，还不是现在意义的重庆火锅。在他的时代，重庆还没有麻辣火锅。

不过，有足够的理由相信，假如能够得见，对于重庆人的这种吃法，这位殿堂级的老饕应该越发深恶痛绝。

一般认为，重庆火锅最早出现在 20 世纪初。

而它最被认可的发源地，是在朝天门一带。

重庆是山城，同时也是水城。它其实是被嘉陵江与长江夹在中间的一个山包。两条江在重庆老城的东北角汇合。朝天门，就在这个角的角尖上，是重庆十七座古城门之一。南宋定都临安，但凡有旨意传达或者大员视察，都是乘船溯长江而上，由当地官员经此门迎入城中，故而取名"朝天"。

老重庆回忆，旧时朝天门下，枯水季节两江之间便会退出一大片沙滩，他们称作沙嘴，是重庆最市井的去处。说书、杂耍、打拳、卖药、算卦、拔牙，三教九流龙蛇混杂，因此酒食店生意颇好。这些临时性的鸡毛店，架板为桌垒石为座，条件极简陋，卖的更不是什么好东西。比如有种"十二象"，字面意思是汇集了生肖的十二属相，实际上不管什么动物，牛马骡羊、母猪瘟鸡死狗，只要是肉，都一锅混煮，按碗计价。当时重庆的馆子，伙计还会将各桌的残羹剩菜都收集起来，加入白菜煮成一大桶，拉到沙嘴论瓢便宜卖，老板只做不知，当作员工福利。

重庆火锅，就出现在这种地方。

最早的重庆火锅，被称为"水八块"。

明清以来，回民都在朝天门一带屠宰牲口。而回俗宰牛后只取肉骨皮，肝心肺肚等内脏往往弃之不食，常被过往的船工捡了去煮吃。后来一些在沙嘴做饮食的小贩便动了脑筋，以廉价买回，洗净切块；再用大铁锅煮一锅牛油汤汁，加入大量辣椒、花椒、姜、蒜等重味香料，架在火炉上，保持滚沸；最后再在锅里放一个特制的洋铁架，将一口锅分成八格，食客来了便在炉边，每人占一格，且烫且吃，吃若干块，算若干钱，这也就是"水八块"名称的由来——也有人认为"水八块"得名于一枚铜板能买八块牛下水。由于卖得便宜，油水还足，很受搬运工和水手、纤夫这些在码头卖苦力的穷朋友欢迎。

这便是重庆火锅的来历。

最初的重庆火锅，只是穷苦百姓的贱食，那锅反复回收使用的老油，更是挑战了很多食客的饮食底线，因此稍微有点身份的人都不会去吃，更没有正式店面，都是担头小摊沿街挑卖。

大致要到1934年，重庆城里才有了第一家毛肚火锅店。但即便登堂入室摆上桌面，这种火锅仍被视作底层之食，有钱人好脸，极少拉下身段光顾。有时馋得忍不住，也只能打发人嘱咐店主配个全套，悄悄送入府中关起门来享用。

早期的重庆火锅，连在故乡都不受抬举。

江南暖锅、北京涮羊肉、徽州一品锅、广东打边炉、福建佛跳墙……

火锅谱系中，重庆火锅最大的特色，便是麻辣。

重庆人对麻辣口味的独特嗜好，很多人归结于气候原因。说重庆地处盆地边缘，又在江边，气候闷滞潮湿，尤其是常年多雾，冬天简直见不到几次太阳，更是阴冷，多吃麻辣可以驱除体内湿寒之气。

这当然很有道理。但我认为，重庆火锅的重麻，至少还可以再找到一条理由。

以医药学的角度，麻，还有一种令感觉神经迟钝的功能，也就是通常说的麻痹，甚至麻醉。毒药乌头，便有这个功能，还因此得了一个"贼裤带"的别名。据说从前蟊贼作案，都会随身带几个草乌头，一旦失手，眼见得逃不掉了，便掏出来咬上几口，这样挨揍时就不会觉得太疼了。

"水八块"的食客们何尝不需要麻醉——同样做苦力，重庆要比别处辛苦太多了。抗战前，重庆绝大多数码头都不通公路，只有石梯坎，无法使用板车之类的辅助工具，全部货物都只能靠肩扛背驮。据重庆老文档记载，当时的码头力夫，每一脚最低负重是150市斤，而当时的朝天门码头，从江岸到卸货点，要爬一个30多米高的陡坡，足足有322级石阶。据1933年的《中国劳动年鉴》，码头工的正常工作时间是每日10小时，每月休息两天。

一锅滚烫的麻辣，无疑是这群如牲畜般熬着命的人，最廉价的肌肉松弛剂。

虽然最初不受待见，但麻辣火锅还是在重庆站住了脚，并逐渐传播开来，抗战时期，已经有很多社会名流，如郭沫若，用其来宴客。

麻辣火锅在重庆的流行，其实是必然之势。

根据1937年重庆市的户口档案，当时穷苦人聚居的沿江棚户区，共有住户27453人，其中15100人从事码头搬运。有学者统计过，当时仅登记在册的码头工人数量，就占了重庆工人总数的50%。

这是一个极为庞大的群体，也是重庆市民的重要组成部分，不仅足以引导风尚，甚至能够奠定一座城市的气质。

如前所述，重庆工人谋生极苦。通常来说，这类人性情或坚忍或萎靡，容易偏向阴冷一路，就像他们糟糕的天气。然而，恰好相反，重庆人的乐观与幽默，即便在全国层面，都能排在前列，渝派相声小品更是在喜剧界大放异彩。

重庆人的乐天，经常会被诠释为遗传了古巴人的刚毅，故而能直面苦难。

重庆古属巴国。巴，是春秋战国时长江上游的一个古老部落，生活在从川东北到鄂西的峡江两岸，水急山险，以渔猎为生，民风十分剽悍。周武王伐纣时，曾被收编为最精锐的部队，冲在最前面。

我总觉得有些牵强。数千年太过久远不说，至少浙人的先民越人，勇猛不亚于巴人，环境也潮湿，但现在的浙江人，无论吃辣还是幽默，与重庆人都不在一条线上。更何况，包括重庆人在内，整个广义的四川人，严格说来都不是真正的土著。

作为省一级的地理单位，四川大概是全中国历史上罹受兵燹最严重的。南宋时四川人口接近1000万，与蒙古人拼了几十年命，到1282年，只剩下60万，人口损失高达95.36%。明清之际，先是张献忠屠川，后是清兵入川、吴三桂叛乱，薅了一遍又一遍，《四川通史》记载，清顺治十八年，四川全省在籍人丁仅余1.6万户，大约8万人！老虎都满街走了。

"湖广填四川"，从明到清，四川地区进行过多次大规模移民。今天的重庆人，十之八九都来自外省，与数千年前的巴人，已经根本没有多少血缘关系。

在博物馆参观巴人遗下的青铜兵器时，我联想到了北美的印第安人。

作为被整体灭绝的民族，印第安人与古川人同样见证了人性中最黑暗的部分。不过，另一方面，它的惨烈退场，却成就了美国至今被津津乐道的牛仔文化。

勇敢、机智、正义、热情、渴望冒险、吃苦耐劳，西部牛仔几乎聚集了所有美国人对于拓荒英雄的想象。

某种意义上，今天四川人的祖辈，就是中国的牛仔。

虽然背井离乡，但树挪死人挪活。就像运行太久的计算机，重启过后速度会快很多。从原籍连根拔起，也意味着与过往种种一刀两断，从此轻装上阵。

从文化的角度，湖广填四川，从平原到山地，从下游到上游，还可以视作一个族群对本源的某种回归：所有江河，上游总比下游水急，但下游被誉为浩渺的缓流，何尝不是一种暮气？

应该不是巧合，严厉抨击火锅的袁枚，就生活在长江下游的南京。

逆流而上。进入峡江的一刻，这群耕作了无数代的农夫，变回了猎人。

铁锈斑驳的锄头重新磨出刃来。每一次移民，都是血性的再次激活。

"与子同袍"，抑或"兄弟同胞"。

袍哥在川人中的巨大影响力应该也是因为这种格外旺盛的血性：重庆所有码头工，几乎全部是这个江湖帮派的成员。

江湖人三刀六洞，苦挨得，痛忍得，血流得，酒喝得，麻辣更吃得。

就是装不得，酸不得，清汤寡水吃不得。

进入江湖的新巴人，活得越发简单和任性。

我又想起了被当作"贼裤带"的乌头。据说吃了之后，假如不被重殴一顿，就浑身胀痛，郁躁如狂，甚至有因失主怜悯，责打过轻反而送命的。

我忽然意识到，在生理感觉上，麻和辣其实是对反义词。麻偏于拖慢，辣却偏于加快。好比牛仔的套索与烈马，一个往后拉扯，另一个却朝前驰骋。

就在这舌尖上的激烈交战中，一团来自江湖最底层的火，终于逆袭为饮食界最大的传奇。

我在重庆的第一顿火锅，是在一条小弄堂里吃的。

我根本不知道那条弄堂的名称。从朝天门往洪崖洞走的时候，突遭暴雨，我才躲进了这个开在老小区里的火锅店。说是店，其实只是车库门口架起的一个钢棚。一共就四张桌子，但生意很好，都是本地人。天气闷热，好几个后生打着赤膊。我等在角落里眼巴巴看他们吃了半小时才空出一桌。

说实话，那一大锅颜色通红、铺满辣椒花椒的牛油端上来时，我不可抑止地想起了老油，却说不清，到底期待还是恐惧。当然，我知道现在的重庆火锅已经精致多了，甚至形成了一整套讲究。比如内行必点的三大样——毛肚、鸭肠、黄喉，便各有涮法：毛肚"七上八下"，鸭肠"提三摆三"，黄喉入锅温煮。

我注意到他家的筷子特别长，难怪重庆人称筷子为"篙竿"，意思是撑船的竹篙。这提醒我记起，最早捡食牛下水的，是川江上的船工。船上地方小，也图省力，便不拘好坏煮成一锅。

为讨彩头，这道大杂烩被称为"闹龙宫"。

雨打钢棚的噼啪声中，我守着铜锅，默默地等待着翻滚自己的大江大河。

（原载《广州文艺》2020 年第 9 期）

一首唐诗三碗茶

周吉敏

"月色寒潮入剡溪,青猿叫断绿林西。昔人已逐东流去,空见年年江草齐。"

公元767年,陆羽乘一叶扁舟从湖州苕溪出发,进入越州剡溪时已月上东山。陆羽多次入剡,留下的诗歌只存这首《会稽东小山》,入剡考茶的成果却屡见于《茶经》。陆羽是我倾慕的人,他走遍千山万水,只做一件事——写一部旷世的《茶经》。

庚子年深秋,我来到古称剡中的新昌,与陆羽隔着一千多年的时光,遇见茶山、茶村、茶诗,还有一杯香茗。它们都有陆羽的气息。

一

不到剡中,焉知茶山之深广。我们去的是东茗乡。茶垄,如云似水,从山谷涌上来,又向四围延伸开去,一些漫到脚边,一些淌到云朵里去了。

秋天的茶山有着坐下来喝茶那一份沉着和宁静。茶事看似结束了,其实仍在继续。黑黝黝的茶叶，吸纳着阳光。在春天可不是这样的，茶叶鲜绿油亮得连阳光都会在上面打滑塌。秋是收，春是发，从秋天开始内敛，春天才有力气绽放。

"茶者，南方之嘉木也，一尺，二尺，乃至数十尺。其巴山峡川，有两人合抱者，伐而掇之。其树如瓜芦，叶如栀子，花如白蔷薇，实如栟榈，蒂如丁香，根如胡桃。"

天姥山的茶树还是陆羽眼里的样子。茶树的花，从初夏一直开到冬天，一朵朵，金蕊玉瓣配着浓绿的枝叶，清新可人。记得夏天的茶树花，被蜜蜂采过后，经露水一打，摘一朵，对着花蕊一吮，里面的水珠也是甜的。茶树是边开花边结果，花果相遇是茶树的古老性情。茶果在枝上长老了，会爆裂开来，里面的籽砸碎了可以用来洗头，洗后头发会有一层乌溜溜的光。这法子，不知起于何时、是谁发明，老祖母的老祖母就是这样。这些陆羽没有研究，他毕竟是个专心的人。

《茶经》不过七千字，分成《之源》《之具》《之造》《之器》《之煮》《之饮》《之事》《之出》《之略》《之图》十章，写得细致入微，而气象万千。剡中茶事，陆羽似乎考研得最是详细。《之出》一章中写道："浙东，以越州上，明州、婺州次，台州下。"在《之器》说，用两层又白又厚的剡溪出产的剡藤纸做茶叶纸囊，储放烤好的茶，可使香气不散失。用两层的剡纸做纸帕，裁成方形，十张垫十枚茶碗。在《之事》中还收录了一则剡中"飨茗获报"的故事。

陆羽说"碗"也是"越州上"，鼎州、婺州、岳州、寿州、洪州都比不上越州。有人说邢瓷比越瓷好，陆羽认为完全不是这样，说，如果邢瓷质地像银，那么越瓷就像玉，这是邢瓷不如越瓷的第一点；如果邢瓷像雪，那么越瓷就像冰，这是邢瓷不如越瓷的第二点；邢瓷白而使茶汤呈红色，越瓷青而使茶汤呈绿色，这是邢瓷不如越瓷的第三点。陆羽踏遍越州的角角落落，对茶的审美相契于越地的山水。

陆龟蒙曾赞美越窑"九秋风露越窑开，夺得千峰翠色来"。我见过唐代窑口出土的越窑青瓷，釉质温润如玉，如宁静的湖水一般，青绿略带一点黄，有"春风大雅能容物，秋水文章不染尘"的风骨。晚唐五代时期的越窑被称作"秘色瓷"，是贡品，也是商贸瓷。越窑烘托茶汤的绿色，似嫩荷透翠，有层峦叠嶂般的舒目。

陆羽对茶的寄情，或者说对茶的专研，承继了魏晋之风。衣冠南渡，南方的地貌和它多种多样的植被不仅成为诗歌主题，也成为学术研究的主题。谢灵运的《游名山志》，详细记录了胜地名山的地理信息。还有大量描述南方奇异事物的文献记录，包括嵇含的《南方草木状》（作于公元304年）、沈莹的《临海水土异物志》（作于公元275年）、张华的《博物志》（作于公元300年之前）。

陆羽的《茶经》让我想起另一本书——薛爱华的《撒马尔罕的金桃》，这是一本写唐代外来文明的书，一本物质之书，也是一个风华又糜烂的大唐。陆羽是李白"兰陵美酒郁金香"后的那一盏茶，是"唐三彩"上的那一抹青。

"千峰待逋客，香茗复丛生。采摘知深处，烟霞羡独行。"这是陆羽的朋友皇甫曾《送陆鸿渐山人采茶回》中的诗句。在天姥山想起陆羽，他清寂的身影落在我视线触及的每一处，难以拂去。

二

茶山中的村落，是万顷碧波中的一个小岛。雾一起来，就是人间仙境。后岱山村就是这样的村庄。

走进村子，石头墙，小青瓦，木头门扉，小院落，菜园子，石板路，小狗，鸡，鸭，鸡冠花，还有落光了叶子的老梨树和柿子树，构成了村庄的老底子。但村子并不是一味地老旧，有股子新鲜气在流动。斗笠挂在石头墙上，酒瓮摆在石板路边，茶罐做了花盆种上金钱草，农具在村子都成了艺术品。一座石头屋的门楣上挂了一块"颜如玉"的木牌，探头一看，是一个书吧，坐下来，泡上一杯茶，看一本书，光阴也在此停下脚步。

左拐，是一座石头屋改造成的古朴茶室，小院一角种了一棵茶树，花正一朵朵往外冒，更添了茶趣。主人冯春瑾，一个苏州人，寻着茶香而来，把一间闲置的民居拾掇成茶室，做起了茶生意。五个年头过去，还留在茶村恋恋不去，乡亲们也把他当成自己人，有啥好吃好喝的都有他的份。

东茗乡是新昌龙井茶的主产地。据当地文史专家徐跃龙主编的《新昌茶经》载，西湖龙井茶的前身是"天台乳花"，苏轼曾撰文追溯龙井茶的起源，认为乃谢灵运在下天竺翻译佛经时将天台山带来的茶树种种于西湖，后来辩才和尚退居狮峰山下寿圣寺（即后来的龙井寺）时又将下天竺之茶带至龙井，并亲自植茶制茶，才有龙井茶之名。新昌的龙井茶以石城山大佛冠名，称大佛龙井茶。

后岱山种植了2700亩的大佛龙井茶，产茶1334担，产值有1975万元，村里每人可收入2.8万元。这一组数字里藏着一幅春日茶乡繁胜图。

清明前，茶叶开采。采茶不能见日，"晨则夜露未稀，茶芽斯润，见日则为阳气所薄"。天刚擦亮，村里门扉吱嘎声此起彼伏，村道上脚步纷沓，欢声笑语，似去赶集。旧日采茶时还有"喊山"的习俗，村人敲锣打鼓，声震山冈，说"喊山"可以呼泉催茶芽，能惊走虫蛇。来自山外的茶商纷至沓来，挨家挨户地相看茶叶。一个春天，整个村子就泡在茶叶的香气里。

后岱山有自己的茶厂，只是现在村民专卖茶青，就闲置了，去年被改造成茶文化展示馆。这座建于1958年的"后岱山茶厂"，青砖青瓦，古朴敦实，是后岱山茶事繁盛的历史见证。展厅里展出的茶桶、茶篓、茶瓶、茶碗这些旧物，都覆着一层厚厚的茶色，似乎能闻到一股浓郁的茶香。

我注意到一块字迹斑驳的石碑，依稀认出"同归茶捐碑记"几个字。村人说，这是一块"光绪三十年"的茶亭碑，记录了村民捐建茶亭施茶的事。勒石而记的果然不是小事。

天姥山高峻雄阔，散落在高山峡谷中的村落都以山岭互通。后岱山通公路前，下山要走两个多小时的山岭。山道弯弯无止境，山岭高峻似天梯，一个茶亭歇歇脚，一碗茶汤解解渴提提神，风霜雨雪也温厚了许多。陆羽在《茶经·之出》里说，茶性质冷凉，可以降火，作为饮料最适宜，于品行端正有节俭美德的人，其效果与最好的饮料醍醐、甘露不相上下。茶人传承了茶的善性，这是茶山的厚德载物。

捐建茶亭，也叫茶会。民国《新昌县志》记载，县内各村岭设茶亭路廊施茶，附设于庵内的叫茶庵，有300多处，资金都是募捐，全县共有茶田千余亩，请专人负责烧茶供应。茶亭内立有碑记，刻着捐者之名和管理事项。

我在《新昌茶经》一书中见过几块遗存的清代茶亭碑——茹姑庙的《茶会碑记》、彼苍庙的《茶田碑记》、台头岭脚的《茶亭碑记》、镜岭练使岭的《茶亭碑记》，这些刻入石头的汉字，在岁月里源源不断地散发着茶香，温暖一代又一代的剡中人。

秋阳和煦，村人们围坐一起，手边各有一碗茶，谈天说地，一口绵软的越州方言，让人想起了越剧调腔。20世纪初某年3月的一天，落地唱书艺人袁福生、李茂正、高炳火、李世泉等，在嵊县东王村香火堂前，借来四只稻桶垫底，铺上门板，站上去唱的几折小戏中，其中就有一出《倪凤煽茶》。这是最初叫"小歌班"的越剧第一次登台。

后岱山有布袋木偶戏班，唱的也是这个。闲暇时，台子一搭，从箱子里拿出木偶来，唱给漫山遍野的茶树听，唱给茶圣陆羽听，也唱给茶村人自己听。唱戏的，看戏的，人还是那些人，手还是那双手，季节一转，春雨落下，茶树吐绿，那时一座山，一个村，连人带云朵、太阳、月亮，都带着茶香。

三

下岩贝村，一家叫"山中来信"的民宿懒洋洋地躺在村庄斜对面的山坡上，四围是此起彼伏的茶园。

"信"是一个多么好的字。春信，雪信，花信，风信，潮信。万物都有自己的信。这次我收到的山中来信，是一封"茶信"。

我面对着茶筛湾峡谷，和天姥山著名的"十九峰"，坐下来喝茶。茶叶一条条卷曲着，是传统的手工茶。陆羽在《茶经·之造》中说像"浮云出山"，又像"轻飚拂水"，大概就是如此情态。茶叶在水中慢慢地舒张开来，从灰绿变成嫩绿，茶气袅袅，清香袭人。泡茶的姑娘说，这是天姥山云雾茶。

"云雾茶"，这三个字真好，点出茶树生长的环境，就是一幅山水画——

峰峦叠嶂，云雾缭绕，茶林森郁。此时正在这样的画境中，饮一杯香茗，不期然便得了唐代诗僧皎然"再饮清我神"的意境。

皎然有《饮茶歌诮崔石使君》诗，云：

> 越人遗我剡溪茗，采得金牙爨金鼎。
> 素瓷雪色缥沫香，何似诸仙琼蕊浆。
> 一饮涤昏寐，情来朗爽满天地。
> 再饮清我神，忽如飞雨洒轻尘。
> 三饮便得道，何须苦心破烦恼。
> 此物清高世莫知，世人饮酒多自欺。
> 愁看毕卓瓮间夜，笑向陶潜篱下时。
> 崔侯啜之意不已，狂歌一曲惊人耳。
> 孰知茶道全尔真，唯有丹丘得如此。

诗里含了茶品、茶具、煮茶、饮茶，还有茶境。皎然饮茶有三个境界，层层深入，是饮茶之妙，也是中国茶道的真谛。据说，比日本人提出"茶道"一词早了800多年。

皎然（约公元720—805），俗姓谢，字清昼，在灵隐寺出家，后来长期住在湖州的妙喜寺。自称是谢灵运的十世孙，把剡县当作自己的故乡。唐贞元年间（公元785—805），漫游剡中，品茗访友，写下许多诗歌——"早晚花会中，经行剡山月""春期越草秀，晴忆剡云浓""觉来还在剡东峰，乡心缭绕愁夜钟""山居不买剡中山，湖上千峰处处闲"，一代诗僧，满怀乡思绕剡中。

皎然的乡心一半系于剡茶，"剡茗情来亦好斟，空门一别肯沾襟""清明路出山初暖，行踏春芜看茗归""聊持剡山茗，以代宣城醑"，或品，或赏，或赠，或咏，想来只有家山的茶能让皎然饮出"三饮"的境界，悟得茶之道。

皎然与陆羽是"缁素忘年之交"。陆羽于唐肃宗至德二年（公元757）前后来到吴兴，住在妙喜寺，与皎然结识。元代辛文房《唐才子传·皎然传》载："出入道，肄业杼山，与灵澈、陆羽同居妙喜寺。"皎然《赠韦卓、陆羽》

诗云："只将陶与谢，终日可忘情。不欲多相识，逢人懒道名。"诗中将韦、陆二人比作陶渊明与谢灵运，表明不愿多交朋友，只和韦卓、陆羽相处足矣。两人一起往剡中访友品茗，倡导"以茶代酒"的风气。皎然《九日与陆处士羽饮茶》诗云："九日山僧院，东篱菊也黄；俗人多泛酒，谁解助茶香。"陆羽在《茶经·之饮》里说，天生万物，都有它最精妙之处，人们擅长的只是那些浅显易做的，房屋、衣服、食物和酒都精美极了，而饮茶却不擅长。《茶经》里蕴藏着皎然的性灵，也是陆羽的，一生知己，禅茶一味。

剡茶余香悠长，不知不觉日头已沉落"十九峰"后，一切都在隐退。峡谷中的韩妃江越发白而亮，似一条远古冰川，凝固在如墨的山体中。这条江流，是剡溪的一条源头支流。采辑万山之水的剡溪，是一条魏晋之溪，载动了王羲之"兰亭集"的雅兴、谢灵运登"天姥岑"的游兴，和王子猷"雪夜访戴"的随兴。到唐朝，文人名士追慕魏晋风度，溯剡溪而来，大袖飘飞，亦步亦吟，从诗歌史上统计，有451位诗人，留下1505首诗篇。《全唐诗》收载的诗人2000余人，差不多有四分之一的诗人来过浙东。《唐才子传》收录才人278人，上述451人中就有173人。茶为清饮，发言为诗，这条"浙东塘诗之路"上，写剡茶的诗就有30多首，实属罕见，有杜甫的"茶瓜留客迟"、孟郊的"茗圃无荒畴"、刘禹锡的"诗情茶助爽"、元稹的"慕诗客，爱僧家"、温庭筠的"茶炉天姥客"……诗情助茶灵，茶灵涤诗情，一首唐诗三碗茶，留得高香余味长。

剡中有茶祭的古俗。每年春信一来，雨润茶山，民众就自发贡献香烛茶果、茶歌茶舞，祭支遁、王羲之、谢灵运、陆羽、皎然、李白、杜甫、孟浩然、白居易、温庭筠、元稹……在新昌人的心里，他们都是剡地的茶之灵。

（原载《福建文学》2021年第5期）